ROSE SNOW

ACHT SINNE
BAND 3 DER GEFÜHLE

für Kathi

Bibliografische Information der Deutschen Nationalbibliothek
Die Deutsche Nationalbibliothek verzeichnet diese Publikation in der Deutschen
Nationalbibliografie; detaillierte bibliografische Daten sind im Internet über
http://dnb.dnb.de abrufbar.

© Rose Snow 2018
Herstellung und Verlag:
BoD - Books on Demand, Norderstedt
Umschlaggestaltung und Satz: Rose Snow
Umschlagsmotiv: Alexander Kopainski

ISBN: 9783746062198

Besucht uns im Internet:
www.rosesnow.de

Ich kenne keine Furcht

Eines will ich euch sagen,
nicht über meinen Sinn werde ich klagen,
denn die Berufung macht mir das Leben schwer,
erlaubt sie mir nicht den Reiseverkehr.

Ich will reisen, will sehen die andere Welt,
will in sie tauchen, wie es mir gefällt,
will sie wie Reisende und Beschützer erkunden
und meine Eindrücke und Erfahrungen abrunden.

Ohne Angst würde ich es wagen,
als Menschverbundener es ertragen,
würde reisen durch tiefste, fürchterliche Nacht,
bis ich meinen Sinn in der anderen Welt entfacht.

Würde gerne die Angst hinübertragen,
mich an den Reaktionen der Menschen laben,
würde groß und unsichtbar sein,
wie der Zentrale Raum der Macht der Acht im
Sonnenschein.

Aber im Tageslicht reisen nur die Tierverbund'nen,
anders als wir reisen sie zu den hellen Stunden,
sie reisen im Lichte der Sonne,
ach, was wäre das für eine Wonne!

Aus: Schreckliche Gedichtsammlung
der Angstträger, Band 1

Kapitel 1

Der Gestank, der uns entgegenschlug, war so entsetzlich, dass ich mir unwillkürlich die Nase zuhielt.

„Ben", sagte ich, während ich nach ihm durch den schwarzen Nebel des magischen Portals tauchte, „bitte sag mir, dass es hier nicht immer so riecht."

Ben sog die stinkende Luft tief in seine Lungen und vergrub die Zehen beinahe übermütig in der schwarzen Erde, die bei genauerer Betrachtung voller Würmer war.

„Ist das nicht wunderbar?", fragte er mich und seine Zeichnung entfachte sich, während ich richtig sehen konnte, wie die Energie des Landes durch ihn hindurchströmte. „Sie freut sich, mich wiederzusehen."

„Sie? Der Ekel ist eine Sie?", fragte ich abfällig und trat zur Seite, als ein blasser Wurm den kürzesten Weg über meinen Fuß nehmen wollte.

„Meine Heimat", korrigierte mich Ben unverdrossen und ich dachte, dass ich ihn noch nie so … euphorisch erlebt hatte.

„Ich kann nicht glauben, dass man sich hier wohlfühlen kann", murmelte ich angewidert und sah mich um. Verkrüppelte Bäume mit kahlen Ästen wuchsen seltsam verdreht aus der schwarzen Erde. Zwischen ihren Wurzeln wucherten braune Blumen, deren geöffnete Blüten die Ursache für den schrecklichen Gestank sein mussten. Es roch nach Fäulnis, vergorenem Obst und brackigem Wasser – irgendwie alles in einem. Ich drehte mich einmal im Kreis und versuchte, das widerwärtig schmatzende Gefühl, mit dem meine Füße sich von der feuchten Erde lösten, zu ignorieren. Zu unserer Rechten erstreckte sich eine weitläufige Sumpflandschaft bis an den Horizont. Morsch aussehende Stege spannten sich über die Sümpfe und verästelten sich in der Ferne zu einem Netzwerk halb zerfallener Brücken. Zu unserer Linken führte ein schwarzer Weg in den Wald mit den verkrüppelten Bäumen und stinkenden Blumen. Die Sonne stand hoch am Himmel, doch die bräunlichen Strahlen, die sie auf das Land sandte, gaben allem einen ungesunden, kränklichen Schimmer. Es war wirklich ekelhaft hier.

„Ich hatte mir deine Heimat nicht ganz so widerlich vorgestellt", sagte ich wahrheitsgemäß.

„Ich nehme das als Kompliment", sagte Ben und grinste mich an. Die schwarzen Linien seiner Zeichnung funkelten schwach. Ich folgte mit den Augen seiner Musterung, die so viel interessanter aussah als andere Gesichtszeichnungen, und deren schwarze Zacken bis zu seinem Hals hinunterreichten. Schnell wandte ich den Kopf ab.

„Und was jetzt?", fragte ich forsch und machte einen Schritt zur Seite, weil schon wieder so ein glibberiger Wurm mit meinem Fuß Bekanntschaft schließen wollte.

„Jetzt gehen wir ins Ministerium des Ekels, auch bekannt als Sumpfburg", sagte Ben mit Bestimmtheit.

Irgendetwas an seiner Stimme irritierte mich; es war nicht nur der neu gewonnene und ungewohnte Elan – es schien noch mehr dahinterzustecken.

Meine Augen verengten sich. „Ist der Lichtstein der einzige Grund, warum du ins Ministerium möchtest? Sag die Wahrheit."

Ben stockte für einen Moment und die gewohnte Arroganz kehrte zurück. „Sag mal, was wird das hier? Ein Verhör?"

„Wieso antwortest du nicht auf meine Frage, Ben?"

„Wieso stellst du solche Fragen, Lee?", äffte er mich nach. „Was soll ich im Ministerium denn sonst tun, als nach deinem blöden Lichtstein zu suchen?"

„Es ist nicht ‚mein' blöder Lichtstein", fauchte ich wütend, weil er mit nur einem Satz genau in meinen wunden Punkt getroffen hatte.

Irgendwie war es eben doch „mein" blöder Lichtstein, irgendwie schien ich die Einzige zu sein, die sich wegen der Totaa ernsthaft Sorgen machte und etwas gegen sie unternehmen wollte. Ich fühlte mich orientierungslos, ich fühlte mich der Aufgabe nicht gewachsen, und obwohl ich hier mit Ben stand und er direkt an meiner Seite war, fühlte ich mich allein.

„Ist doch völlig egal, wessen Lichtstein es ist", schnappte Ben und fuhr sich durch seine zerstrubbelten Haare. „Dieser Orakeltyp hat gesprochen und nun sind wir hier. Das war zumindest endlich mal jemand, der Ahnung hatte."

Ich sog die Luft ein. „Ahnung? Er wusste nicht mal etwas von Simeons Tod. Ich bin mir nicht sicher, inwieweit wir uns auf seine Worte verlassen –"

„Er wusste, dass wir ins schwarze Land müssen. Das reicht doch."

„Du wolltest doch nur in deine Heimat", erwiderte ich und blickte mich angewidert um.

Ben reckte den Hals. „Ich wusste von Anfang an, dass wir hier richtig sind. Kommst du jetzt oder willst du lieber hier rumstehen und dich von den Würmern fressen lassen?"

Ich folgte seinem Blick nach unten und schüttelte mit einem Schrei meinen Fuß, als ich sah, dass ein besonders fettes Exemplar mit milchig weißen Segmenten sich an meinem Knöchel hochwand.

„Wieso habe ich den nicht gefühlt?", schrie ich entsetzt.

Ben grinste süffisant. „Mistmaden passen sich der Körpertemperatur ihrer Opfer an. So verstärken sie den Überraschungseffekt – und den Ekel, wenn sie entdeckt werden."

„Ehrlich, Ben", sagte ich und wischte mir die Wasserperlen meines Anzugs bis über meine Finger und Zehen, „nach fünf Minuten hier kann ich nicht verstehen, was du am Vertrauensland so schrecklich gefunden hast."

„Du gewöhnst dich dran", sagte er ungerührt. „Lass uns aufbrechen, bis zur Sumpfburg ist es noch weit."

Entgegen meiner Vermutung wandte sich Ben jedoch nicht den Stegen der Sumpflandschaft, sondern dem verkrüppelten Wald zu und ich passte genau auf, wohin ich trat, während ich ihm durch das ungesunde Licht hindurch folgte. Anders als in den anderen Ländern, in denen stets die Natur oder Architektur im Mittelpunkt meiner Betrachtungen gestanden hatte, waren es hier eindeutig die kleinen Bewohner. Überall wuselte, brummte, schmatzte und klackerte es vor sich hin. Schwärme von Modermotten flatterten auf, als wir durch das diffuse Licht des Waldes wanderten, und ich spürte nicht nur einmal das Kitzeln kleiner behaarter Beinchen, die über meinen Nacken huschten und versuchten, unter meine Wasserperlen zu schlüpfen. Am liebsten hätte ich mir meinen Anzug bis über das Gesicht gespannt und nur zwei Schlitze für die Augen frei gelassen, aber dafür reichte die Anzahl meiner Wasserperlen einfach nicht aus. Außerdem wäre es ein gefundenes Fressen für Ben gewesen.

Nachdem wir den halben Tag gegangen waren, legte sich die Dämmerung wie eine leichte Decke über den Wald. Das Licht veränderte sich, zuerst wurde es grünlicher, dann kippte es ins Grau und die Geräusche der Bewohner des Ekellandes nahmen zu. Ich hatte mich inzwischen an sie gewöhnt. Die Würmer in der Erde schafften es nicht, an mir hochzukriechen, solange ich in Bewegung blieb. Und das krabbelnde Getier, das mich an Tausendfüßler erinnerte und sich aus den Bäumen herunterfallen ließ, löste auch keine Ekelanfälle mehr aus. Ich versuchte, einfach nicht zu genau hinzusehen, wenn ich sie mit ruckelnden Füßchen und zuschnappenden Greifwerkzeugen von meinen Wasserperlen pflückte. Ein Geräusch, das nach dem Schlagen vieler pelziger kleiner Flügel klang, ließ mein gelbes Licht erstrahlen. Ich duckte mich unwillkürlich und blickte in die Äste der verkrüppelten Bäume hinauf.

„Was ist das, Ben?"

Ben schlenderte weiter den schwarzen Weg entlang und schüttelte den Arm, als der Schleimpfropfen eines dieser geflügelten kleinen Wesen auf ihm landete.

„Das sind Ekelsauger. Sie werden in der Dämmerung aktiv und saugen den Ekel aus einem heraus", sagte er seelenruhig über die Schulter. „Keine Sorge, solange du einen auf gelbe Laterne machst, bist du uninteressant für sie."

Ich zog den Kopf in den Nacken und hoffte, dass Ben recht hatte. „Dauert es noch lange, bis wir aus dem Wald herauskommen?", fragte ich und verzog angewidert das Gesicht, als ich mit dem Fuß in einen schwammigen Pilz trat, der sich unter meinem Gewicht in einen stinkenden Haufen Matsch verwandelte.

„Das kommt darauf an, was du unter ‚lange'

verstehst", sagte Ben mit einem hämischen Grinsen über die Schulter.

Als er seinen Kopf zurück nach vorne drehte, schrie ich erschrocken auf. An seinem Nacken klebte ein kleines Ding, das mit rhythmischen Bewegungen an seiner Haut zu saugen schien. Es war schwarz und haarlos und erinnerte mich an eine Fledermaus aus der anderen Welt. Seine ausgebreiteten Flügel hatte es flach auf Bens Nacken gepresst, während es mit großen Schlucken seinen Sinn in sich aufnahm.

„Ben, du hast da was", presste ich hervor und schlug mir die Hand vor den Mund. Ich hatte nicht geahnt, wie sehr mich der Anblick des Ekelsaugers aus der Fassung bringen würde, doch nun hoffte ich inständig, dass Ben alleine mit dem Vieh fertigwurde. Während der wenigen Herzschläge, die vergangen waren, hatte das Volumen der nackten Fledermaus stetig zugenommen und ihre pelzigen Flügel hingen Ben inzwischen bis zu den Schulterblättern über den Rücken.

Ben schlug mit der Hand auf die Stelle in seinem Nacken und der Ekelsauger verpuffte zu schwarzem Rauch, der sich gleich darauf in der Luft wieder zu einer Art Fledermaus zusammenballte, die keckernd davonflatterte.

Bei dem Gedanken, dass vielleicht in diesem Moment so ein Sauger auch auf mir klebte, schüttelte es mich.

„Das war so widerlich", keuchte ich und tastete meinen Körper ab. „Hab ich auch so ein Ding auf mir sitzen?"

„Lass mal sehen", sagte Ben, der stehen geblieben war. „Dreh dich mal." Ich drehte mich langsam im Kreis, während ich meine Umgebung argwöhnisch im Blick behielt. „Und jetzt die Arme hoch", befahl Ben stoisch. Obwohl ich mir blöd vorkam, befolgte ich seine Anweisungen.

„Ich sehe nichts. Vielleicht unter deinem Anzug?"

„Schon gut", fauchte ich, als ich das verräterische Zucken seiner Mundwinkel bemerkte. Ben wandte sich grinsend um und ich folgte ihm, wütender auf mich selbst als auf ihn. Ich hatte damit gerechnet, dass ich durch den Sinn dieses Landes kurzfristig an Sarkasmus und Arroganz gewinnen würde – doch stattdessen wurde ich zu einer verdammten Tussi, der es vor allem und jedem ekelte.

„Wo ist denn nun diese blöde Sumpfburg?", maulte ich, als die Dunkelheit hereinbrach und das Flattern pelziger Flügel um uns herum seinen Höhepunkt erreichte.

„Hab Vertrauen, es ist nicht mehr weit", gab Ben zurück.

„Das ist nicht witzig", murmelte ich.

Abrupt blieb Ben stehen und ich wäre beinahe in ihn hineingerannt, als er sich zu mir umdrehte.

„Du hast recht", sagte er mit samtiger Stimme, während um uns herum Schleim aus den Bäumen tropfte. „Es ist nicht witzig. Es ist *sehr* witzig. Wo ist denn dein ganzes Vertrauen hin?" In der Dunkelheit konnte ich nicht viel mehr als das Blitzen seiner weißen Zähne sehen, und für einen Moment wünschte ich, er würde einfach eine Art Zauberstab schwingen und uns aus dieser Hölle herausbringen.

„Also wie weit ist es noch?", drängte ich zu wissen und gähnte.

„Einige Stunden. Vielleicht auch ein paar mehr."

„Dann sollten wir ein Nachtlager aufschlagen", sagte ich, obwohl mir bei dem Gedanken, mich auf die schwarze Erde dieses Landes zu legen, alles andere als wohl war.

Ben zuckte mit den Schultern. „Wenn du meinst."

Ich blinzelte durch die dicht stehenden Bäume. Der unstete Schein eines Lagerfeuers beleuchtete die verdrehten Stämme.

„Sieht so aus, als wären wir nicht die Einzigen im Wald."

Ben nickte und fixierte einen Baum hinter mir. „Und ich glaube, er mag dich."

Mit einem unguten Gefühl in der Magengrube drehte ich mich in die Richtung, in die Ben blickte. Der Ekelsauger, der sich an ihm gütlich getan hatte, hing kopfüber von den kahlen Zweigen und glotzte uns aus runden Glupschaugen sehnsüchtig an. Unwillkürlich wich ich einen Schritt zurück und stieß mit dem Rücken gegen Ben.

„Wir sollten ihn Fledi nennen", schmunzelte er. „Möchtest du ihn nicht streicheln?"

„Wir sollten zu dem Feuer gehen", murmelte ich mit belegter Zunge.

„Bist du sicher? Was, wenn dort ein Irrer sitzt?", flüsterte Ben in mein Ohr und ich fühlte, wie sein Atem über meine Haut strich.

„Das wäre ja nicht der Erste", schnaubte ich und machte, dass ich von Fledi wegkam.

Wenig später erreichten wir den Ort des Lagerfeuers; eine idyllische Lichtung, die am Ufer eines kleinen Sees lag. Die acht Monde waren aufgegangen und spiegelten sich auf der glatten Wasseroberfläche, von der ausnahmsweise ein frischer, angenehmer Geruch zu uns herüberwehte.

Zusätzlich roch es nach gerösteten Maiskolben und der Duft ließ mir das Wasser im Mund zusammenlaufen. Kein Wunder, wenn ich bedachte, dass meine letzte Mahlzeit ein paar Sternbaumblätter gewesen waren.

Ein feister Ekelträger, der über und über mit Tätowierungen bedeckt war, saß am Feuer und richtete seine ganze Aufmerksamkeit auf einen Topf, der vor ihm auf dem Boden stand. Als wir auf die Lichtung traten, steckte der schwarze Träger zwei Finger hinein und schloss genießerisch die Augen. Ein Zittern lief dabei über seinen Körper und er stöhnte leise auf. Ich blieb wie angewurzelt stehen, da ich das Gefühl hatte, ihn in einem höchst intimen Moment zu stören.

„Vielleicht sollten wir uns doch einen anderen Platz zum Schlafen suchen", zischte ich Ben zu und wandte mich halb ab.

„Nun hab dich nicht so", erwiderte Ben und machte einen Schritt auf den Ekelträger zu.

Ich hielt ihn am Arm zurück. „Bist du echt so hungrig?"

„Hast du etwas anderes als Trockennahrung dabei?", fragte Ben zurück und ich hörte, wie sein Magen vernehmlich knurrte.

Als der schwarze Träger unser Gezanke hörte, zog er die Finger aus dem Topf und leckte sie langsam ab, bevor er uns mit der anderen Hand langsam zu sich winkte. Ein Schauer rann über meinen Körper und ich vergaß meinen Hunger, als ich mir vorstellte, was er sich da vielleicht gerade von den Fingern leckte.

„Ah, Wanderer", sagte der schwarze Träger, als wir näher kamen. „Auf dem Weg zur Sumpfburg?"

„Wie kommst du darauf?", fragte ich und versuchte, mir mein Unbehagen nicht anmerken zu lassen.

„Sind nicht alle auf dem Weg zur Sumpfburg?" Er wies mit einer einladenden Geste auf sein Lager und lächelte uns an. „Nehmt Platz, ihr seht müde aus. Wollt ihr etwas essen?"

„Klar", sagte Ben und ließ sich mit einem Seufzer auf die schwarze Erde fallen. „Was hast du denn?"

„Einen Topf mit destilliertem Ekelschleim, aber der ist nicht jedermanns Sache. Und ich hab das da." Der tätowierte Sinnträger zeigte ins Feuer und kratzte sich am Kopf. „Keine Ahnung, was es ist. Ich hab es irgendwo unterwegs aufgelesen und dachte mir, es könnte nicht schaden, es mal zu kosten. Jedenfalls riecht es lecker."

Ben und ich wechselten einen Blick. Das Ding, das er über dem Feuer röstete, sah aus wie eine vergorene Banane – und trotz des ansprechenden Geruchs war ich nicht mehr so scharf darauf, als Erste davon zu kosten.

„Ich fülle mal unsere Wasservorräte auf", sagte ich und machte Anstalten, zu dem See hinüberzugehen.

„Das würde ich an deiner Stelle nicht tun", sagte der schwarze Träger und strich mit einem Finger über den Rand des Topfes vor ihm, der mit einer Art fluoreszierendem Schleim gefüllt war.

„Wieso?", fragte ich und fühlte, wie meine Linien sich erwärmten.

„Besser für dich, glaub mir", sagte der Ekelträger und griff in den Topf. Sofort wurde sein Körper von einem Schauder durchzogen.

„Was machst du da eigentlich?", fragte ich und schaffte es nicht ganz, den Abscheu aus meiner Stimme rauszuhalten.

„Ich bade in meinem Sinn", seufzte der schwarze Träger. „Man nennt mich übrigens Xrambald."

„Lee", sagte ich und beobachtete, wie der Ekelsauger,

den Ben „Fledi" getauft hatte, über die Lichtung flatterte und sich auf Xrambalds breitem Rücken niederließ. Der tätowierte Träger schubste Fledi weg und der Sauger verpuffte zu schwarzem Rauch.

„Ben", stellte sich Ben ebenfalls vor.

„Ben, soso." Xrambald öffnete die Augen, die er vor Vergnügen – oder Abscheu – beim Kontakt mit dem Schleim geschlossen hatte, um einen Spalt. „Dein Sinn lebt stark in dir, mein Junge. Was machst du beruflich?"

„Ich bin Reisender", presste Ben hervor und vermied den Blick in meine Richtung. „Und du?"

Ich setzte mich zu den beiden ans Feuer und runzelte die Stirn. Wieso reagierte Ben so seltsam auf diese harmlose Frage?

„Ich bin Künstler." Lächelnd breitete Xrambald die tätowierten Arme aus. „Genauer gesagt: Schriftsteller. Ich reise durch die Länder und sammle Eindrücke, die ich in lyrischen Werken verarbeite."

Ich nickte höflich und unterdrückte ein Gähnen. Die Wärme des Feuers machte mich noch schläfriger – und die Flammen schienen das krabbelnde Getier fernzuhalten. Am liebsten hätte ich mich auf der schwarzen Erde ausgestreckt und die Augen zugemacht. Mit geschlossenen Augen ließ es sich auch leichter von der vergorenen Banane kosten, die nach Mais roch.

„Ich war schon überall in der Sinnlichen Welt, nur noch nicht bei unseren Lebensspendern", sprach Xrambald weiter. „Vielleicht nimmst du mich ja mal mit zu den Menschen und Tieren?", fragte er Ben.

„Nö", erwiderte dieser knapp und hielt seinen Kopf gesenkt.

Ich warf Ben einen prüfenden Blick zu.

„Na ja, jeder, wie er mag", sagte Xrambald und

stocherte mit einem Ast im Feuer. „Wird sich schon mal ergeben. Ich war sogar schon in der Sumpfburg, um die Genehmigung für eine Reisendenprüfung zu bekommen, aber das wollten sie mir nicht erlauben. Sagten, ich solle mich aufs Künstlersein beschränken. Sagten, das wäre ja noch schöner, wenn jeder dahergelaufene Sinnträger zu einer Reisendenprüfung antreten könnte." Seine schwarze Zeichnung, die mich an verschnörkelte Buchstaben erinnerte, erglühte. „Strenge Zeit, furchtbar strenge Zeit, sage ich euch. Inzwischen haben sie sogar ein Strafgefangenenlager für die Sinnträger angelegt, die unerlaubt die Sumpfburg betreten."

„Da warst du wahrscheinlich auch schon, wenn du alle Orte der Sinnlichen Welt bereist hast", sagte Ben missmutig und schielte auf die Banane, die noch immer auf einem Stöckchen über dem Feuer hing.

„Natürlich", sagte Xrambald und nickte.

„Als Besucher oder als Gefangener?", fragte ich.

Der schwarze Träger richtete seine glänzenden Augen auf mich. „So etwas fragt man nicht, Wächterin."

„Tut mir leid", sagte ich. „Das sollte nicht respektlos klingen."

„Schon gut", murrte Xrambald, holte endlich die Banane aus dem Feuer und legte sie zum Auskühlen auf einen flachen Stein. „Das Gefangenenlager kann ich nicht empfehlen. Da stecken sie die ganzen Sinnträger hin, die unerlaubt ihre Nase ins Ministerium gesteckt haben. Nur noch schwarze Träger dürfen rein."

„Aber warum?", fragte ich mit gerunzelter Stirn.

„Keine Ahnung, da musst du schon Arkadius fragen", antwortete Xrambald. „Ich glaube, dass er einfach nur nach kostenlosen Arbeitskräften sucht, um mehr Geld fürs Land heranzuschaffen. Ihr wisst ja, in den Gefangenenlagern wird destillierter Ekelschleim gewonnen und teuer verkauft." Er machte eine kurze Pause. „Teuer deshalb, weil es eine unglaublich widerwärtige Angelegenheit ist, das könnt ihr mir glauben." Er schnalzte mit der Zunge und schüttelte sich.

Ich blickte auf den großen Topf zwischen Xrambalds Beinen. „Destillierter Ekelschleim", wiederholte ich leise und ein kühler Schauer jagte mir über den Rücken.

Xrambald nickte und hielt mir den Topf hin. „Mal probieren?"

„Nein, danke", lehnte ich höflich ab.

„Ist nicht jedermanns Sache, den Sinn so stark zu fühlen", räumte er ein und tunkte einen Finger in den Schleim, „doch für mich bedeutet es Geborgenheit und Heimat."

„Schön gesagt", ließ sich Ben vernehmen. „Wollen wir jetzt die Banane kosten?"

„Klar", sagte Xrambald und teilte das Ding in drei gleich große Stücke.

„Wie wird der Ekelschleim denn gewonnen?", fragte ich, weil es mich wirklich interessierte.

„Das willst du nicht wissen", sagte Ben grinsend und biss in sein Bananen-Mais-Ding. Der Gesichtsausdruck, den er im nächsten Moment machte, ließ darauf schließen, dass der Geschmack mit dem Geruch nicht mithalten konnte.

„Oh", sagte auch Xrambald und legte sein angebissenes Stück zurück. „Der Versuch ist wohl gescheitert." Eine Welle des Ekels überlief seinen Körper und Fledi pirschte sich mit gierigen Augen immer näher heran, um Xrambalds Sinn aufzusaugen.

„Vorsicht", sagte ich, doch da schoss Xrambalds

tätowierter Arm auch schon in die Höhe und er fing Fledi im Flug.

„Wenn man den Sauger an seinen engelhaften Flügelchen packt, kann er nicht verpuffen", erklärte mir Xrambald und drehte Fledi so herum, dass ich seinen wabbeligen Bauch sehen konnte. Er war durchscheinend und schien mit einer leuchtenden Flüssigkeit gefüllt zu sein. „Da drin ist der Schleim. Kann man raussaugen", erklärte Xrambald und presste seine Lippen auf Fledis Bauch. Sofort begann der Ekelsauger, herzzerreißend zu fiepen. „Keine Sorge, ich mach's ja nicht", murrte Xrambald und ließ Fledi los. „Ist ja nicht so, als ob es Spaß macht."

Ich schluckte und versuchte, mir nicht vorzustellen, in naher Zukunft Ekelschleim aus den Bäuchen von Riesenfledermäusen saugen zu müssen, weil ich unerlaubt in die Sumpfburg eingedrungen war.

Das Gespräch plätscherte noch ein wenig dahin, bis wir schließlich alle unserer Müdigkeit nachgaben. Und obwohl ich das Gefühl hatte, mit dem Wissen, dass ein Ekelsauger nur wenige Schritte entfernt an einem Baum hing, keinesfalls einschlafen zu können, gelang es mir doch erstaunlich leicht.

Als ich im Morgengrauen aufwachte, sah ich als Erstes die Silhouette von Xrambald, der anscheinend im Sitzen schlief, und rechts und links von seinen Schultern die riesigen Flügel von Fledi, der sich in der Nacht offenbar am Sinn des Ekelträgers gütlich getan und nun die Größe eines kleinen Flugsauriers erreicht hatte.

Mit einem Schrei sprang ich auf und weckte damit Ben, der ebenfalls schlaftrunken auf die Beine kam.

„Was ist los?", keuchte er und rieb sich die Augen.

„Nichts … ich bin nur … sorry", murmelte ich verstört und beobachtete, wie sich Xrambald in aller Ruhe streckte und den Ekelsauger mit einer nachlässigen Handbewegung verscheuchte. „Seid leise, wenn ihr geht", schmatzte er schlaftrunken, „ich bin kein Frühaufsteher."

Ohne weiteren Lärm zu verursachen, setzten wir unseren Weg fort und erreichten wenig später die Sumpfburg. Sie erhob sich auf einer freien Fläche außerhalb des Waldstückes. Ihren Namen hatte sie sich redlich verdient, denn ein stinkender Burggraben umgab die gezähnte Mauer, aus deren zahlreichen Gusslöchern sich eine widerliche, dampfende braune Masse ergoss. Ich rümpfte die Nase und ließ meinen Blick über die unterschiedlich hohen Türme der Festung gleiten. Trutzig erhoben sie sich in den düsteren Himmel und an ihren Spitzen wehten schwarze Fahnen, die das Symbol der Unendlichkeit, das Zeichen der Templer, trugen.

„Ehrlich, Ben", flüsterte ich ihm zu, während ich darauf achtete, im Schatten der Bäume zu bleiben, „das ist so ziemlich der widerlichste Geruch, den ich je gerochen habe. Im Vergleich hierzu kommt der Wutwassergeysir ja fast schon einem Spa-Aufenthalt gleich."

Ben sah mich von der Seite an und ein kurzes Lächeln glitt über sein Gesicht. „Siehst du die beiden Ekelträger dort?", fragte er dann.

Ich blickte auf die heruntergelassene Zugbrücke und nickte. Zwei schwarze Träger mit langen, fettigen schwarzen Haaren standen vor dem großen Eingangstor und kontrollierten jeden Sinnträger, der die Burg betreten wollte. Dabei stritten sie unentwegt und ich erinnerte mich, sie mit Jesper beim magischen Portal im

Wutland schon einmal gesehen zu haben.

„Die achten darauf, dass nur schwarze Träger hineinkommen", kommentierte Ben das Offensichtliche. „Ich schlage vor, dass ich allein gehe und nach dem Lichtstein suche. Du wartest hier."

„Kommt gar nicht infrage", brauste ich auf. „Wir haben bisher alles zusammen geschafft, wir werden uns jetzt nicht trennen." Fledi flatterte hinter uns näher; ich hörte das vertraute Knattern seiner pelzigen Flügel und warf dem Ekelsauger einen scharfen Blick zu. Er riss die untertellergroßen Augen auf und verpuffte zu schwarzem Rauch.

„Hör zu, wir sind hier in keinem Teenie-Horrorfilm aus der anderen Welt", sagte Ben ungeduldig. „Wir können uns trennen, ohne dass etwas Schlimmes passiert. Vertrau mir."

„Pah", entfuhr es mir. „Dir vertrauen? Also mit Vertrauen hast du es bekanntlich ja nicht so. Ich weiß genau, dass du mir irgendetwas verheimlichst, du kannst mir nichts vormachen."

Ben erstarrte und seine Miene gefror zu Eis. Ich biss mir auf die Lippen und wünschte, ich hätte nachgedacht, bevor ich die Worte herausposaunt hatte. Es lag am Sinn dieses Landes; er brachte nicht meine besten Seiten zum Vorschein. Obwohl es durchaus der Wahrheit entsprach. Ich vertraute Ben in dieser Hinsicht wirklich nicht.

„Was schlägst du vor?", fragte Ben kalt und steckte die Hände in die Hosentaschen. „Deine Gesichtszeichnung schwarz färben, damit du als Ekelträgerin durchgehst?"

Ich atmete tief durch. „Über die Brücke schaffen wir es nicht hinein. Wir müssen einen anderen Weg suchen."

„Wie du meinst", sagte Ben. „Auf dein Risiko, Wächterin."

Geduckt schlichen wir am Rand des Waldes entlang, bis wir die Rückseite der Sumpfburg erreicht hatten. Eine einzige, halb gerissene Hängebrücke spannte sich von der schlammigen Erde über den Blasen schlagenden Burggraben, dessen ekelhafter Geruch boshaft in unsere Nasen kroch.

„Was soll das?", fragte ich flüsternd und deutete auf die Brücke. Sie endete direkt an der Außenmauer der Sumpfburg – ich sah keine Tür, kein Loch und kein Fenster, durch das wir hineinkämen. „Ist das eure Art von Humor?"

„Die Hängebrücken werden schon lange nicht mehr benutzt", erklärte Ben gedämpft und maß die Konstruktion mit einem angewiderten Blick. „Früher war es eine Art Mutprobe für Ekelträger, sich direkt durch die schlammigen Mauern zu drücken und auf diese Weise in die Burg zu arbeiten. Doch die meisten Brücken sind gerissen und manche schwarze Träger liegen heute noch auf dem Grund des Grabens. Der Schlamm ist tückisch; manche wurden von seinem Gestank so betäubt, dass sie darin erstickt sind. Irgendwann wurde entschieden, die Brücken nicht mehr instand zu setzen, weil Arkadius etwas dagegen hatte, gute Arbeitskräfte an den Schlamm zu verlieren."

Ich atmete so tief durch, wie ich mir bei dem widerwärtigen Gestank zutraute. „Und sonst gibt es keinen Weg hinein?", fragte ich leise.

„Keinen, den ich kenne."

„Na, dann los", sagte ich. Ich bückte mich, rieb mir etwas schwarze Erde auf meine Zeichnung und strich mir mein Haar zurück. Ich glaubte nicht, damit jemanden ernsthaft täuschen zu können, aber aus der Ferne würde man mich im ersten Moment vielleicht für eine schwarze Trägerin halten.

Rasch liefen Ben und ich vom Waldrand zu der schaukelnden Hängebrücke. Sie sah nicht sehr stabil aus und verbreitete einen modrigen Gestank. Vorsichtig belastete ich mit meinem Fuß das grobmaschige Netz. Sofort ächzten die Seile gequält auf und die braunen, stinkenden Blasen im Burggraben blubberten lauter.

„Langsam und vorsichtig oder schnell und stürmisch?", fragte Ben mit hochgezogener Augenbraue.

Ich schüttelte den Kopf. „Keine Ahnung", murmelte ich. „Lass es uns einfach hinter uns bringen."

So schnell und vorsichtig wir konnten, liefen wir über die Seile. Die Hängebrücke ächzte bedrohlich und begann unter unseren Bewegungen wild zu schwanken. Als wir die Hälfte geschafft hatten, hörte ich ein reißendes Geräusch und sackte mit dem Fuß ins Leere. Instinktiv warf ich mich nach vorne. Da, wo eben noch ein Strick gewesen war, klaffte nun ein Loch, und noch während ich keuchend in den Seilen hing, spürte ich, wie sich immer mehr Verknüpfungen langsam aufdröselten. Ben war knapp hinter mir und rettete sich mit einem gewaltigen Sprung, der ihn zu mir brachte. Als sein Gewicht die Stricke belastete, riss wieder ein Tau und wir baumelten, an einer letzten Querverbindung hängend, direkt über dem achtzehn Meter tiefen Abgrund.

„Jetzt besser nicht nach unten sehen", quetschte Ben zwischen zusammengebissenen Zähnen hervor und machte einen gewaltigen Klimmzug nach oben. Ich mobilisierte meine letzten Kräfte und gemeinsam schafften wir es irgendwie, über die verbliebenen Maschen nach oben zu klettern, bis wir das Ende der Brücke erreicht hatten. Sie war direkt an dem schlammverkrusteten Stein befestigt und ich klammerte mich an den Tauen fest, als ich einen vorsichtigen Blick hinter mich warf. Auf diesem Weg kamen wir jedenfalls nicht zurück, so viel war klar. Der Großteil der Seile in der Mitte war gerissen, es blieb uns also nur der Weg nach vorne.

„Bitte sag mir, dass du weißt, wie wir durch die Mauer kommen", sagte ich und versuchte die schwindelerregende Höhe, in der wir uns befanden, zu ignorieren.

„Theoretisch", murmelte Ben und betastete die Mauer vor uns.

„Theoretisch?", wiederholte ich beunruhigt. „Ich will ja nicht ätzend sein, aber praktisch wäre mir lieber."

„Ich glaube, wir müssen einfach nur wollen", murmelte Ben wie zu sich selbst und steckte die Finger seiner Hand in die schlammverkrustete Wand. „Es funktioniert!" Er grinste, wurde im nächsten Augenblick aber ernst. „Scheiße, ist das widerlich." Mit diesen Worten packte er meine Hand und zog mich mit sich durch die Mauer der Sumpfburg.

Es war eine unglaublich widerwärtige Angelegenheit. Sobald ich mit der matschigen, warmen Masse in Berührung gekommen war, spürte ich, wie sich ein ekelhafter Geschmack in meinem Mund ausbreitete und von dort in meine Kehle kroch. Mit angehaltenem Atem quälten wir uns Stück für Stück durch den warmen Brei, der mich an eine Mischung aus Fäkalien und Erbrochenem erinnerte. Es schien ewig zu dauern, und als wir die Mauer auf der anderen Seite durchbrachen, schnappte ich gierig nach Luft.

„Das war so ziemlich das Widerwärtigste, was ich je getan habe", keuchte ich zwischen zwei Atemzügen und Ben, der neben mir auf dem Rücken lag, warf mir einen undefinierbaren Blick zu. „Jesper zu küssen mit eingeschlossen?"

Ich verdrehte die Augen und kam auf die Beine. Wir befanden uns in einem kleinen, schmucklosen Raum, aus dem nur eine Tür hinausführte. Es gab keine Möbel, sondern lediglich drei düstere Wandteppiche, die die Sumpfburg aus verschiedenen Perspektiven zeigten. Kaum hatte Ben seine Hand auf die Türschnalle gelegt, ging ein Alarm los.

„Mist", murmelte ich. „Hast du einen Plan, wie es von hier aus weitergeht?"

Ben blickte sich gehetzt um. Sein Gesicht sah besorgt aus. „Es war ein Fehler, dich mitzunehmen", knurrte er. „Wenn sie uns hier finden, stecken sie dich ins Gefangenenlager."

„Dann sollten sie uns besser nicht finden", fauchte ich zurück und erstarrte, als ich die näherkommenden Schritte zweier Sinnträger hörte.

„Ich sage dir, der Alarm kommt aus diesem Sektor, Tola!", rief eine hohe Stimme erregt.

„Und ich sage dir, es wird bloß wieder eine Brechbraunelle sein, die in der Mauer der Burg stecken geblieben ist", meinte der andere zähneknirschend. Es mussten die beiden schwarzhaarigen Ekelträger sein, die auf der Brücke Dienst geschoben hatten.

„Na toll", murrte Ben und fuhr sich durch sein dunkles Haar. „Versteck dich, ich lenke sie ab." Er schob mich entschlossen hinter einen der Wandteppiche und im selben Augenblick öffnete sich die Tür.

„Ich wusste doch, dass sich hier einer versteckt!", rief der mit der hohen Stimme triumphierend und stieß dem anderen einen spitzen Finger in die Brust. Dabei fielen ihm seine langen, fettigen Haare ins Gesicht. Flach atmend schob ich mich tiefer hinter den Teppich und beobachtete die Szene von meinem Versteck aus.

„Das werde ich mir wieder die nächsten zwanzig Jahre anhören können, Alvin", ätzte der mit der tieferen Stimme. „Du hattest einfach nur Glück, das ist alles."

„Ich hatte einfach nur recht, das ist alles. Gib es doch zu, du wirst sehen, es tut auch nicht weh."

„Alles mit dir tut weh", seufzte Tola. „Was machst du hier?", fuhr er Ben daraufhin an. „Du hast den Alarm ausgelöst."

„Ich hatte keine Lust, mich anzustellen", gab Ben ungerührt zurück. „Und ich habe auch gegen kein Gesetz verstoßen. Also geht mir aus dem Weg."

„Oh, er hatte keine Lust, sich anzustellen", hauchte Alvin verächtlich. „Warte", er sah sich Ben genauer an. „Bist du nicht der Reisende, der –"

Weiter kam er nicht, denn Ben rempelte ihn grob an und versuchte, sich an den beiden vorbeizudrängen. Meine gelben Linien erglühten. Was hatte Alvin sagen wollen?

Tola packte Ben am Kragen. „Auf Krawall gebürstet, Freundchen?"

„Ich bin nicht dein Freundchen", knurrte Ben und schüttelte seinen Griff ab. „Schließlich kann man sich seine Freunde aussuchen."

„Oh, ein Wichtigtuer", flüsterte Alvin.

„Definitiv ein Besserwisser", stimmte Tola zu.

„Solche wie du verirren sich häufig in der Sumpfburg. Es ist ein Jammer. Und auch sehr lästig. Dieses ewige Geschrei der Großmäuler, die nun irgendwo im Sumpf feststecken. *Für immer.*" Alvin und Tola sahen Ben hasserfüllt an.

Ich biss mir auf die Lippen. Ben ritt sich hier in die allergrößten Schwierigkeiten und wir waren dem Lichtstein keinen Schritt näher.

„Wie wäre es, wenn ihr Arkadius über mein Schicksal entscheiden lasst?", fragte Ben in diesem Augenblick und mir lief ein kalter Schauer über den Rücken. Der Gestalter war nicht gerade für seine Mildtätigkeit bekannt. Was würde er mit Ben machen, weil er den Alarm ausgelöst hatte?

„Du willst zu Arkadius? Freiwillig?", fragte Alvin mit einem fetten Grinsen. „Hast du das gehört, Tola? Er will zu Arkadius!"

„Na, dann bringen wir ihn doch zu Arkadius." Nun lachte auch Tola und es war beileibe kein freundliches Lachen. Die beiden nahmen Ben in ihre Mitte und hakten sich rechts und links bei ihm unter.

„Ich bin schon sehr gespannt, was der Gestalter sagen wird", flötete Alvin gehässig.

„Ich glaube, ich bin gespannter", gab Tola zurück.

„Das bezweifle ich doch sehr", erwiderte Alvin gekränkt.

„Das kannst du bezweifeln, so viel du willst", murrte Tola.

Auf diese Art vor sich hin zankend, führten die beiden Ben aus dem Raum hinaus. Ich folgte ihnen in einigem Abstand und achtete darauf, mit meinen langen Haaren die Zeichnung auf meinem Gesicht zu verdecken. Zum Glück begegnete ich auf dem Weg durch die Burg nicht vielen Sinnträgern, und die, die unseren Weg kreuzten, hielten den Kopf meist gesenkt, nachdem sie Alvin und Tola gesehen hatten. Die beiden schienen keinen allzu guten Ruf zu haben.

Nach einer gefühlten Ewigkeit, in der meine Nerven

bis zum Zerreißen gespannt waren, erreichten wir einen schmalen Gang, der vor einem breiten Durchlass endete. Die matschigen Seitenwände blubberten und gluckerten leise, als ich hinter Alvin und Tola den Korridor entlangschlich. Sie hielten Ben noch immer fest in ihrer Mitte, und wenn sie nicht so mit ihrem Streit und der Vorfreude auf die Begegnung mit Arkadius beschäftigt gewesen wären, hätten sie mich wahrscheinlich auch entdeckt.

Ich wusste nicht, ob es klug war, ihnen zu folgen, ich wusste nur, dass mein Instinkt mir verbot, Ben allein zu lassen – und hatte nicht auch das Orakel gesagt, ich solle mich von ihm zum Stein führen lassen?

Das Trio hatte nun den rechteckigen Durchlass am Ende des Korridors erreicht und blieb davor stehen. Eigentlich sah es gar nicht so schlimm aus – einfach nur ein Tor, aus dem Schlamm herunterregnete, ähnlich wie in der Pyramide der Wachsamkeit der Sand.

„Bist du bereit?", fragte Alvin und zupfte an Bens Anzug, was dieser mit einem feindseligen Knurren kommentierte.

„Der Gestalter erwartet dich", fügte Tola hinzu und gemeinsam gaben sie Ben einen Stoß, der ihn nach vorne durch das Schlammtor stolpern ließ.

Ich sah, wie Ben versuchte den Schwung zu nutzen, doch eine unsichtbare Macht schien ihn direkt unter dem Torbogen festzuhalten. Schlamm tropfte von oben auf ihn herab und ich erkannte an seinem tiefen Stöhnen, dass es sich um einen der widerwärtigsten Sorte handeln musste. Dann verwandelte sich der Schlamm in Blut, das ihn von oben bis unten bedeckte. Einen Herzschlag später folgte stinkender Eiter. Verzweifelt versuchte er, sich nach vorne zu kämpfen, doch es war, als würde er gegen eine unsichtbare Mauer laufen.

Alvin und Tola standen rechts und links von dem Torbogen und johlten begeistert.

„Na, wie gefällt es dir? Ekel ist dein Sinn, du willst ihn doch sicher fühlen, nicht wahr?" Die beiden tauschten einen Blick und prusteten. Ich hätte sie am liebsten in eine Wächterkugel gesteckt und auf eine lange, lange Zeit unter dem Tor festgehalten, doch ich wusste, dass ich Ben jetzt nicht helfen konnte. Unsere Mission war zu wichtig und wir waren dem Lichtstein schon ganz nah, ich fühlte es mit jeder Faser meines Seins.

Erbrochenes regnete nun auf Ben herab, und als er aussah, als müsste er sich selbst jeden Moment übergeben, ließ ihn die Barriere frei. Er taumelte durch einen letzten Guss von Innereien und fiel auf der anderen Seite zu Boden. Danach regnete wieder Schlamm herunter und versperrte mir die Sicht.

„Wie immer viel zu schnell vorbei", seufzte Alvin und Tola nickte zustimmend. Mit einer einfachen Handbewegung öffnete Alvin einen kleinen Durchgang neben dem Schlammtor und sie schritten gemeinsam hindurch. Ich wartete ein paar Sekunden, dann huschte ich zu der Stelle und imitierte die Bewegung. Es war vielleicht dumm und verdammt gefährlich, aber ich schob alle Gedanken an mögliche Konsequenzen zur Seite und folgte meinem Instinkt. Der Durchgang öffnete sich und ich glitt hindurch.

Kapitel 2

Der Thronsaal auf der anderen Seite war lang gezogen und düster. Besonders für die Lichtverhältnisse war ich sehr dankbar. Alvin und Tola hatten sich bereits auf den Weg zu Ben gemacht, um sein Elend zu genießen. Schwer atmend lag Ben auf den schwarzen Steinen hinter dem Schlammvorhang, rang nach Luft und wischte sich den schlimmsten Dreck aus dem Gesicht.

Ich presste meinen Körper gegen die Wand und blickte mich vorsichtig um. Wir befanden uns in einer dunklen Halle. Nur wenige Schritte von mir entfernt sah ich eine Art Wasserbecken, das jedoch nicht mit Wasser, sondern mit einer bröckligen Brühe gefüllt war, die den Geruch nach Erbrochenem verströmte. Auf dem steinernen Boden lag ein schmaler Teppich aus kostbarem schwarzem Samt, der bis zu einem Thron aus glänzendem Stein am Ende des Saals führte. Rechts und links neben dem Teppich schwebten einzelne Feuer in der Luft. Die Flammen formten abwechselnd das Symbol einer liegenden Acht, das Zeichen der Unendlichkeit, bevor sie sich wieder zu Kugeln aus Hitze zurückbildeten. Außer Alvin, Tola und Ben waren noch zwei weitere schwarze Träger im Saal anwesend: Arkadius, der groß und mächtig auf seinem Thron saß und gerade ein Sumpfcognacglas leerte, sowie eine hagere Gestalt in einer Mönchskutte mit zerrissenen schwarzen Linien auf der Wange.

Casimir. Der Ekelträger hatte seine stechenden Augen auf Ben gerichtet, und bevor er seinen Blick weiter nach links schwenken und mich entdecken würde, ließ ich mich flach auf den Boden fallen. Auf dem Bauch rutschte ich zu dem Wasserbecken, das keines war, und tauchte mit angehaltenem Atem in die bröcklige Brühe. Der Gestank war so entsetzlich, dass ich das Gefühl hatte, mich auf der Stelle übergeben zu müssen, doch mir kam zugute, dass ich seit gestern nichts im Magen hatte.

„Diese Hohlköpfe", ließ sich Arkadius' tiefe Stimme vernehmen. „Das Einzige, was sie interessiert, ist ihr mordsteures Mondlichtfest." Er griff nach einer dunklen Flasche neben seinem Thron und schenkte sich sein Sumpfcognacglas wieder voll.

„Gestalter, wir haben –", setzte Casimir an, doch Arkadius sprach schon weiter.

„Die Unruhen nehmen zu und Panica ist nur mit ihrem mordsteuren Mondlichtfest beschäftigt, als gäbe es nichts Wichtigeres zu tun, als wäre es das Einzige –"

„Gestalter, wir haben Gesellschaft", presste Casimir hervor und seine zerrissenen Linien entfachten sich, als er seinen Blick auf Ben richtete. Tola und Alvin näherten sich in der Zwischenzeit katzbuckelnd dem Thron und Arkadius starrte ihnen mit trübem Blick entgegen.

„Was soll das?", donnerte er. „Hatte ich euch Idioten nicht gesagt, dass ich nicht gestört werden möchte?"

Die beiden Ekelträger hielten mitten in der Bewegung inne.

„Hatte er das gesagt?", zischte Alvin Tola zu.

„Keine Ahnung. Wenn, dann hat er es DIR gesagt, MIR jedenfalls bestimmt nicht", fauchte Tola zurück.

„Das ist ja wieder mal typisch!" Alvin richtete sich aus seiner gebückten Haltung auf und bedeckte Tola mit einem feinen Speichelregen. „Immer gibst du mir die Schuld! Immer! Nicht EIN MAL kannst du zugeben, wenn du etwas verbockt hast!"

„Haltet sofort die Klappe oder ich werfe euch beide in den Abfluss des ewigen Gestanks", murrte Arkadius und nickte mit dem Kopf in Richtung meines Kotzesees. Casimir richtete seinen brennenden Blick auf die bröcklige Brühe, und ich tauchte augenblicklich mit dem Kopf unter.

Es war eine fürchterliche Erfahrung, und ich konnte mir nicht vorstellen, dass Bens Weg durch den Kotzeregen auch nur halb so schlimm gewesen war. Ich konnte nicht atmen, ich konnte nichts sehen, ich konnte mich einfach nur an der Wand des Beckens festklammern, Mund und Augen zusammenpressen und darauf hoffen, dass Casimir mich nicht bemerkt hatte.

Falls doch würde ich es zumindest ganz bald wissen. Und – wer wusste das schon – vielleicht war so ein Aufenthalt im Strafgefangenenlager doch gar nicht so schlimm. Mit jeder Sekunde, die verging, kam es mir jedenfalls so vor, als müsste es die reinste Freude sein, einem geflügelten Ekelsauger den Schleim aus dem Bauch zu saugen. Okay, vielleicht keine Freude – aber zumindest auch nicht schlimmer als das hier. *Nichts* war schlimmer als das hier. Verzweifelt grub ich meine Finger in die matschigen Seitenwände und stieß dabei gegen einen glatten Stein.

Meine Lungen brannten. Wie lange war ich schon untergetaucht? Eine Minute? Zwei? Ich hatte vergessen, meine Herzschläge zu zählen, aber es war mir in diesem Moment auch egal. Ich hielt es keinen einzigen Moment länger aus.

So lautlos wie möglich tauchte ich wieder auf und saugte die übel riechende Luft ein. Trotz des Gestanks war es ein wunderbares Gefühl.

Ben hatte sich inzwischen aufgerichtet und ging über den schwarzen Samtteppich auf Arkadius und Casimir zu. Glitschige Gedärme, Erbrochenes und Eitertröpfchen regneten von ihm herab und jeder Schritt hinterließ einen feuchten Fußabdruck auf dem Teppich.

„Oh, der Reisende, der nicht reisen kann", begrüßte Arkadius ihn höhnisch. Ben erstarrte mitten in der Bewegung und ich mit ihm.

Ben konnte nicht reisen?

Durch seinen Körper verlief ein Ruck und ich sah, wie sich die Muskelstränge an seinen Unterarmen verspannten, als er die Fäuste ballte.

„Ich würde die Prüfung gerne wiederholen", presste er hervor.

Arkadius stellte das Sumpfcognacglas mit einem Klirren auf der Lehne seines Throns ab und lachte schallend. Sofort stimmten Alvin und Tola hämisch ein und auch auf Casimirs Gesicht zeigte sich ein höhnisches Grinsen.

In diesem Moment vergaß ich den schrecklichen Kotzesee, ich vergaß das drohende Strafgefangenenlager, ich vergaß sogar den Lichtstein, wegen dem wir eigentlich hier waren, und war nur bei Ben. Hass stieg in mir hoch, weil sie ihn auslachten und am liebsten wäre ich hinausgesprungen und hätte ihnen allen eine verpasst.

„Ist das ein Nein?", fragte Ben in diesem Moment mit einem kaum wahrnehmbaren Beben in der Stimme.

„Und ob das ein Nein ist, und zwar ein endgültiges. Und jetzt scher dich aus meiner Burg und wage es nicht, mir noch einmal unter die Augen zu treten", knurrte Arkadius und gab Alvin und Tola einen Wink. „Schmeißt ihn in den Abfluss."

Die beiden Ekelträger strahlten, als ob sie gerade das allertollste Geschenk in der Geschichte der Geschenke bekommen hätten, packten Ben rechts und links an den Armen und zerrten ihn durch den Saal auf meinen Kotzesee zu. Ich tauchte rasch unter, griff nach dem Stein, dann hörte ich ein Platschen und spürte, wie Bens Körper neben mir in die weichen Bröckchen eintauchte – und dann machte es WUSCH und wir wurden durch den Abfluss des ewigen Gestanks gespült.

Nach einer kurvenreichen Ewigkeit durchbrachen wir die Oberfläche des Burggrabens und schnappten gierig nach Luft. Eine ganze Zeit lang sprach keiner von uns auch nur ein Wort, weil wir viel zu sehr mit Atmen beschäftigt waren.

„Du bist mir in den Thronsaal gefolgt", sagte Ben schließlich. Der Sumpf blubberte leise und eine große Blase zerplatzte direkt neben seinem schlammverkrusteten Kopf. Er verzog das Gesicht, als müsste er sich jeden Moment übergeben und ich sah, wie er darum kämpfte, seinen Mageninhalt bei sich zu behalten.

„Ja und deswegen haben wir jetzt den Lichtstein", sagte ich so munter wie möglich und streckte die rechte Hand in die Höhe, mit der ich den glatten Stein umklammert hielt.

Seine Augen wurden groß. „Du hast den Stein?"

„Ich habe den Stein."

„Wie hast du den gefunden?", stieß Ben hervor und konnte es anscheinend noch immer nicht glauben.

„Er steckte einfach in der Wand des Kotzesees", erwiderte ich. „Anscheinend dachte Jakob, dass er am allerstinkendsten, allerschrecklichsten Ort der Sumpfburg niemals gefunden werden würde."

Ben sah mich ernst an. „Tja. Da hat Jakob sich

anscheinend geirrt."

Ich grinste.

Geschunden und besudelt krabbelten wir schließlich die steile Böschung hinauf. Unsere Finger versanken bis zu den Handgelenken in dem weichen, morastigen Untergrund und unsere Füße lösten sich bei jedem Schritt mit einem ekelerregenden Schmatzen aus dem Schlamm. Irgendwann schob mich Ben von hinten an und ich zog ihn das restliche Stück hinauf. Endlich lagen wir keuchend und japsend auf der schwarzen Erde.

„Meinst du, sie werden uns verfolgen?", fragte ich und umklammerte den Lichtstein so fest, als ob ich ihn nie wieder loslassen wollte. Er war orange und so wie der grüne Stein, den wir an die Totaa verloren hatten, wunderschön. Seine Oberfläche war glatt und ebenmäßig und es sah aus, als ob fluoreszierende Blitze darin zuckten. In meinen Augen war er perfekt.

„Sie wissen doch gar nicht, dass du in der Burg warst", antwortete Ben auf meine Frage.

„Ja, aber was ist mit den Totaa?" Ich richtete mich auf. „Wenn ich ihr Anführer wäre, dann würde ich uns beobachten lassen. Sie werden bald wissen, dass wir den Stein gefunden haben. Deshalb müssen wir ihn so schnell wie möglich in Sicherheit bringen."

„Das Erste, was wir tun müssen, ist uns waschen", murrte Ben. Wie aufs Stichwort kam Fledi aus dem Wald geflogen und flatterte begeistert um uns herum. Schon allein unsere Nähe schien ihn weiter wachsen zu lassen. „Oder glaubst du nicht, dass es auffällig ist, wenn wir von einer Riesenfledermaus verfolgt werden?", ätzte Ben. „Solange du derart widerlich riechst, wird er uns nicht mehr verlassen."

Ich sagte nichts, denn er hatte recht, auch wenn ich den Lichtstein gern sofort in Sicherheit gebracht hätte. Selbst, wenn ich gar nicht wusste, wo diese Sicherheit eigentlich sein sollte.

Ben stand auf und sah sich um. „Komm, die Luft ist rein. Wir sollten sehen, dass wir hier verschwinden."

Ich nickte und wollte aufstehen. Aber meine Beine bewegten sich nicht. Sie bewegten sich einfach nicht. Starr vor Entsetzen spürte ich, wie lähmende Schwärze von allen Seiten auf mich eindrang. Sie schwappte über meinen Körper, kroch von den Beinen bis zu meinem Gesicht. Ich sah Bens Kopf über mir auftauchen, ich sah die Sorge in seinem Gesicht und dann verschwand er ebenfalls in der Schwärze.

Das Nächste, was ich wahrnahm, war eine Höhlendecke. Ich lag noch immer auf dem Rücken und das rhythmische Stampfen von Eisenstangen drang an mein Ohr. Langsam richtete ich mich auf. Ich war wieder in der Höhle mit den weiß gekleideten Gestalten, doch diesmal befand ich mich nicht zwischen ihren Leibern, sondern irgendwo anders in einem schmalen, unterirdischen Gang. Ben und eine weitere Ausgabe meines Selbst waren auch da; ich sah uns beide in dem Gang kauern und Lee ihren Arm in einen Spalt stecken. Beunruhigt trat ich näher und sah die Verzweiflung auf ihrem – also meinem – Gesicht.

„Der Lichtstein", keuchte die andere Lee, „ich kann ihn nicht erreichen!"

„Wir müssen hier weg, die Bösen werden bald hier sein", sagte Ben und zog mich hoch.

„Nein! Ich muss den Lichtstein –"

Er legte mir die Hand auf den Mund. „Wir müssen hier weg", wiederholte er drängend und starrte meinem Ebenbild in die Augen. „Die Bösen werden sonst gewinnen."

Mit einem Schrei fuhr ich hoch. Ben kniete neben mir und presste mir wie der Ben aus der Vision die Hand auf den Mund. „Still", raunte er mir zu, „sie sind ganz in der Nähe."

„Wer?", hauchte ich, als er die Hand wegnahm.

„Die beiden Ekelträger aus der Burg. Vielleicht auch andere. Ich weiß es nicht. Komm, Dornröschen." Er zog mich in die Höhe und zerrte mich hinter sich her in den Schutz des Waldes. Jeder Muskel meines Körpers tat mir weh und die Kopfschmerzen, die alle meine Visionen begleiteten, brachten mich fast um. Dennoch biss ich die Zähne zusammen und stolperte hinter Ben her, so gut es ging. Er schien den Weg zu kennen, denn er zögerte kein einziges Mal, und erst als wir die kleine Lichtung erreichten, auf der wir die Nacht verbracht hatten, ließ er mich los.

Mit einem Stöhnen fiel ich auf die Knie.

„Was hast du?", fragte Ben und sah mich besorgt an. „Was war das vorhin?"

Ich schüttelte den Kopf. „Gar nichts", flüsterte ich und ließ meinen Blick über die Lichtung schweifen. Xrambald war verschwunden und nur die kalte Feuerstelle wies darauf hin, dass er jemals hier gewesen war.

„Lüg mich nicht an", sagte Ben hart. „Du bist ohnmächtig geworden und hast danach geschrien. Das ist nicht ‚gar nichts'."

Das Geräusch pelziger Flügel ertönte und ich sah Fledi, der von Baum zu Baum flatterte und uns aus tellergroßen Augen anstarrte.

„Ich hatte eine Art Vision", flüsterte ich.

„Eine Art Vision?", wiederholte er kalt und zog die Augenbrauen zusammen.

„Ich habe gesehen, dass wir den Lichtstein in einer Höhle verlieren werden. Wir dürfen nicht in die Nähe einer Höhle gelangen, verstehst du?" Ich umklammerte den Stein und presste ihn gegen meinen Brustkorb.

Ben fuhr sich durch die Haare und ging auf der Lichtung auf und ab. „Seit wann hast du Visionen?"

„Seit meiner Erweckung."

Er blieb abrupt stehen und funkelte mich böse an.

„Und bist du auch schon mal auf die Idee gekommen, mir davon zu erzählen?", fuhr er mich hasserfüllt an. Seine Gesichtszeichnung begann, sanft zu glimmen.

Ich schluckte und straffte die Schultern. „Bist du vielleicht schon mal auf die Idee gekommen, mir zu sagen, dass du nicht reisen kannst?"

„Das ist etwas ganz anderes, Wächterin", spie er mir ins Gesicht.

„Etwas ganz anderes? Ich bin anscheinend nicht die Einzige, die ein Geheimnis mit sich herumträgt", fauchte ich.

„Aber mein Geheimnis bringt dich nicht in Gefahr."

Ich schnaubte. „Inwiefern bringen dich meine Visionen bitteschön in Gefahr?"

„Glaubst du nicht, dass sie etwas damit zu tun haben könnten, warum du dich in dieses aussichtslose Unterfangen stürzt?" Er machte eine kurze Pause, als überlegte er, sich umzudrehen und einfach wegzugehen. „Was hast du bislang alles gesehen?", verlangte er nach einem quälend langen Moment zu wissen. Sein Ton war hart.

Ich presste die Lippen aneinander. „Es begann mit Jespers Kuss."

Bens Augen durchbohrten mich und ein Gefühl der Hilflosigkeit floss durch meine Adern. Ich richtete mich etwas auf, fühlte mich aber so schwach, dass ich gleich wieder zur Seite kippte. „Danach sah ich eine Versammlung der Totaa, die Höhle der Totaa voller Skalpelle, mich selbst bei einem Verhör, den Dunklen Ort und jetzt eben den Verlust des Lichtsteins."

„Du hast die Versammlung der Totaa gesehen?", wiederholte er gereizt und sein Herzschlag ging heftig und laut. „Und selbst da bist du nicht auf die Idee gekommen, mir davon zu erzählen?"

„Ich, ich wusste nicht, wem ich vertrauen kann", gab ich aufgebracht zu.

„Du wusstest nicht, wem du vertrauen kannst?", schrie Ben mir ins Gesicht.

„Woher sollte ich es denn wissen?", schrie ich zurück.

„Vielleicht weil ich dir seit einer Ewigkeit helfe? Schon mal auf den Gedanken gekommen, Wächterin?", brüllte er. „Ich soll jedem beschissenen Gefühl von dir vertrauen und … und du, du …" Er schnaubte und tigerte auf und ab, so als müssten seine Schritte seine Abscheu im Zaum halten. Ich wusste nicht, ob ich wütend sein sollte, weil er mich derart anging – oder ob er recht hatte. Hätte ich ihm vertrauen sollen? Hätte ich einfach loslassen und Ben in mein Geheimnis einweihen müssen? Ich rieb mir über die Augen und etwas in mir fühlte sich gar nicht gut an.

„Erzähl mir alles", befahl er. Ich atmete tief durch und dann gab ich ihm jedes Detail meiner Visionen preis.

„Ich werde mich jetzt waschen. Und ich würde dir raten, dasselbe zu tun", sagte Ben irgendwann schroff, nachdem ich ihm alles erzählt hatte. „Vielleicht wäschst du dir dann deine Pseudomoral endlich mit weg." Er wandte sich zum Ufer des Sees und streifte seinen vor Schmutz starrenden Anzug ab. Diesmal wandte ich mich nicht ab, und obwohl mir der Anblick seiner nackten Rückenansicht Herzklopfen bescherte, drängte ich diese Gefühle und alle anderen beiseite und starrte sorgenvoll auf das kristallklare Gewässer.

Xrambald hatte uns geraten, uns von dem Wasser fernzuhalten, und das sicher nicht ohne Grund. Was war in diesem See, wovor wir uns fürchten sollten?

Ein Geräusch ließ mich herumfahren. Fledi war aus den Zweigen geglitten und schon drauf und dran, sich an meinem Ekel zu laben – was auch nicht schwer war. Ich war unglaublich dreckig und stank schlimmer als der schlimmste Abwasserkanal, schlimmer als das Wutgeysirwasser, schlimmer als alles, was ich mir nur vorstellen konnte.

Langsam stand ich auf. Ich hatte kaum noch Schmerzen und mein Körper fühlte sich wieder normal an. Ich sah, wie Ben in den See hineinwatete. Dann wandte er sich zu mir um. Das Wasser stand ihm bis zur Hüfte und ließ seinen durchtrainierten Oberkörper erkennen. Er fing meinen Blick auf und sah mich durchdringend an. Ich ging ans Ufer, bückte mich im Vorbeigehen nach seinem schmutzigen Anzug und warf ihn ihm zu.

„Hier, den solltest du auch in dein Bad mit einschließen." Ben fing den Stoff in der Luft und warf ihn über den Ast eines verkrüppelten Baumes.

„Alles zu seiner Zeit", sagte er kalt und begann, sich vor meinen Augen gewissenhaft den Schlamm von der Brust zu schrubben. Dann tauchte er kurz unter, um seinen ganzen Körper vom Dreck zu befreien. Als er wieder auftauchte, rann das glitzernde, klare Wasser über die schwarzen Linien seines Halses, die in einem kräftigen Kontrast zu seiner gebräunten Haut standen. Er schüttelte das Wasser mit einer schnellen Bewegung aus seinem zerzausten Haar und tauchte danach den Anzug in den See.

Ich löste mich von seinem Anblick und gestand mir ein, dass ich ihn entschieden zu lange angestarrt hatte. Stattdessen blickte ich prüfend über das kristallklare Gewässer. Es lag friedlich und still vor mir und nicht die geringste Gefahr schien von ihm auszugehen.

„Vielleicht ist das Wasser giftig", sagte ich zu Ben, während ich in den See watete. Es war ein herrliches Gefühl, in das erfrischende Nass zu tauchen, und als mein Körper unter Wasser war, befahl ich meinen Wasserperlen, sich wie ein Ring um meine Hand zu legen, mit der ich noch immer den Lichtstein hielt. Koste es, was es wolle, ich musste den Lichtstein beschützen.

„Genau", murmelte Ben, führte eine Handvoll Wasser zum Mund, gurgelte damit und schluckte.

„Ben!", rief ich entsetzt. „Wieso machst du so was?"

„Hast du nicht in deiner Vision gesehen, dass wir munter in einer Höhle herumkrabbeln? Wäre nicht möglich, wenn ich mich gerade selbst vergiftet hätte, oder?" Bens Bewegungen, mit denen er den dunkelgrauen Stoff seines Anzugs schrubbte, wurden heftiger.

Ich schüttelte den Kopf. „Ich weiß nicht, WANN meine Visionen wahr werden. Kann sein, dass du dir die nächsten vierzig Tage die Seele aus dem Leib kotzt, weil du vergiftetes Wasser getrunken hast, vor dem dich der Ekelträger gewarnt hat." Langsam tauchte ich mit dem Kopf unter, um auch den letzten Rest Dreck aus meinen Haaren zu spülen. Als ich wieder auftauchte, erschrak ich, weil Ben plötzlich ganz nah vor mir stand.

„Wenigstens hat der Ekelträger mich gewarnt, du

unterlässt so etwas ja lieber", sagte er kalt.

„Ist das dein Argument? Wie sehr hältst du dich denn bitteschön an seine Warnung?", entgegnete ich nüchtern.

„Das ist irrelevant."

„Irrelevant?", wiederholte ich und atmete tief durch. „Ben, ich habe dir jetzt doch alles von meinen Visionen erzählt."

„Ja, jetzt", fauchte er und seine dunklen Augen funkelten erregt. Obwohl es in dieser Situation ganz und gar nicht angebracht war, konnte ich in dem Augenblick nur daran denken, dass wir beide nackt waren und dass uns nur ein paar Zentimeter Wasser voneinander trennten.

Ich spürte, wie mir die Hitze ins Gesicht schoss, und wich instinktiv einen Schritt zurück. Das Wasser schwappte über meine Haut, und obwohl ich wusste, dass alle entscheidenden Stellen bedeckt waren, fühlte es sich nicht so an. Bens Augen schweiften von meinem Gesicht über meine nackte Schulter und saugten sich an dem schwarzen B auf meinem Oberarm fest. Ich konnte seinen Blick beinahe wie eine Berührung auf meiner Haut fühlen und spürte, wie sich die Markierung erwärmte.

„Wenigstens beim Duell wirst du von Anfang an das Richtige tun", sagte er. Ich presste die Lippen aufeinander und verspürte alles andere als Lust, Ben beim Duell anzufeuern und ihn und seine Dummheit auch noch zu unterstützen.

„Nur weil ich es muss", erwiderte ich erbost und wandte Ben den Rücken zu. Beim Hinaussteigen befahl ich meinen Wasserperlen, wieder ihren gewohnten Platz einzunehmen, und an Bens scharfem Einatmen erkannte ich, dass sie nicht schnell genug gewesen waren, aber das war mir egal.

Ich wartete am Rande der Lichtung auf ihn und trampelte mit dem Fuß auf einer kleinen braunen Blume herum, die ihren widerlich süßen Geruch in der ganzen Umgebung verteilte.

„Ich bin zu einer Entscheidung gelangt", sagte ich zu ihm, als ich seine Anwesenheit in meinem Rücken spürte. „Wir sollten uns trennen. Da ich uns gesehen habe, wie wir den Lichtstein zusammen verlieren, ist es wohl das Sicherste, wenn wir nicht mehr gemeinsam unterwegs sind."

Ich wandte mich Ben zu, der mich mit eisernem Gesicht anstarrte.

„Wenn du meinst", sagte Ben.

„Ja, das meine ich", erwiderte ich, obwohl sich mir bei den Worten das Herz zusammenkrampfte.

Rasch senkte ich den Blick. Ich hatte vor, den Lichtstein in die Schwarzweiße Stadt zu bringen. Irgendwie zog es mich dorthin zurück, wo alles angefangen hatte. Ich wusste zwar noch nicht, wo ich ihn dann verstecken sollte, aber vielleicht wusste es jemand anderer. Vielleicht konnte ich den Lichtstein wirklich in die andere Welt bringen, wo man ihn nie wiederfinden würde. Und wenn Ben nicht die Fähigkeit hatte zu reisen, dann konnte ich möglicherweise Jesper fragen, ob er mich mitnahm.

Zum zweiten Mal innerhalb von wenigen Sekunden krampfte sich mein Herz zusammen.

„Das war's dann", sagte Ben und schob sich die nassen Haare mit einer heftigen Bewegung aus der Stirn. Ich sah, wie sich seine Muskeln dabei anspannten, und hätte am liebsten einen Schritt auf ihn zugemacht.

Ich nickte. „Es ist das Beste so."

„Na, wenn es das Beste ist", höhnte Ben. „Sagt dir das dein Wächterinstinkt? Dem kann man ja nur vertrauen."

„Ben, lass es gut sein", sagte ich.

Er wollte gerade etwas Ekelhaftes erwidern, als ich sah, wie sich der Ausdruck in seinem Gesicht veränderte und er an sein Ohr griff. Zuerst schien er erschrocken zu sein, dann bestürzt und am Ende entsetzt.

„Ben? Was ist los?", rief ich und konnte nicht verhindern, dass in meiner Stimme eine leichte Panik mitschwang. *Der See, es ist das Wasser, wir hätten niemals hineingehen dürfen*, schossen die Gedanken durch meinen Kopf.

„Was hast du?", wiederholte ich und machte einen Schritt auf ihn zu.

„Da ist etwas … in meinem Ohr", keuchte Ben und schüttelte wie wild den Kopf. Dann schrie er gequält auf und riss sich das Oberteil von seinem Körper.

Ich starrte ihn an und schlug mir die Hand vor den Mund. Das Ding – egal, was es war – das durch sein Ohr gekommen war, bewegte sich nun unter seiner Haut. Der Abdruck sah aus wie der einer Nacktschnecke, die mit einer enormen Geschwindigkeit an seinem Hals hinabsauste. Dann wetzte sie über seine muskulöse Brust und verschwand ungefähr dort, wo ich sein Herz vermutete.

„Bei allen Sinnträgern", wisperte ich geschockt. „Spürst du das Ding noch? Hast du Schmerzen?"

Ben stand schwer atmend mit nacktem Oberkörper im Wald und lauschte in sich hinein. Sein Herz schlug schnell und laut in seiner Brust. „Nein, eigentlich spüre ich gar nich-", setzte er an und stöhnte im nächsten Moment laut auf. Ich sprang nach vorne, um ihn aufzufangen, als er taumelte. Meine Gedanken rasten.

Ich musste ihm irgendwie helfen. Ich musste ihn zu einem Heiler bringen – in der Sumpfburg gab es bestimmt einen Heiler und die war gar nicht so weit entfernt. Wenn er ohnmächtig wurde, würde es schwer werden, aber es war zu schaffen.

„Lee", stammelte Ben und verdrehte die Augen, „du hattest recht, ich hätte nicht ins Wasser gehen sollen."

„Doch", widersprach ich, „sonst wären wir an deinem Gestank umgekommen."

„Nicht witzig", murmelte Ben mit einem Grinsen und stützte sich an einem hervorstehenden Ast des verdrehten, kahlen Baumes neben uns ab. Ein metallenes Geräusch ertönte, wie von einem Zahnrad, das einrastet, dann knackte es einmal laut und im nächsten Augenblick brach unter Bens und meinen Füßen der Boden weg.

Kapitel 3

Wir fielen tief und landeten auf feuchter Erde, die modrig roch, unseren Sturz jedoch gut abgefangen hatte. Ich fühlte einen stechenden Schmerz in meiner Hüfte und meiner Schulter.

„Alles okay?", fragte ich Ben und richtete mich in dem finsteren Gang langsam auf. Das hier war gar nicht gut.

„Wo sind wir? Was ist das für ein Geräusch?", entgegnete Ben und seine Stimme klang ungewöhnlich hell. Ich lauschte in die Dunkelheit und hörte einen lang gezogenen Schrei, der mir die Nackenhaare aufstellte. Er klang weit entfernt aber für meinen Geschmack noch immer viel zu nah. Rasch blickte ich mich um. Wir befanden uns in einem Stollen tief unter der Erde und ich hatte das dumpfe Gefühl, genau zu wissen, wo wir waren.

„Wir müssen hier weg", drängte ich und legte den Kopf in den Nacken. Über uns befand sich der elendslange Schacht, durch den wir gefallen waren und der keinerlei Möglichkeit für einen Aufstieg bot. Wir mussten einen anderen Weg hinausfinden, zurück konnten wir nicht mehr.

Ich half Ben aufzustehen, der orientierungslos blinzelte und sich wie ein Betrunkener an der Wand abstützte, bevor er einige Schritte in die Richtung torkelte, aus der der Schrei gekommen war. „Lass uns da lang gehen", nuschelte er.

Mein Herz hämmerte wild in meiner Brust und drohte, jeden Moment herauszuspringen, denn eine böse Vorahnung befiel mich. Mein Licht entfachte sich und schimmerte an den Höhlenwänden, während meine Hand den orangefarbenen Lichtstein fest umklammert hielt. Ich ließ die Wasserperlen an meiner Haut eine Art Tasche formen, in der ich den Stein vorsichtig verstaute. Jetzt brauchte ich beide Hände frei, wer wusste, was und wer uns hier unten noch begegnen würde.

„Dieses Geräusch", lallte Ben. „Wir müssen zu dem Geräusch, Fledi." Er drehte sich zu mir um. „Fledi ist ein schöner Name, weißt du, du bist überhaupt sehr schön", murmelte er und strich mir mit seinen Fingern sanft über die Wange. Seine Berührung löste ein leichtes Kribbeln in mir aus und ich atmete tief durch. Hielt er mich tatsächlich für den Emotionssauger? Was machte das Ding in seiner Brust mit ihm? Ich schluckte. Warum bei allen Sinnen war Ben gerade jetzt nicht bei Sinnen? Was passierte mit ihm?

Ich hatte jedoch keine Zeit, mir darüber den Kopf zu zerbrechen, denn im nächsten Moment ertönte erneut dieser schreckliche Schrei, der sich zu einem schrillen, nervenzerreißenden Kreischen steigerte und dann abrupt abbrach. Ich war mir nicht sicher, aber es hörte sich an, als würde er von einer Frau stammen.

„Komm, da lang", forderte ich fröstelnd und nahm Ben fest an der Hand.

„Fledi, lass uns fliegen", lallte er.

„Psst. Sonst entdeckt uns noch jemand", flüsterte ich und zog ihn nach rechts, weg von den unheimlichen Geräuschen. „Lass uns dorthin fliegen."

„Fledi!", rief Ben und ich presste ihm die Hand auf den Mund. „Fledi möchte ein Spiel mit dir spielen", knurrte ich so freundlich wie möglich. „Es heißt: Wer länger stillhält, hat gewonnen. Möchtest du mitspielen?"

Ben nickte eifrig und ich ließ langsam die Hand sinken.

„Das Spiel beginnt jetzt", flüsterte ich.

Ben legte sich den Finger auf die Lippen. „Psst", machte er und sah dabei irgendwie idiotisch aus. Seine Augen waren weit aufgerissen und glänzten, als ob wir das Spiel des Jahres spielen würden. Ich lächelte aufmunternd und versuchte, mir nicht anmerken zu lassen, welche Sorgen ich mir machte. Wenn wir tatsächlich in den Höhlen der Totaa gelandet waren, durften wir hier unter keinen Umständen den Lichtstein verlieren. Den Gedanken, dass wir vielleicht mehr als nur den Stein verlieren könnten, schob ich beharrlich zur Seite.

Langsam schlichen wir durch den Gang. Ben schlurfte mir hinterher, und jedes Mal, wenn ich mich nach ihm umdrehte, machte er mit seiner Hand das Zeichen, dass seine Lippen verschlossen seien, und grinste dümmlich, als würden wir das spannendste Geheimnis der Welt miteinander teilen. Ich versuchte, meinen Sinn unter Kontrolle zu halten und nicht zu stark zu leuchten, doch der schwache Schimmer half mir, mich schneller zurechtzufinden. Der Tunnel war verwinkelt und hatte jede Menge Abzweigungen, die alle noch tiefer in die Erde führten. Meine Zuversicht schwand mit jedem Schritt. Ich begann zu zweifeln, ob wir nicht doch nach links hätten gehen müssen, dem Schrei entgegen. Dieses Erdlabyrinth schien unendlich groß zu sein und ich wusste, dass uns nicht ewig Zeit blieb. Wir mussten schnellstmöglich hier raus!

Ein Geräusch ließ mich innehalten. Der Gang führte in einem Knick um die Ecke und dahinter konnte ich zwei männliche Stimmen vernehmen, die sich eindeutig auf uns zubewegten. Mit rasendem Puls blickte ich mich um. Wo sollten wir hin? Die Stimmen näherten sich unerbittlich, und als die Träger schon so nah waren, dass ich ihre schlurfenden Schritte auf dem Erdboden hören konnte, erkannte ich rechts von uns einen dunklen Durchgang, der in ein noch dunkleres Gewölbe führte. Schnell schob ich Ben vor mir her und im letzten Moment, bevor ich in den Seitenarm schlüpfte, sah ich die weißen Kapuzenträger um die Ecke kommen.

Ich presste mich flach gegen die Wand und hielt die Luft an. Es kostete mich meine ganze Kraft, meinen Sinn zu kontrollieren und mein Licht zu deaktivieren. Die Schritte der Totaa behielten ihren gleichmäßig schlurfenden Takt und ich atmete auf. Sie hatten uns nicht gesehen.

„Der Anführer wird böse mit uns sein", erklärte eine dumpfe Stimme und ich glaubte, unseren bulligen Angreifer aus der Schwarzweißen Stadt und dem Turm der Achtsamkeit darin wiederzuerkennen.

„Aber was hätten wir denn tun sollen?", fragte eine heisere, weibliche Stimme zurück. „Dieser Miro war ein gerissener Typ, wenn der Meister unbedingt wissen will, wo der seinen perfekten Lichtstein versteckt hat, hätte er ihn am Leben lassen müssen."

„Hat er sich nicht selbst in die Luft gesprengt?", fragte der bullige Totaa zurück. „Ich dachte, er hätte sich umgebracht, nachdem er erkannt hat, wie gefährlich die Steine sind, die er erschaffen hat." Er machte eine kurze Pause. „Ach, was weiß ich, uns erzählt ja keiner was, und ehrlich gesagt ist es mir auch lieber so. Aber wenn wir nicht bald eine Spur haben, passiert uns das Gleiche, das sag ich dir."

Die Stimmen kamen näher. Genau jetzt passierten sie unseren schmalen Durchgang. Ich deutete Ben, still zu sein und drückte mich mit angehaltenem Atem noch tiefer in die Dunkelheit.

„Das Sterben macht mir weniger Sorgen", knarzte die heisere Kapuzenträgerin, „die Folter und die Sinnesraubung, das ist kein Schicksal, das ich teilen möchte. Ich habe das Blut gesehen, das viele Blut, ich habe die zentrale Leichenhalle gesehen, ich will dort nicht enden." Ihre Stimme zitterte.

„Die zentrale Leichenhalle", wiederholte der bullige Träger voller Ehrfurcht und aus dem Augenwinkel konnte ich sehen, wie sich ihre Kehrseiten immer weiter von uns entfernten, bis die Dunkelheit sie irgendwann verschluckte.

Ich atmete tief durch und fühlte mich erschöpft. Meinen Sinn zu kontrollieren, kostete viel Kraft und erforderte meine ganze Konzentration. Dennoch war mir nicht entgangen, was die beiden über Miro gesagt hatten. Offenbar war er der Magiebegabte gewesen, der die acht perfekten Lichtsteine erschaffen hatte – und die Totaa waren nach wie vor auf der Suche nach seinem Stein, was bedeutete, dass ich einen neuen Anhaltspunkt hatte.

Plötzlich machte Ben ein paar Schritte von mir weg und jauchzte auf. Erschreckt fuhr ich herum, für einen Moment hatte ich ihn total vergessen.

„Psst", machte ich und folgte ihm in eine Höhle, die ich auf den ersten Blick wiedererkannte. Stalaktiten hingen von der Decke der kleinen Grotte und violett funkelnde Tropfen krochen mit einem leisen Zischen den spitzen Stein entlang.

„Verloren! Du hast verloren!", kreischte Ben und ich war mit einem Schritt bei ihm, um ihm die Hand auf den Mund zu legen.

„Ja, sehr gut, das hast du großartig gemacht. Da wollen wir doch gleich noch eine Runde spielen", presste ich hervor und zwang mich zu einem Lächeln.

Ein dicker, violetter Tropfen rollte oberhalb von Ben langsam an einem Stalaktiten hinunter und ich zog ihn rasch zur Seite. Ich war mir sicher, dass es nicht gut war, von der dunkel glitzernden Flüssigkeit berührt zu werden.

„Vielleicht will unsere Freundin mitspielen?", flüsterte Ben und begann leise zu kichern. „Zu dritt macht das sicher noch mehr Spaß." Seine dunklen Augen blickten voller Entzücken auf eine Stelle hinter meinem Rücken.

„Unsere Freundin?", wiederholte ich und fühlte, wie mein Herz einen Schlag aussetzte, bevor ich herumfuhr. Ein schwarzer Steintisch, dessen acht Beine ihn wie eine überdimensionale Spinne aussehen ließen, stand hinter mir in der Höhle. Darauf lag seltsam verdreht ein weiblicher Körper, den ich sofort wiedererkannte.

Ich schluckte trocken und bewegte mich langsam auf sie zu. Um sicherzugehen, dass Ben sich nicht irgendwo verletzte, zog ich ihn mit mir und stellte ihn an einer ungefährlichen Stelle ab. Dann trat ich an den Tisch und mir stockte der Atem.

Es war ein schrecklicher Anblick. Ihre Gesichtszeichnung hatte man ihr herausgeschnitten und dort, wo sich früher ornamentähnliche, blaue Linien befunden hatten, war nur noch offenes, blutiges Fleisch zu sehen, das von zerrissener Haut umgeben war. Sie war noch nicht lange tot und ich fragte mich, ob sie die schrecklichen Schreie ausgestoßen hatte. Falls ja, hieß das, dass ich hoffnungslos die Orientierung verloren hatte und wir uns in einem großen Kreis bewegt haben mussten. Die Stelle auf ihrer linken Gesichtshälfte war rot und glänzend, das Blut war weit über ihren weißen Kapuzenumhang gespritzt und ließ schreckliche Momente der Qual vermuten.

Charleens Gesicht wurde von ihren dunklen Haaren umrahmt und ihre Augen waren geschlossen. Dennoch lag ein leidvoller Ausdruck auf ihren Zügen. Die letzten Stunden vor ihrem Tod mussten grauenvoll gewesen sein, und obwohl ich für Charleen keinerlei Sympathie empfand, tat sie mir leid.

Ich erinnerte mich an meine Vision, erinnerte mich an die scharfen Skalpelle und den schwarz funkelnden Hautlappen, den der Totaa in Händen hielt, und fühlte einen Kloß im Hals. Charleen war gefoltert und bestraft worden, das wusste ich, bestraft dafür, dass sie aus meinem Sandsturm geflohen und Ben und mich nicht getötet hatte.

Fehler wurden bei den Totaa nicht geduldet. Aber wofür verwendeten sie die herausgeschnittenen Hautlappen? Was machten sie damit? Ich machte verstört einen Schritt zurück und passte auf, dabei nicht in die Blutlache am Boden zu treten, als Ben lautstark zu kichern anfing.

„Was ist?", zischte ich.

„Schon wieder verloren!", gluckste er und für einen Moment wünschte ich, er würde sich einfach in Luft auflösen.

„Sehr gut", lobte ich, „wollen wir gleich noch mal?" Meine Stimme war leise und klang wie die einer genervten Mutter. Ben nickte freudig und ich war erleichtert, dass ich nicht gezwungen war, mir ein neues Spiel auszudenken. Wir mussten uns beeilen, irgendwann würden sie den toten Körper in die zentrale Leichenhalle befördern und ich wollte nicht, dass wir zwei uns noch dazugesellten. Ich griff nach Bens Arm, stockte jedoch für einen Moment.

Das Geräusch von näher kommenden Schritten ließ mich herumfahren. Die Schritte klangen entschlossen und schnell und ich hoffte inständig, dass es nicht die Totaa waren, die Charleens Leichnam abtransportieren sollten. Mit jedem Atemzug wurde der feste Rhythmus lauter und für einen Augenblick stand alles still. Ich sah, wie die Staubkörner in der Luft tanzten, ich sah die Spritzer getrockneten Blutes an den Stalaktiten, ich sah, wie sich Bens Augen weiteten und er langsam den Mund öffnete, ich sah, wie meine Hand nach oben schoss, um sich über seine Lippen zu legen und ich hörte, wie die Schritte sich nach und nach entfernten.

Erleichtert sog ich die modrig riechende Luft ein und die Spannung wich aus meinem Körper. Ich griff nach dem Lichtstein in meiner Hosentasche und wusste, dass wir uns beeilen mussten. Die Vision durfte nicht eintreten, sie durfte einfach nicht eintreten. Ich musste den Stein in Sicherheit bringen.

Während ich Ben tief in die Augen sah, ließ ich langsam die Hand von seinem Mund gleiten.

„Psst", machte ich und er öffnete sofort wieder den Mund. „Ich habe verloren, ich weiß", flüsterte ich schnell und Ben grinste breit übers ganze Gesicht.

„Fledi", säuselte er und strich mit seinen Fingern sanft über meine Wangen. „Du musst nicht traurig sein. Das nächste Mal lasse ich dich gewinnen."

„Nein!", zischte ich leise. „Das will ich doch gar nicht. Du machst mir die größte Freude, wenn du gewinnst, weißt du?"

„Aber warum?", fragte Ben und legte den Kopf schief.

„Weil ich mich freue, wenn du dich freust."

Bens Augen begannen zu leuchten. „Und mich freut es, wenn du dich freust", kicherte er.

Ich nickte. „Wollen wir weiterspielen?"

„Ja. Ups. Also: ab jetzt", gluckste Ben und verschloss wie ein Pantomime seinen Mund. Ich fasste ihn an der Hand und zog ihn durch den schmalen Durchgang zurück zum Haupttunnel. Vorsichtig spähte ich um die Ecke. Weit und breit war niemand zu sehen und es blieb still. Ich entschied mich, dem verwinkelten Gang noch ein Stück in die Richtung zu folgen, aus der uns der bullige Totaa und die heisere Trägerin entgegengekommen waren, und atmete erleichtert auf, als ich eine Abzweigung entdeckte, die endlich leicht nach oben führte. Rasch zog ich Ben hinter mir her und hoffte, dieser Weg würde uns zu einem Ausgang bringen.

Wir schlichen eine gefühlte Ewigkeit den Gang entlang, als ich plötzlich jemanden summen hörte. Mein Herz zog sich schmerzhaft zusammen und ich konnte Ben und mich gerade noch in eine dunkle Nische drücken, als uns ein Kapuze tragender Totaa entgegenkam. Er spielte mit einer Münze, die er über seine Finger gleiten ließ und es kostete mich enorm viel Energie und Konzentration, mein Licht nicht zu entfachen.

Endlich war er vorbei und ich betete inständig, dass wir bald einen Ausgang aus diesem verfluchten Höhlenlabyrinth fanden. Es musste mehrere Zugänge geben, und wenn ich die Größe und Gefahr der Totaa in Betracht zog, musste ich davon ausgehen, dass jedes Land zumindest einen besaß. Mit klopfendem Herzen ging ich weiter. Wie waren wir nur hier hineingeraten? Es kam schon einem enormen Zufall gleich, dass Ben den Eingang versehentlich geöffnet hatte. Ich warf einen

Blick über die Schulter und kräuselte die Stirn. Konnte Ben mit Absicht gehandelt haben? Hatte er sich bewusst gegen den hervorstehenden Ast des verdrehten Baumes gestützt?

Er lächelte mich dümmlich an und mir lief ein Schauer über die Haut. Vorhin hatte er in die Richtung gehen wollen, aus der die Schreie kamen. Lag das wirklich an dem Ding in seiner Brust oder spielte er mir jetzt vielleicht auch nur etwas vor? Jedes Mal, wenn ich einen Lichtstein verloren hatte – ob wirklich oder in einer Vision – war Ben in meiner Nähe gewesen. War das Zufall?

„Ist es noch weit, Fledi?", fragte Ben. „Ich will nicht mehr bergauf gehen."

„Wir sind gleich da", murmelte ich, während dunkle Gedanken durch meinen Kopf zogen und ich verzweifelt versuchte, die Wahrheit zu erkennen. Ben war immer da gewesen, wenn ich einen Lichtstein verlor. Aber: Ben war auch immer da gewesen, wenn ich einen bekommen hatte. Die Idee, dass Ben ein Totaa war, war absurd. Nein, es konnte nicht sein. Hätte ich den Sandsturm nicht durch den Turm der Achtsamkeit geschickt, hätten die Totaa auch Ben getötet … oder etwa nicht?

Der Zweifel nagte an mir und ich betrachtete Ben, der mich mit einem schiefen Lächeln anstrahlte. Ich hatte die Schnecke unter seiner Haut gesehen, würde er so weit gehen? Oder waren es einfach die Schwingungen der Höhle, die mich an Verrat und Täuschung glauben ließen?

Ich fuhr mir angespannt durchs Haar und beschloss, Ben zu vertrauen, auch wenn sein aktueller Geisteszustand zu wünschen übrig ließ.

„Ist was?", fragte er und schlug sich die Hand auf den

Mund. „Ich habe verloren", hauchte er und nahm einen bestürzten Gesichtsausdruck an.

„Das ist nicht so schlimm", flüsterte ich. „Wir können das Spiel noch ewig spielen, du kannst noch ganz oft gewinnen."

„Aber jetzt freust du dich nicht mehr", klagte Ben und schob seine Unterlippe nach vorne.

„Doch, doch", sagte ich schnell, um zu verhindern, dass er gleich losheulte.

„Aber Fledi, du hast doch gesagt, dass du dich freust, wenn ich mich freue", erklärte er weinerlich. „Und ich freue mich jetzt doch gar nicht." Er schluchzte auf.

Ich atmete tief ein. Ich hätte nicht gedacht, dass dies jemals passieren würde, aber in diesem Augenblick wünschte ich mir doch tatsächlich Ben mit seinem schwarzen Sinn zurück, mit seinen ätzenden Kommentaren und seiner ekelhaften, widerlichen Art. Denn der Ben, vor dem ich nun stand, kratzte an den Grundfesten meiner Geduld. Und obwohl er mit seinen wilden Haaren, seinen unergründlichen Augen, seiner verwegenen Gesichtszeichnung, dem Dreitagebart und dem durchtrainierten Körper, der in diesem passgenauen Anzug steckte, noch immer ein äußerst attraktiver Kerl war, war ihm sämtliche Anziehung abhandengekommen. Da war mir selbst der schwabbelige Ben aus dem Wutland um einiges lieber.

Bens Schluchzen wurde immer lauter und ich befürchtete, dass man uns entdecken würde.

„Weißt du, was mich unendlich freuen würde?", fragte ich leise.

Er verstummte. „Was denn, Fledi?"

„Wenn uns hier keiner fängt. Wir spielen ein neues Spiel, okay?"

Bens Kopf nickte eifrig.

„Es gibt weiße Kapuzenträger, das sind die Bösen. Sie dürfen uns nicht fangen. Und wir, wir sind –"

„Die Guten", platzte Ben heraus und seine dunklen Augen begannen zu leuchten.

„Genau", bestätigte ich. „Wir müssen also ganz furchtbar leise sein und einen Ausgang finden. Wer zuerst aus diesem Erdlabyrinth draußen ist, hat gewonnen."

„Und ich will gewinnen", hauchte Ben.

„Genau. Wir können gemeinsam gewinnen, okay?"

„Super!", jauchzte Ben und hielt sich selbst gleich die Hand vor den Mund. „Wir müssen leise sein", flüsterte er.

„Genau. Du lernst sehr schnell."

Ben nickte glücklich und ich hoffte, dass seine Lernkurve stetig anstieg. Ich musste ihn bald zu einem Heiler bringen, das war klar, aber zuerst mussten wir hier raus. Erneut nahm ich Ben an der Hand und wir passierten vorsichtig einige Grotteneingänge, die wir schnell hinter uns ließen. Mein Gefühl sagte mir, dass wir besser dem ansteigenden Tunnel folgten und dass in den Höhlen nichts Gutes auf uns wartete.

Leise schlichen wir den finsteren Gang entlang, als gedämpfte Stimmen und schwere Schritte an mein Ohr drangen. Ich hielt in der Bewegung inne und Ben sah mich interessiert an. Die Stimmen und Schritte bewegten sich auf uns zu, kamen immer näher – und es waren nicht die Schritte von gewöhnlichen Totaa, das fühlte ich. Ben und ich mussten schnell verschwinden, wir hatten kaum Zeit. Die letzte Abzweigung lag ein ganzes Stück hinter uns und nun hörte ich auch aus dieser Richtung Fußgetrappel.

Wir saßen in der Falle.

Kapitel 4

Mein Licht entfachte sich schneller, als ich es beherrschen konnte und ich drehte mich hektisch einmal im Kreis. Wenn es nur wenige Totaa waren, konnte ich versuchen, sie mit meinem Wächterstab in Schach zu halten. Aber selbst dann würden mehr kommen – und was dann passierte, wollte ich mir nicht ausmalen.

„Du leuchtest, Fledi", sagte Ben und trat einen Schritt auf mich zu. „Das sieht so schön aus." Er streckte seinen Arm nach mir aus und ich konnte hinter ihm eine schmale Spalte im Fels erkennen. Sie sah unglaublich eng aus, aber sie war unsere einzige Hoffnung.

„Da rein", flüsterte ich und schob Ben mit all meiner Kraft durch den engen Durchgang. Die Schritte kamen immer näher und ich war mir sicher, dass die dazugehörigen Träger mein Wachsamkeitslicht gesehen haben mussten, als ich meinen Sinn mit Gewalt zurückdrängte und mich einen Herzschlag später selbst durch den Spalt quetschte. Ben hatte die engste Stelle ächzend passiert und zog mich hinter sich her. Ich fühlte den feuchtkalten Fels über meine Wange schrammen und keuchte, als mir ein Stich durch meine verletzte Schulter fuhr. Schließlich hatten wir es geschafft. Die Luft roch anders auf dieser Seite der Felsspalte, irgendwie frischer, und als sich meine Augen an die neue Dunkelheit gewöhnten, sah ich, dass wir uns auf einem schmalen Felsvorsprung befanden. Er bot gerade genug Platz, um Ben und mir Halt zu geben. Ben stand links vom Höhlenspalt, ich rechts davon und unter uns fiel die dunkle Felswand gefährlich steil ab.

Ich atmete tief durch, presste meinen Körper an den kalten Stein der Nische und war froh, dass Ben kein Wort sagte. Unter uns lag eine gigantische Höhle, die sich bis in die Tiefen der Erde erstreckte. Schwebende, schwarze Lichtkugeln sandten ihr düsteres Licht durch den riesigen Hohlraum, in dem ein ganzer Jahrmarkt Platz gefunden hätte. Achtzehn Meter zu unseren Füßen sammelten sich die Totaa in ihren weißen Kapuzenumhängen und formierten sich wie eine tollwütige Meute, die auf die Ankunft ihres Herrn wartete. Ich ließ meine Augen über die wogende weiße Masse gleiten. Es mussten Hunderte sein. Mit ihren Eisenstangen begannen sie gegen den Erdboden zu hämmern und der rhythmische Takt klang bedrohlich und erwartungsfroh zugleich.

Ein kühler Schauer raste mir über den Rücken und ich konzentriere mich darauf, mein Licht nicht wieder zu entfachen. Rechts neben uns erspähte ich eine Art Balkon, der sich weit in die Höhle erstreckte und auf dem ich in meiner zweiten Vision den Anführer der Totaa gesehen hatte. Ich klammerte mich an den Fels, als mich eine Welle der Übelkeit traf. Sie wurde wahr, meine zweite Vision wurde wahr – und das bedeutete, dass ich auch den Stein verlieren würde, wenn mir nicht bald etwas einfiel.

Die Stimme des Totaa, der Simeon getötet hatte, drang an mein Ohr und es klang so viel näher als die dumpfen Schläge der Eisenstäbe von unten. Ich presste die Lippen aneinander und legte mein Ohr an die kalte Felswand.

„Weißzer Meiszter", hörte ich ihn ergeben zischen. Neben mir, hinter der Felsmauer, musste sich eine Art Kammer befinden, die zu der Empore führte. Nervös untersuchte ich den Stein nach einer Möglichkeit, nicht nur zu hören, sondern auch zu sehen. Ich hatte Glück und fand ein kleines Loch, durch das ich hindurchspähen konnte. Gebückt presste ich mein linkes Auge gegen die kleine Öffnung und konnte wie vermutet eine Höhle erkennen. Seitlich von mir stand ein erhobener Thron, der aus einer schwarzen Masse geformt war, die sich am Boden festkrallte. Auf dem Thron saß eine Gestalt in einem weißen Kapuzenumhang, doch der Umhang war anders als die, die ich bislang gesehen hatte. Auf der Oberfläche des Stoffes kräuselten sich die Fäden wie dünne Schlangen, die gierig nach Futter lechzten. Ich schaltete meine Umgebung aus, stellte sie auf stumm, während ich mich voll und ganz auf die Geschehnisse in der Kammer fokussierte.

„Weißzer Meiszter", wiederholte der schreckliche Totaa, der mir das erste Mal auf dem Markt in der Schwarzweißen Stadt begegnet war und seine Stimme war voller Ehrfurcht, „wir haben szechsz Szteine auszfindig machen können." Sein Körper war gekrümmt und mied den Blick der Gestalt, die auf dem Thron saß und sich nicht bewegte. „Szechsz Szteine", zischte er erneut und taumelte. Es sah aus, als würde der Boden unter seinen Füßen nachgeben, die Erde platzte auf und machte den Eindruck, als würde sie ihn einsaugen wollen. „Wir werden die anderen Szteine noch finden! Ich verszpreche esz, Meiszter, ich verszpreche esz!", schrie der Totaa und seine Angst erfüllte den Raum. Der Boden unter seinen Füßen zog ihn schmatzend zu sich, unzählige Schlammhände brachen daraus hervor, fassten nach seinen Beinen und krallten sich erbarmungslos an ihm fest, um ihn Stück für Stück tiefer in die Erde zu ziehen. Der Totaa kreischte vor Schmerz und Panik, während er verzweifelt versuchte, die schwarzen Klauen abzuschütteln – bis der weiße Meister irgendwann die Hand hob. Schlagartig verschwanden die Schlammhände dahin zurück, wo sie hergekommen waren, der Boden wurde still und die Oberfläche war wieder so glatt und ruhig, als ob nichts gewesen wäre. Der Totaa zitterte am ganzen Körper.

„Ich verszpreche esz, Meiszter, ich verszpreche esz", wiederholte er krächzend.

„Schweig", hallte die Stimme des weißen Meisters durch den Raum. Sie klang tief und kräftig, hatte jedoch nichts Menschliches an sich – es war die Stimme eines mächtigen Wesens.

Ihr Nachhall bereitete mir Todesangst und ich spürte, dass höchste Gefahr von der Gestalt ausging – es war eine böse Macht, die sie in sich trug, eine böse, alte Macht, die über mein Vorstellungsvermögen hinausging.

„Ilkus", donnerte der weiße Meister und es klang mehr nach einem Schimpfwort als nach einem Namen. „Die Zeit läuft uns davon."

Ilkus nickte eifrig, hielt den Kopf aber gesenkt.

„Wir haben neue Informationen zum orangenen Lichtsztein, Meiszter. Informationen, die wir prüfen, Informationen, die uns bald in den Beszitz bringen werden."

„Ich dulde kein Versagen!", brüllte der weiße Meister und eine gewaltige Druckwelle schoss mit seinen Worten durch den Raum. Sie war so rasend schnell, dass ich ihr kaum mit den Augen folgen konnte. Die Erschütterung lief durch den Stein und ich klammerte mich an der schwarzen Felswand fest, um nicht das Gleichgewicht zu verlieren. Ilkus stürzte zu Boden und richtete sich nur langsam wieder auf. Aus seinem Gesicht leuchtete trotz der Bestrafung ungebrochene Ehrerbietung und er erinnerte mich an einen geschlagenen Hund, dessen bedingungslose Liebe keine Grenzen kannte.

„Ich verszpreche esz, Meiszter, ich verszpreche esz", hauchte er unterwürfig. Er zog etwas aus seinem weißen Umhang hervor und hielt es seinem Anführer demütig entgegen. Blutstropfen fielen von dem Hautlappen, der blau glitzerte. „Ein Geschenk, Meiszter, ein Geschenk", säuselte Ilkus, wagte es aber nicht, den Kopf zu heben.

Der weiße Meister stand auf, nickte kurz und ein unsichtbarer Sog beförderte die blutverschmierte Gesichtsmusterung in seine Hand.

Der Anführer der Totaa hielt sie an sein Gesicht, das ich unter der tief hängenden Kapuze nicht erkennen konnte. Doch was ich im nächsten Moment erkennen konnte, ließ mich erstarren: Die Zungenspitze des weißen Meisters schnellte hervor. Er leckte damit über die noch glimmenden blauen Linien und begann dann, das blutige Gesichtsmuster langsam und genüsslich in seinen Mund zu stopfen. Er schleckte und riss, schmatzte und biss, er glich einem ausgehungerten Tier, das seine Zähne tief in die Haut seiner Beute schlug und sie zerfleischte. Erbarmungslos, gefräßig und ohne Gewissen. Sein weißer Kapuzenumhang färbte sich mit jedem Bissen, den er tätigte, und die dunkelrote Farbe breitete sich langsam auf dem Stoff aus wie das Blut, das er in sich aufnahm. Ich schluckte und widerstand dem Drang, wegzusehen. Als der weiße Meister endlich fertig war, als er das letzte Stück Haut in sich aufgenommen hatte, leckte er sich über die Finger und sein blutgefärbter Umhang wurde wieder weiß. Die Schlangenfäden ringelten sich darauf wie dicke, vollgefressene Maden.

„Zeig sie mir", befahl der weiße Meister mit kalter

Stimme und Ilkus zitterte ergeben. Er warf einen Blick nach hinten und ein anderer Totaa erschien, der ihm eine schwarze Schatulle mit alten Schriftzeichen reichte. Den Blick auf den Boden gesenkt schlich Ilkus mit ehrfürchtigen Schritten auf den Thron des weißen Meisters zu.

„Schneller", grollte der Meister und Ilkus' Hände zitterten, als er die schwarz glänzende Holzkiste übergab. Er verharrte in devoter Haltung und der weiße Meister öffnete das Kästchen, von dem ein schwacher Schein ausging. Sorgfältig strich er über den Inhalt. Ich spürte ein leichtes Vibrieren, das über meine Haut fuhr, und fasste erschrocken in die Tasche meines Anzugs. Der orangefarbene Lichtstein prickelte in meiner Hand und ich rutschte hektisch an der Felswand entlang zurück zu Ben, um so viel Abstand wie möglich zwischen mich und die schwarze Schatulle zu bringen, egal was darin sein mochte. Dabei blickte ich auf die weiße Menge der Totaa unter mir.

Es waren mittlerweile Tausende, die mit ihren schweren Eisenstäben donnernd auf den Höhlenboden klopften und einen Furcht einflößenden Rhythmus erzeugten. Er klang gefährlich, bedingungslos und voller Erwartung.

Die Luft war erfüllt von dunklen Gefühlen und ein Schwall von Angst, Wut und Hass schlug mir entgegen, begleitet von einem tiefen Summen, das die Ankunft des Anführers ankündigte. Je lauter das Summen wurde, desto drängender wurde der Hall der Schläge.

Die hochgewachsene Gestalt des weißen Meisters erschien auf der steinernen Empore und tosender Donner von Tausenden Eisenstangen brandete auf. Ich fühlte die bedingungslose Begeisterung und Ergebenheit darin, die mich beinahe körperlich umfing. Sie würden ihm überallhin folgen.

Der weiße Meister hielt einen Topf in der Hand und spritzte mit den Fingern eine dampfende Flüssigkeit auf die vorderen Kapuzenträger tief unter ihm. Sobald die ersten Tropfen die verhüllten Sinnträger berührten, wogte eine ekstatische Bewegung durch die Masse an weißen Gestalten. Sie verhielten sich wie ein lebendiges Wesen, eine Einheit, die nur ihr gemeinsames Ziel kannte. Erschrocken über diese vorbehaltlose Kraft, diese gewaltige, negative Energie und den Rausch, den sie verursachte, beugte ich mich vor und betrachtete die euphorische Meute mit dem Wissen, dass mein anderes Ich irgendwo da unten gerade zu Boden ging.

Könnte ich meinem anderen Ich nur irgendeinen Hinweis geben, eine Information, die ihr weiterhelfen würde, dachte ich, als Ben an meinem Arm riss und mich in den schützenden Schatten zog. Ich presste meinen Körper an die dunkle Felswand und fasste nach dem Lichtstein in der Tasche meines Anzugs. Er war noch immer da, aber er vibrierte nicht mehr – sie mussten die Schatulle wieder weggeschafft haben.

„Danke", sagte ich schwer atmend. Es war dumm von mir gewesen, mich derart in den dunklen Bann ziehen zu lassen. Was war, wenn uns jemand bemerkt hatte?

„Wir dürfen doch nicht auffallen", erklärte Ben leise und gluckste.

„Du hast recht", flüsterte ich und versuchte, die aufgeladene Atmosphäre, die voller Angst, Wut und Hass war, nicht an mein Innerstes kommen zu lassen. Ben beobachtete das Schauspiel unter ihm wie eine Art Zirkusakt und hatte in seinem Zustand keinerlei Probleme, die negativen Gefühle von sich abprallen zu lassen. Er war einzig und allein auf das Spiel konzentriert, in dem wir die Guten und die da unten die Bösen waren. Nur war das kein Spiel und ich mochte mir nicht vorstellen, was passieren würde, falls wir in die Finger der Totaa gerieten. Wir mussten einen Weg hier raus finden.

Plötzlich wurde es ganz still. Der weiße Meister trat nach vorne und blickte bewegungslos über seine Anhängerschar, bevor er zu sprechen begann.

„Wir sind die Ersten gewesen. Jene, die mit uns verbunden sind, die Tiere, beweisen es", hallte seine tiefe Stimme durch die gigantisch große Höhle. Wieder war es nicht die Stimme eines normalen Sinnträgers, die er aussandte – sondern der Klang eines mächtigen, düsteren Wesens. Sein Echo wurde mehrfach von den Felswänden zurückgeworfen und brachte mich zum Schaudern. Die weiße Masse unter ihm sog jedes Wort in sich auf. Eine erwartungsvolle Stille herrschte unter den glühenden Anhängern und es war eindeutig, dass sie nach mehr verlangten.

„Wir sind der Ursprung. Wir sind die Schöpfung einer höheren Kraft. Wir Tierverbundene sind vielseitig und einzigartig, wir sind stark, wir sind mutig, wir sind tapfer. Doch seit Urzeiten tobt ein stiller Krieg zwischen uns und denen, die sich über uns stellen wollen. In der anderen Welt haben sich die Menschen längst über unsere animalischen Gefährten erhoben, maßen sich an, besser zu sein. Genau wie es sich die Menschverbundenen anmaßen, besser zu sein als wir.

Sie unterdrücken uns. Sie blicken auf uns herab. Sie beschimpfen uns. Aus jeder Faser ihres Seins blutet ihre Abneigung heraus. Sie reisen in die andere Welt, tragen die Acht Sinne zu den Menschen und lassen sie Hass, Wut, Trauer, Wachsamkeit, Ekel, Erstaunen, Vertrauen und Freude empfinden. Die Menschverbundenen beeinflussen die Menschen und nutzen die Acht Sinne, um ihren eigenen, egoistischen Wünschen nachzugehen, um alles nach ihrem Gutdünken gedeihen und blühen zu lassen. Aber was, was tun sie gegen das Leid unserer animalischen Gefährten?!" Die Stimme des Meisters donnerte über die Köpfe seiner Anhängerschaft.

„Obwohl unsere animalischen Freunde die Ersten in der anderen Welt waren, obwohl sie in ihrer Vielfalt und ihren Instinkten weit über den Menschen stehen, werden sie von ihnen zum Vieh degradiert. Seit Generationen halten die Menschen die Tiere in Massen gefangen, benutzen sie, beuten sie aus, quälen und verzehren sie, als wären sie ohne Wert. Erniedrigen sie. Erniedrigen uns." Er wurde nachdenklich und sprach bedächtig, fast geistesabwesend weiter.

„Ihre Schmerzen sind unsere Schmerzen. Ihr Leid, ihre Angst, ihre Trauer – sind unsere Gefühle. Unsere animalischen Gefährten werden in Käfigen gehalten. Eingesperrt. Eingezäunt. Missbraucht. Zur Fortpflanzung gezwungen. Ihrer Nachkommen beraubt. Brutal abgeschlachtet." Er hob die Hand und violettblauer Staub rieselte auf die Menge hinunter. Ich fühlte, wie Angst und Trauer sich über den Raum legten und die Anhänger erstarren ließen.

„Keine Kreatur verdient diese Behandlung. Kein Lebewesen sollte derart leben müssen, niemand hat das Recht, sich über jemanden anderen zu stellen. Doch die Grausamkeit der Menschen und Menschverbundenen kennt keine Grenzen. Sie handeln zügellos. Gewaltsam. Erbarmungslos."

Der Anführer ließ seine Blicke über die still lauschende Menge schweifen, die nur vom Schein einiger schwarzer Lichtkugeln erhellt wurde. Ich hielt unwillkürlich den Atem an und wagte nicht, mich zu bewegen.

„Die Menschverbundenen unternehmen nichts, um diese untragbaren Zustände zu verändern. Sie suhlen sich in ihrer Verantwortungslosigkeit und unterstützen die Herrschaft der Menschen, deren Handeln vor Grausamkeit überschäumt. Die Menschverbundenen glauben, etwas Besseres zu sein. Glauben, sich über uns stellen zu können, so wie ihre Menschen über unsere animalischen Gefährten herrschen. Damit fordern sie uns heraus." Seine tiefe Stimme schwoll an, wurde gefährlich laut und er schrie: „UND WIR NEHMEN DIESE HERAUSFORDERUNG AN!"

Die weiße Menge begann zu toben. Sie jubelten und kreischten, während ihre schweren Eisenstangen donnernd zu Boden krachten und einen ekstatischen Takt fanden.

Der weiße Meister brüllte über die Menge hinweg:

„Wir haben lange genug gewartet! Die Herrschaft jener, die uns seit Äonen unterdrücken wollen, ist bald zu Ende. Wir werden die einstige Ordnung wiederherstellen!"

Geschrei und Getöse dröhnten durch die dunkle Höhle.

„Nur noch wenige Sonnenläufe, und dann werden sie vor unseren Augen zugrunde gehen, und zwar langsam, so wie sie es verdienen. Wir werden ihre dunklen Seelen daran hindern, weiteres Leid zu verbreiten. Wir werden gleißendes Licht in ihre Dunkelheit bringen und sie ihrem wahren Schicksal zuführen. Ein Menschverbundener nach dem anderen wird qualvoll verrecken. Sie werden

den Schmerz fühlen, den ihre Menschen unseren animalischen Gefährten zugefügt haben! Sie werden es in jeder Faser ihrer jämmerlichen Gestalten fühlen, jeder Einzelne von ihnen!"

Der weiße Meister tunkte seine Fingerspitzen erneut in den dunklen Topf und schleuderte den Inhalt hoch in die Luft. Ein paar Tropfen einer roten Flüssigkeit spritzten auf die Menge hinunter. Das Gefühl der Wut griff rasend schnell um sich, breitete sich in den Reihen der tobenden Totaa aus und stieg wie feiner weißer Dampf empor. Der Dunst verdichtete sich an der Höhlendecke zu einem weißen Kreis, der in ständiger Bewegung erzitterte. In ihm erschien eine aggressiv fauchende Katze, die sich in einen Adler verwandelte, der seine Schwingen drohend über den Köpfen der versammelten Totaa ausbreitete. Das gefiederte Tier stieß einen schrillen Schrei aus und wurde zu einem Panther, dessen scharfe Krallen gefährlich schimmerten. Das Raubtier wurde wieder zur Katze und die Verwandlungen begannen sich zu wiederholen, es war das Zeichen aus der Schwarzweißen Stadt und es wurde immer schneller, immer ungestümer.

„Aus der Asche ihrer zerfallenen Körper werden wir uns erheben. Wir steigen empor zum Beginn einer neuen Ära! TOTAA!"

Die Halle bebte. Das weiße Zeichen brannte sich in die Atmosphäre und der Zorn der Anwesenden erreichte seinen Höhepunkt, entlud sich in ihren ekstatischen Schreien. Berauscht stießen sie ihr Mantra aus:

„TOTAA, TOTAA, TOTAA, TOTAA, TOTAA, TOTAA, TOTAA …!"

Ein kalter Schauer rann mir den Rücken hinunter.

„Die sind wirklich böse", meinte Ben und rieb sich den Nacken.

„Ja, das sind sie – und wir müssen hier weg, schleunigst", flüsterte ich und deutete auf den Felsspalt. Ich quetschte mich langsam hindurch, spähte in den dunklen Gang, und als ich mir sicher war, dass wir alleine waren, bedeutete ich Ben, mir nachzukommen.

„Wir sollten uns auch so einen weißen Umhang besorgen, dann fallen wir nicht so auf", sagte Ben verschwörerisch. „Dann gewinnen wir das Spiel vielleicht."

Ich runzelte nachdenklich die Stirn. Seine Idee war nicht schlecht, das wusste ich, aber woher sollten wir zwei Kapuzenumhänge bekommen, wenn nicht von den Totaa selbst? Trotzdem: Wenn wir es schafften, uns unter sie zu mischen, war es wahrscheinlich nicht schwer, im Strudel der Masse den Ausgang zu finden.

„Da lang", sagte ich und signalisierte Ben, mir zu folgen. Der Gang ging ein Stück geradeaus, bog dann scharf links um die Ecke, um uns wieder abwärts zu führen.

„Fledi?", hauchte Ben.

„Was ist denn? Wir sollten nicht zu viel sprechen – wir dürfen doch nicht entdeckt werden", sagte ich so leise wie möglich.

Bens Augen verengten sich. „Wir werden verfolgt."

Ich sah nach links und rechts, vertraute auf meinen Sinn, doch ich konnte niemanden entdecken.

Ben presste sich mit dem Rücken gegen die dunkle Felswand, als würde er gleich vor ein Erschießungskommando gestellt werden. Die Arme und Beine hatte er wie ein Hampelmann von sich gestreckt.

„Wir werden nicht verfolgt, noch nicht zumindest", versuchte ich ihn zu beruhigen.

„Doch, Fledi, doch, doch", widersprach Ben aufgeregt.

„Ich habe ihn gesehen", erklärte er und duckte sich.

„Wen?"

„In dem schattigen Versteck mit den vielen weißen Bösen unter uns, da habe ich ihn gesehen", hauchte er und seine dunklen Haare fielen ihm wild ins Gesicht. Seine Augen waren voller Angst.

„Wen?", drängte ich zu wissen, obwohl es sich wahrscheinlich nur um ein Hirngespinst handelte.

„Casimir", wisperte er und etwas in seiner Stimme verursachte ein ungutes Gefühl bei mir. Casimir? Hatte er tatsächlich Casimir gesehen? Oder war es nur eine seiner Halluzinationen gewesen, so wie er mich mit Fledi verwechselte?

Ich atmete tief durch. Wir hatten keine Zeit zu verlieren und außerdem konnte und wollte ich mir jetzt keine Gedanken darüber machen. Wir mussten hier raus, die Totaa brüllten noch immer ihr gefährliches Mantra, das voller Hass war.

„Dann sollten wir schnell verschwinden", sagte ich zu Ben und zog ihn mit mir durch den verwinkelten Gang.

Als wir um die Ecke bogen, gelangten wir an einen großen Höhleneingang, aus dem ein schwacher Lichtkegel fiel. Ich blieb abrupt stehen. Gedämpfte Stimmen drangen aus dem Gewölbe zu uns heran und es war zu riskant, daran einfach vorbeizuschleichen. Wir mussten umdrehen.

„Was ist?", flüsterte Ben mit großen Augen, „sind die Bösen da drinnen?" Er hatte unwillkürlich die Stimme erhoben und ich legte ihm schnell die Hand auf den Mund und zog ihn zurück in den Gang, aus dem wir gekommen waren.

„Wen haben wir denn da?", fragte plötzlich eine gehässige Stimme hinter uns und ich hatte das

Gefühl, als ob jemand einen Kübel Eiswasser über mir ausgekippt hätte. Langsam drehte ich mich um. Ein hochgewachsener Totaa mit schiefen Zähnen war aus der Höhle getreten und grinste uns an. Unter seiner weißen Kapuze konnte ich ein vernarbtes Gesicht mit zerrissenen, grünen Linien erkennen. Neben ihm erschien ein etwas kleinerer Totaa, der böse lachte.

„Da wird sich Ilkus aber freuen, er sucht schon seit geraumer Zeit nach euch", zischte der schmächtige Sinnträger mit den buschigen Augenbrauen. „Hat überall Bilder von euch aufgehängt, aber ich muss sagen, in Wirklichkeit seid ihr noch hübscher. Besonders du." Er ließ seinen Blick gierig über meinen Körper wandern und leckte sich über die spröden Lippen.

„Ich bringe die beiden gleich zu ihm", erklärte der erste Totaa und ein diabolisches Lächeln huschte über sein Gesicht. „Er wird es mir gut vergüten. Das nächste Mal werde ich an der Versammlung teilnehmen dürfen."

„Nein, ICH bringe sie", fauchte der andere, der den Sinn des Vertrauens trug. Ich griff nach meinem Wächterstab, doch der groß gewachsene Sinnträger sprang blitzschnell nach vorne und versetzte mir einen harten Tritt in den Magen. Ich taumelte zurück und fiel nach Luft japsend auf den Rücken. Sofort war er über mir und verpasste mir einen Schlag auf den Arm, mit dem ich noch immer den Wächterstab umklammert hielt. Als sich mein Griff lockerte, kickte er den Stab zu seinem Gefährten, der Ben festhielt, und schlug mir mit voller Kraft ins Gesicht. Ich schmeckte das Blut, das aus meiner aufgeplatzten Lippe schoss, und fühlte, wie er mich wieder auf die Beine zerrte und dabei etwas aus meiner Hosentasche auf den Boden kullerte. Instinktiv holte ich mit dem unverletzten linken Arm aus und traf den Sinnträger genau auf die Nase, die mit einem hässlichen Knirschen brach. Winselnd taumelte der Totaa zurück, stolperte über meinen Wächterstab und ging zu Boden. Die Gesichtszeichnung des anderen Totaa begann weiß zu leuchten, er stieß Ben von sich und legte die dünnen Finger auf seine Linien, die sich wie Aale um seine Wange wanden. Ich bückte mich nach meinem Stab, ließ ihn im nächsten Moment jedoch wieder fallen, als mein Arm mir nicht mehr gehorchte. Mit einem erschrockenen Laut stolperte ich zurück. Mein Arm schien einem fremden Willen zu folgen, zuerst wedelte er wüst in der Luft herum, dann holte er aus und schlug mir hart ins Gesicht. Ich hörte das Blut in meinen Ohren rauschen und das gehässige Lachen des weißen Trägers, der die Kontrolle über meinen Körper übernommen hatte. Verzweifelt versuchte ich, die Gewalt über meinen Arm zurückzugewinnen, doch seine Fähigkeit war einfach zu stark. Ich hörte noch Bens Stimme aus einer dumpfen Entfernung etwas sagen, dann wurde es plötzlich schwarz vor meinen Augen.

Mein Kopf dröhnte und bereitete mir höllische Schmerzen. Als ich die Augen aufschlug, befand ich mich in einer kreisrunden Kammer, deren Decke mit alten Schriftzeichen versehen war. In der Mitte der Decke gab ein rundes Loch den Blick auf den Nachthimmel frei. Es war eine sternenklare Nacht und die acht Monde erleuchteten nur spärlich den Raum. Ich lag auf dem Rücken und der Schmerz pochte im selben Takt durch meinen Körper, in dem die Eisenstäbe der Totaa rhythmisch gegen den Boden geschlagen worden waren. Ich atmete tief durch und versuchte, mich aufzurichten, doch meine Arme und Beine versagten mir den Dienst. Was war passiert? Wo war Ben?

Mühsam drehte ich den Kopf und erkannte eine Gestalt in einem weißen Umhang, die an einem Tisch aus poliertem Schwarzholz saß. Das Gesicht der Person lag im Schatten, aber vor ihr stand eine große goldene Schale, die mit feinem Sand gefüllt war. Die Hände der Gestalt strichen ehrfürchtig über den goldenen Sand, der den rhythmischen Bewegungen folgte und sich sanft kräuselnd den zarten Berührungen unterwarf.

Was ging hier vor? Ich versuchte, mich zu bewegen, versuchte aufzustehen, doch es wollte mir nicht gelingen. Die Gestalt drehte sich zu mir um und hob ihre Hände – und in dem Moment, als sie ihre Kapuze lüften wollte, wurde ich aus meiner Vision zurück in die Höhle der Totaa gerissen.

Der Boden unter mir fühlte sich eisig kalt an. Ben stand schützend vor mir und den beiden Totaa gegenüber.

„Du hast eine Sache vereitelt, aber jetzt kriegen wir dich und deine Freundin", fauchte der hochgewachsene Totaa mit dem vernarbten Gesicht, der sich noch immer die gebrochene Nase hielt.

„Wir werden euch zu Ilkus bringen … tot oder lebendig", raunte der schmächtige Sinnträger und hob die Hand, in der er etwas Schimmerndes hielt, das wie ein Messer aussah. Schnell tastete ich in meine Hosentasche, zog das schwarze Knebelei vom Mystischen Markt hervor und warf es den beiden Totaa vor die Füße. Das magische Ei explodierte, schwarze Rauchfäden stiegen empor und wickelten in Windeseile ihre Nebelarme um die Körper der Angreifer. Bevor einer von ihnen auch nur um Hilfe schreien konnte, stopfte es ihnen mit seinem schwarzen Dunst den Mund.

„Super!", rief Ben.

„Psst", sagte ich leise. Ich lag noch immer auf dem Rücken und das rhythmische Stampfen von Eisenstangen wurde leiser, die Totaa-Versammlung musste nun beendet sein. Langsam richtete ich mich ein Stück weit auf und der Schmerz raste durch meine Glieder. Mit den Händen tastete ich den Boden entlang, doch ich konnte ihn nirgends entdecken.

„Ein neues Spiel?", gluckste Ben.

Wo war er? Wo bei allen Sinnen war der Lichtstein hingerollt? Ich erkannte einen kleinen Spalt in der dunklen Felswand, nicht mehr als eine schmale Öffnung und krabbelte dorthin. Angespannt linste ich durch das Loch und sah den Stein orange glitzern. Die Bilder meiner vorletzten Vision stiegen vor meinem geistigen Auge auf, doch ich schob sie energisch beiseite. Verzweifelt steckte ich meinen Arm in den Spalt, doch der Stein lag einfach zu tief unten. Ich konnte ihn nicht erreichen. Ich biss die Zähne zusammen und drückte mein ganzes Gewicht gegen die Wand, aber es reichte nicht.

„Der Lichtstein", keuchte ich, „ich kann ihn nicht erreichen!"

„Wir müssen hier weg, die Bösen werden bald hier sein", sagte Ben und zog mich hoch.

„Nein! Ich muss den Lichtstein –"

Er legte mir die Hand auf den Mund. „Wir müssen hier weg", wiederholte er drängend und starrte mir in die Augen. „Die Bösen werden sonst gewinnen."

Ich schluckte und wusste, dass er recht hatte. Die beiden geknebelten Totaa, die wie ein Paar abgestellter Teppiche an der Wand standen, sahen uns hasserfüllt an.

„Die Umhänge", sagte ich, „wir müssen ihnen die Kapuzenumhänge abnehmen."

„Ja, das war doch meine Idee!", frohlockte Ben leise

und zusammen trugen wir die beiden Geknebelten in die Höhle, aus der sie gekommen waren. Es war eine große Höhle und sie war komplett leer. Das, was die beiden Totaa zu bewachen hatten, lag anscheinend hinter den acht Eisentoren, die in regelmäßigen Abständen in die schwarze Wand eingelassen worden waren.

Obwohl es mich brennend interessierte, wen oder was sie gefangen hielten, hatten wir keine Zeit dafür. Genauso wenig Zeit hatte ich, über den verlorenen Lichtstein nachzudenken. Denn als sich die Fesseln des Knebeleies langsam zu lösen begannen, musste ich die beiden Totaa mit meinem Wächterstab außer Gefecht setzen. Schnell zogen Ben und ich den beiden Bewusstlosen die weißen Umhänge aus und warfen sie uns selbst über. Meiner war etwas zu kurz, da ich den weißen Umhang des schmächtigen Totaa an mich nahm, dafür wirkte Bens Kapuzenumhang, als wäre er für ihn geschaffen worden.

„Komm, lass uns gehen", sagte ich, da ich wusste, dass die magische Betäubung nur von kurzer Dauer sein würde. Mit festem Schritt verließen wir das Gewölbe. Ich spürte noch immer den Tritt des Totaa in meinem Magen, aber meine Lippe hatte aufgehört zu bluten. Außerdem waren auch die Nachwirkungen meiner Vision noch zu spüren und der Schmerz hämmerte in meinem Körper.

„Wir dürfen nicht auffallen", flüsterte ich Ben ins Ohr und er nickte eifrig.

„Wir wollen schließlich gewinnen, oder?", sagte er beflügelt und kicherte.

Wir folgten dem immer leiser werdenden Klopfen der Eisenstangen und es dauerte nicht lange, bis wir den Zugang zu der gigantisch großen Höhle fanden, in der sich die Versammlung aufzulösen begann. Der weiße Meister hatte sich zurückgezogen und die weißen Kapuzenträger strömten in alle Richtungen.

Sicherheitshalber hielten wir den Kopf gesenkt und gingen so unauffällig wie möglich am Rand der Höhle entlang, als eine laute, bösartige Stimme durch das Gewölbe jagte.

„Esz szind Eindringlinge unter unsz! Findet szie!"

Mein Herz versagte für einen Moment. Unruhe breitete sich unter den Totaa aus. Jeder blickte sich um, betrachtete seinen Nachbarn genau und ich sah Ilkus, wie er sich mit zornigem Gesicht seinen Weg durch die Menge bahnte und einigen Totaa Anweisungen gab. Schnell zog ich Ben in eine dunkle Nische, als mich plötzlich jemand am Kragen packte.

Ich fuhr herum. Hinter mir stand der bullige Totaa, dem wir nun schon zweimal entkommen waren, flankiert von zwei korpulenten Anhängern, die beide einen Kopf kleiner waren als er und sich sehr ähnlich sahen. Ich überlegte fieberhaft, wie wir aus dieser Situation herauskommen sollten, während sich gleichzeitig ein Gefühl der Hoffnungslosigkeit über mich senkte. Ein drittes Mal würden wir wahrscheinlich kein Glück haben.

„Seid still", befahl der bullige Totaa, obwohl ich keinen Ton gesagt hatte. „Ich kann euch hier rausbringen." Ich sah ihn erschrocken an. War das eine Falle?

Der bullige Sinnträger schien meine Gedanken zu lesen.

„Das ist deine einzige Chance, Wächterin. Ich kenne den Weg nach draußen. Entweder, du folgst mir – oder du läufst direkt in ihre Arme."

Ich schluckte. Sollte ich ihm vertrauen? Was war die Alternative? Ben neben mir machte einen komplett verwirrten Eindruck. Ich nickte stumm und mit einer fließenden Bewegung drehten sich der bullige Totaa und seine zwei Begleiter um. Ich atmete kaum, während wir den drei weißen Kapuzengestalten folgten, die uns in einem weiten Bogen an Ilkus vorbeiführten.

„Wen hast du da bei dir?", fragte ein fremder Totaa mit einer Hakennase, der sich unserem bulligen Führer plötzlich in den Weg stellte. Ich senkte meinen Kopf noch tiefer und Ben tat es mir gleich.

„Was geht dich das an?", antwortete unser bulliger Führer grimmig und ballte seine Hand zu einer Faust.

„Schon gut, schon gut", beschwichtigte der andere. „Ich dachte, es könnten die zwei Gesuchten sein."

„Nennst du mich etwa einen Verräter?", fauchte der Totaa und baute sich vor dem anderen Sinnträger auf. Seine zwei stämmigen Begleiter postierten sich schützend an seinen Seiten.

„Schon gut, schon gut", wiederholte der Typ mit der Hakennase und machte den Weg frei. Als wir an ihm vorbeigingen, spürte ich, wie sich sein Blick in meinen Rücken bohrte.

Es dauerte 594 Herzschläge, bis wir die riesige Höhle endlich durchquert und die Menge der Kapuzenträger hinter uns gelassen hatten. Als wir einen dunklen Gang erreichten, der von schwebenden, schwarzen Lichtkugeln leicht erhellt wurde, drehte sich unser bulliger Führer zu uns um.

„Wir müssen uns beeilen, wir haben nicht viel Zeit. Der Totaa wird mich sicher schon gemeldet haben. Lauft so schnell ihr könnt!" Mit diesen Worten hechtete er los und seine zwei Begleiter und wir liefen ihm hinterher. Wir rannten durch den dunklen Stollen, der sich zu einem Gewirr von Abzweigungen verästelte, bis unsere Lungen brannten, stürmten treppauf und treppab, bogen um verwinkelte Ecken und schlüpften durch schmale Gänge. Hinter uns ertönte schon bald das erste Rufen und ich hörte an den schnellen Schritten, dass die Totaa die Verfolgung aufgenommen hatten.

Währenddessen spukten wirre Gedanken durch meinen Kopf. Warum half uns der bullige Totaa? Wer war er? So wie er sprach, so wie er sich benahm – kam er mir so verändert vor. Ich spürte, dass es nicht derselbe Totaa war, der uns in der Schwarzweißen Stadt und im Turm der Achtsamkeit überfallen hatte. Als wir schließlich in einer Sackgasse landeten, krampfte sich mein Herz zusammen. War meine Entscheidung, ihm zu folgen, falsch gewesen?

„Stellt euch an die Wand", befahl uns der Totaa, und obwohl die Zweifel in mir nagten, folgte ich seiner Anweisung genau wie Ben und die zwei Begleiter. Der bullige Totaa kniete sich hin, wischte mit seiner Hand über den erdigen Boden und legte eine rot funkelnde Eisenplatte frei. Er legte die Handfläche darauf und dann spürte ich nur noch einen enormen Luftzug, der uns nach oben zog.

Plötzlich war das Erdlabyrinth verschwunden und die Sonne schien mir ins Gesicht. Keuchend spuckte und prustete ich die Erde aus, die ich bei unserer rasanten Aufwärtsfahrt durch den Boden geschluckt hatte. Dann richtete ich mich auf und blinzelte ein paar Mal, um mich zu orientieren. Wir befanden uns auf einer Lichtung, die von schwarzen Bäumen mit roten Ästen umsäumt wurde. Ben und die drei anderen standen knapp neben mir. Hinter uns wütete der Grollende Vulkan.

„Was machen wir hier? Wer bist du?", verlangte ich von dem bulligen Totaa zu wissen. Er sah mich kühl an und wischte mit einer schnellen Handbewegung über sein Gesicht. Sofort veränderte sich sein Aussehen und innerhalb eines Augenblicks stand nicht mehr der Totaa vor mir, sondern eine zierliche Frau mit langen goldblonden Haaren, einem zarten Mund, einer schmalen Nase und einer blassroten Gesichtszeichnung, die vorsichtig ihre linke Wange umschlang. Es war Sinja, die Gestalterin des Wutlandes. Sie trug einen aus Rotwurzeln gefertigten Umhang und ihr Gesichtsausdruck war ernst.

„Gestalterin Sinja", sagte ich überrascht und erkannte, dass sich auch ihre Bodyguards in die elfenähnlichen Wesen aus der Halle der Flügel zurückverwandelt hatten. Sie hatten nichts von ihrer Schönheit eingebüßt, ihre hellblonden, gewellten Haare fielen sanft auf ihre dunkelroten Flammenkleider und ihr Blick war eindringlich. Schon wieder hatte ich das Gefühl, darin zu versinken – ihre ausdrucksstarken Augen erinnerten an das klare Wasser eines violettblauen Sees, sie waren faszinierend und wunderschön, zogen einen in ihren Bann und ihre Wimpern waren wie schwarze sanfte Flügel, deren Länge und Schwung jeden verführten, genau wie diese makellos glatte Haut, auf der – ich räusperte mich und verfluchte den Blendzauber, den sie in sich tragen mussten. Hoffentlich, denn ansonsten sank mein Selbstwertgefühl gleich gegen null.

„Ich verstehe nicht. Wie lange wisst Ihr schon –"

„Alles zu seiner Zeit, Wächterin", unterbrach mich die Gestalterin bestimmt und die Schwingungen ihrer Autorität duldeten keinen Widerspruch. „Wir müssen zuerst hier weg. Begleitet mich ein Stück."

Von der Lichtung aus folgten wir einem schmalen Trampelpfad tiefer in den Wald. Die schwarzen Bäume streckten gierig ihre roten Astkrallen nach uns aus, genauso wie die Zweifel nach meinen Gedanken griffen. Warum war Sinja im Erdlabyrinth gewesen? Was hatte sie dort gemacht?

Ben folgte den beiden elfenartigen Bodyguards wie ein kleiner Hund. Es wunderte mich, dass er keine Sabberspur auf dem Boden hinterließ.

„Ihr seid so schön, ich sehe zwei von euch", lallte er. Ich musste ihn bald zu einem Heiler bringen, diesen dümmlichen Gesichtsausdruck hielt ich nicht viel länger aus.

Als sich der Pfad gabelte und rechts zum Ministerium der Wut, links zur Zerstörten Stadt führte, blieb die Gestalterin stehen und sah mich eindringlich an.

„Bevor du mich mit Fragen überschüttest, hätte ich gerne gewusst, was du dort unten gemacht hast", sagte sie und ihre glasblauen Augen bohrten sich durch mich hindurch.

Ich straffte den Rücken. „Wir waren im schwarzen Land", erklärte ich wahrheitsgemäß, „und haben versehentlich einen Geheimgang betreten, beziehungsweise sind wir eher hineingefallen. Es war ganz und gar nicht unsere Absicht." Ich konnte niemandem bedingungslos vertrauen, daher konzentrierte ich mich auf die weniger verfänglichen Fakten.

„Wir haben uns versteckt und dabei zufällig die Versammlung der Totaa miterlebt – sie war Furcht einflößend. Die Totaa haben einen Plan, um die Menschverbundenen auszuschalten, aber ich verstehe nicht genau, was sie vorhaben", sagte ich. Ich entschied, nichts davon zu erzählen, dass ich meinen Pflichten als

Wächterin nicht nachging, sondern lieber auf der Suche nach Lichtsteinen war, die ich einen nach dem anderen wieder verlor.

Sinja runzelte die Stirn. „Das ist alles?"

„Alles von Belang", antwortete ich fest.

Sinja zog eine Augenbraue hoch. „Ich habe den Eindruck, als würde hier mehr dahinterliegen", erwiderte sie eisig und machte eine kurze Pause, als wolle sie mir Gelegenheit geben, meine Ausführungen noch zu vertiefen.

„Wie lange wisst Ihr schon von dem Erdlabyrinth der Totaa?", fragte ich.

Ihre Augen blitzten zornig, dennoch ließ sie sich zu einer Antwort herab. „Ich habe den Zugang erst vor kurzem entdeckt, aber die Unruhen im Land und die Gefahr der Totaa sind mir schon länger bekannt. Ich musste es mit eigenen Augen sehen, musste ihre Macht spüren. Und jetzt weiß ich, dass ich recht hatte. Es sind nicht gewöhnliche Unruhen, das hier", sie deutete in Richtung der Lichtung und des Erdlabyrinths, das irgendwo darunter liegen musste, „ist nicht der Preis, den man für eine vielschichtige Gesellschaft zahlen muss. Das hier ist eine ganz und gar ernst zu nehmende Bedrohung für unsere Welt." Sie fuhr sich durch ihr wunderschön glänzendes Haar. „Ich muss eines von dir verlangen, Wächterin: Behalte deine Beobachtungen vorerst für dich. Ich werde die Macht der Acht informieren, aber wir müssen vorsichtig sein. Ich möchte zuerst herausfinden, wer hier alles darin verstrickt ist. Die Totaa sind organisiert und haben Verbündete. Kein Wort zu niemandem, verstanden?"

Ich nickte.

„Um ihn muss ich mir wahrscheinlich keine

Sorgen machen, er sieht nicht so aus, als würde er viel mitbekommen", meinte Sinja und richtete ihren Blick missfällig auf Ben. „Hat sich eine Schlammschnecke in sein Herz gebohrt oder ist er immer so?"

„Er ist immer so", wollte ich sagen, biss mir aber im letzten Moment noch auf die Zunge. „Er war im kristallklaren See baden und dieses Ding ist ihm in die Brust gekrochen."

Sinja nickte einer der beiden elfenhaften Bodyguards zu, die ein kleines, rotes Fläschchen aus ihrem Ausschnitt zog. Bens Gesicht fiel ihr dabei fast ins Dekolleté und ich hätte ihm am liebsten einen Tritt verpasst.

Die rote Trägerin reichte ihm das Elixier. Ben lächelte und wollte ihr im Gegenzug über die Wange streichen, aber sie fing seine Hand gekonnt in der Bewegung ab und forderte ihn mit einem energischen Blick dazu auf, die Flüssigkeit zu trinken. Ben öffnete das Fläschchen und stürzte es mit einem kräftigen Schluck hinunter. Schlagartig begann sich sein Körper zu krümmen. Seine Glieder vibrierten und zitterten, bis etwas Glitschiges aus seinem Mund schoss. Die andere Sinnträgerin reagierte blitzschnell und stieg mit einer kräftigen Bewegung auf die Schlammschnecke, die noch ein paar Mal zuckte, sich dann aber nicht mehr bewegte.

„Ekelhafte Geschöpfe", stellte Sinja fest.

Ben schnappte nach Luft. „Endlich", japste er. „Das hat aber auch lange gedauert, Lee."

„Das hat was?", fragte ich ungläubig.

„Solltest du nicht lieber deine Dankbarkeit zeigen, Ekelträger?", fragte Sinja kühl. „Dich in diesem Zustand durch das Erdlabyrinth zu bringen, war sicher kein einfaches Unterfangen." Ben fuhr sich durchs dunkle Haar und hob eine Augenbraue. Er war wieder der Alte.

„Ihr habt recht, Gestalterin", sagte er mit samtweicher Stimme und ich hätte ihm beinahe vor die Füße gekotzt.

„Vielen Dank." Er nahm die Hand der Elfendame, die ihm das Elixier gegeben hatte, und küsste sie mit einem schiefen Lächeln.

„Vor uns liegen wichtige Aufgaben", sagte Sinja schneidend und betrachtete die Verletzung in meinem Gesicht, während sie etwas aus ihrem Umhang zog. Es war ein silberner Armreif mit einer schwarzen Raute. „Er wird deine Wunden heilen", erklärte sie und reichte ihn mir.

„Danke", sagte ich und streifte mir den Armreif über das Handgelenk. Sofort konnte ich fühlen, wie eine helle Energie durch meine Adern floss und meine Wunden und Verletzungen auf magische Weise heilte.

„Sobald ich weiß, wem wir in dieser Sache trauen können, schicke ich jemanden zu dir. Bis dahin denk an unsere Vereinbarung: kein Wort zu irgendjemandem." Sinja nickte uns noch einmal zu, dann verschwand sie auch schon mit ihren Begleiterinnen in Richtung Ministerium.

Ich blickte ihr einige Sekunden lang nach. Sinja und ihre Begleiterinnen hatten uns gerettet – trotzdem wurde ich aus ihnen nicht ganz schlau. Genauso wenig wie aus Ben. „Das nächste Mal solltest du vielleicht auf mich hören, und nicht einfach irgendein Wasser trinken", sagte ich beiläufig und nahm einen Schluck aus meiner Trinkflasche.

„Warum? War doch lustig, Fledi", erwiderte Ben nüchtern.

Ich atmete tief ein. „Ist das alles für dich nur ein Spiel? Hast du nicht gesehen, welche Bedrohung da unten tobt?!"

Ben ließ die Schultern kreisen und streckte seinen Nacken. „Hey, du bist doch die mit den Spielen. Hat es dir Spaß gemacht, mich zu verarschen?"

Ich schüttelte fassungslos den Kopf. „Ich habe dich verarscht? Ich habe versucht, unser Leben zu retten!"

„Aha. Und deswegen hast du dir die Versammlung reingezogen, anstatt einen Heiler für mich zu finden", ätzte Ben.

„Deine gesundheitliche Verfassung war anstrengend, aber nicht lebensgefährlich. Und wenn du alles mitbekommen hast, warum hast du dich nicht einfach anders verhalten?", fragte ich und verschränkte die Arme vor der Brust.

„Anders verhalten?", knurrte er. „Du weißt genau, dass ich unter den Einfluss des Schneckendings stand. Und selbst in der Situation habe ich dich gerettet, als du wieder eine von deinen Visionen gehabt hast."

Ich straffte die Schultern. „Du hast mich gerettet? Ich habe doch das Knebelei geworfen, oder? Und ich habe dich heil hier rausgebracht."

„Das war doch der Verdienst von Sinja", murrte Ben und seine Augen funkelten mich an. „Wie viel Lebensgefahr brauchst du noch, Wächterin?"

Ich presste die Lippen aneinander. „Du hast dich doch an den Baum gelehnt und uns in dieses Höllenlabyrinth geschickt, schon vergessen?"

Ben verschränkte die Arme vor der Brust und ich wünschte, wieder den dämlich grinsenden Ben vor mir stehen zu haben. Eine Weile funkelten wir uns an.

„Willst du jetzt wieder das „Wer zuerst spricht hat verloren"-Spiel spielen?", fragte Ben voller Sarkasmus.

„Nein, ich möchte gar nicht spielen", fauchte ich und meine Gedanken wirbelten in meinem Kopf. „Der

Lichtstein ist weg. Es wird nicht lange dauern, bis sie ihn gefunden haben. Und dann brauchen sie nur noch einen, um ihren Plan zu erfüllen – nur noch einen, verstehst du, wie knapp sie dran sind, ihr Ziel zu erreichen?"

„Und – warte", Bens Augen verdunkelten sich, „du möchtest dich jetzt auf die Suche nach dem letzten Lichtstein machen?"

Bevor ich noch etwas sagen konnte, brannte sich ein schwarzes Feuer in Bens Oberarm. Er schreckte kurz zurück und ich erkannte eine Zahl.

„Acht Tage. Der Countdown hat begonnen", sagte er und fixierte die lodernde Zahl.

Ich rieb mir über die Augen. „Dieses blöde Duell, warum habt ihr euch nur darauf eingelassen. Was für eine Mondschnapsidee."

Bens Kinn spannte sich an. „Nicht mehr Mondschnapsidee als deine Lichtsteinsuche."

„Meine Lichtsteinsuche?", fragte ich schroff. „Hier geht es nicht um Eitelkeiten, hier geht es um das Schicksal der Welt."

Ben nickte. „Ja, und das musst du retten, du ganz alleine. Lass los, Wächterin. Sinja nimmt sich dessen an, sie ist eine Gestalterin und weitaus erfahrener als du. Lass sie einfach machen."

„Das kann ich nicht", sagte ich, weil es nicht richtig war. „Etwas in mir sagt mir, dass ich den letzten Lichtstein finden muss."

Ben sah mich ungläubig an. „Wirklich? Auch jetzt noch, wo du sie gesehen hast, wo du ihre Macht gespürt hast? Willst du ins offene Messer laufen?"

Ich gab ihm keine Antwort, aber mein Gesichtsausdruck verriet ihm, dass er mich nicht davon abbringen konnte.

„Gut", erklärte er irgendwann mit ernster Miene.

„Tu, was du willst. Aber tu es ohne mich. Ich habe dich die ganze Zeit unterstützt – aber jetzt reicht es. Ich habe es satt, mit dir von einer aussichtslosen Situation in die nächste zu stürzen. In wenigen Tagen ist mein magisches Duell und ich werde dir nicht weiter auf deiner selbstmörderischen Mission folgen. Zur Abwechslung werde ich mich mal um meine eigenen Angelegenheiten kümmern."

Kapitel 5

Das Ministerium des Erstaunens war würfelförmig und ragte so hoch in den Himmel, dass es die Sonne verdeckte. Staunend legte ich meinen Kopf in den Nacken. Ich hatte noch nie so ein riesiges Gebäude gesehen, das noch dazu eine Farbenvielfalt aufwies, die einem fast schon in den Augen wehtat. Mit anderen Worten: Es war schreiend bunt. Ein Bild aus der anderen Welt schob sich in meinen Kopf und ich dachte, dass es aussah, als hätte ein Kind einen gigantischen Würfel aus Lego gebaut und dabei willkürlich nach den erstbesten Steinen gegriffen, die ihm in die Finger fielen. Egal, ob sie nun rot, blau, gelb, silberfarben, pink oder grün waren.

Dennoch wohnte dem Chaos eine gewisse Harmonie inne und ich betrachtete die Architektur eingehender. Es erinnerte mich an ein Kunstwerk – an etwas, dessen tieferen Sinn man nicht auf den ersten Blick erkennen konnte und dessen Geheimnisse im Verborgenen lagen. Es schien keinem Plan zu folgen und doch hatte es auf eine gewisse Art und Weise Struktur, jeder Bauklotz –

„Dein Mund steht offen."

Ich fuhr herum. Ein pummeliger kleiner Erstaunensträger mit einer Zwickbrille auf der Nase war wie aus dem Nichts auf der goldenen Straße neben mir aufgetaucht.

„Gräm dich nicht, das passiert den meisten, wenn sie zum ersten Mal ins grüne Land reisen. Es ist auch wirklich sehr erstaunlich, nicht wahr?", er stieß mir den

Ellbogen in die Seite und lachte verschwörerisch.

Ich spürte, wie sich mein Sinn entfaltete, und atmete tief durch. Wie lange hatte ich staunend auf der Straße gestanden und das bunte Ministerium angeglotzt? Eine Minute? Zwei? Fünf?

„Darf ich mich vorstellen? Ich bin Zeins. Zerstreuter Erfinder und Immer Noch Single – Z.E.I.N.S., verstehst du?" Der Zwickbrillenträger streckte mir die Hand entgegen.

„Lee", sagte ich und schüttelte sie. „Was hast du denn schon alles erfunden?"

„Nun, alles Mögliche!", strahlte Zeins und sank im nächsten Moment wie ein Ballon in sich zusammen, aus dem man die Luft gelassen hatte. „Leider haben sich meine Ideen bisher als nicht allzu praktisch erwiesen." Er setzte sich in Bewegung und steuerte auf eine kleine grüne Tür zu, die wie der Zugang zu einer Besenkammer wirkte, anscheinend aber der Eingang des Ministeriums war.

„Du musst wissen, ich habe ein Faible für Dinge, die sich bewegen können", plapperte Zeins, während er die goldene Klinke hinunterdrückte, die einen Augenblick zuvor noch aus einem matten schwarzen Metall bestanden hatte. Ich öffnete den Mund, aber Zeins sprach bereits weiter. „Also habe ich meine ganze Energie in eine Treppe gesteckt – eine grün leuchtende Treppe –, die sich mit dem Sinnträger bewegt. Warst du schon mal in der anderen Welt?", fragte er mich, während wir eine gigantische Eingangshalle betraten. Ich schüttelte den Kopf.

„Oh, dann musst du dorthin! Die andere Welt ist ein Wunderwerk an Ideenreichtum! Ich hatte das Glück, mit einer Reisenden liiert zu sein. Sie hat mich oft mitgenommen." Er seufzte glücklich. „Die Menschen haben so viele Dinge, die sich bewegen – und das ganz ohne Magie! Rolltreppen zum Beispiel."

„Mmh", murmelte ich abwesend, während ich die Umgebung auf mich wirken ließ. Der Boden war spiegelglatt und wechselte ständig Farbe und Muster, fast so wie ein Bildschirmschoner aus der anderen Welt.

„Ja, Rolltreppen! Das ist eine Treppe, die sich von alleine bewegt. Kannst du dir das vorstellen? Es sieht aus wie … wie –"

„Ich weiß, wie Rolltreppen aussehen", unterbrach ich ihn forscher, als ich eigentlich wollte.

„Ehrlich?" Er sah mich überrascht an.

Ich strich mir ein verirrtes Haar von der Wange und nickte. Tatsächlich kam es mir so vor, als ob ich zu viel aus der anderen Welt wusste, doch für die Dinge, die sich hier abspielten, hatte ich keine Lösung. Ich atmete tief ein. Es waren nur sechs Tage vergangen, seit Sinja und ihre Elfenbodyguards Ben und mich aus dem unterirdischen Tunnelkomplex der Totaa gerettet hatten, aber es fühlte sich an wie Jahre. Ben war sofort danach verschwunden, um sich auf sein magisches Duell vorzubereiten, und ich klammerte mich an den einzigen Hinweis, der mir geblieben war: Miro.

Ich hatte mit meiner Spurensuche in der Grenzstadt der Wut begonnen, in dem Laden, in dem ich meinen Wasserperlenanzug gekauft hatte. Der Verkäufer hatte damals von den Perlen behauptet, sie seien von Meister Miro höchstpersönlich hergestellt worden – doch die Fährte erwies sich als Sackgasse, denn mehr wusste er nicht.

Nach mehreren Tagen, in denen ich nichts als vage Geschichten über den toten Magiebegabten gehört hatte, war ich genauso klug wie zu Beginn. Das Einzige, was mir blieb, war der Hinweis aus dem Labyrinth der Totaa, dass sie noch immer nach Miros Lichtstein suchten. Und so wie es aussah, war es der letzte Stein, der ihnen noch fehlte.

„Weißt du, wie ich von hier aus in die goldene Bibliothek komme?", fragte ich Zeins, weil ich nicht das Gefühl hatte, dass es sonderlich einfach werden würde. Die Wände des grünen Ministeriums waren regelrecht mit Türen zugepflastert. Es gab sie in allen Farben und allen Formen und das Einzige, was sie miteinander verband, war, dass jede von ihnen ein Unikat war. Ich drehte mich einmal auf dem Absatz herum; es waren geschätzt 493 Türen.

„Du hast Glück, die goldene Bibliothek ist auch mein Ziel", sagte Zeins und rieb sich tatkräftig die Hände. „Moment, lass mich nur kurz überlegen, wie noch mal der Weg war …"

„Wieso sind wir eigentlich die einzigen Sinnträger hier?", fragte ich wachsam, während Zeins eine purpurrote Tür ansteuerte, die aus schwerem Holz gefertigt war und eine blau schimmernde Türschnalle hatte.

„Oh, das liegt daran", sagte Zeins und blieb vor der roten Tür stehen, „weil so viele magische Portale kaputtgegangen sind. Die Leute müssten zu Fuß herkommen und viele scheuen die Reise durch das Erstaunensland. Die, die sich trotzdem auf den Weg machen, erreichen oft nicht ihr Ziel, weil es unterwegs so viele Dinge zum Staunen und Betrachten gibt, dass sie ihre ursprünglichen Absichten ganz vergessen."

„Klingt, als wäre das grüne Land tückischer, als es auf den ersten Blick aussieht", sagte ich.

„Nicht tückisch", verbesserte mich Zeins lächelnd. „Einfach nur sehr, sehr erstaunlich. Wie bist du denn hierhergekommen?"

„Ich habe ein magisches Portal genommen", gab ich zu. „Und nach dem 17. Versuch hat es mich dann sogar ins richtige Land gebracht."

„Da hast du Glück gehabt", sagte Zeins ernsthaft.

„Trotzdem erklärt es noch nicht, warum HIER keine Träger sind", beharrte ich. „Es muss doch Leute geben, die im Ministerium arbeiten, oder nicht?" Meine Worte wurden von der Stille der gigantischen Halle verschluckt, kaum dass sie mir über die Lippen gekommen waren.

Zeins wedelte wegwerfend mit der Hand. „Ach so. Dass du hier niemanden siehst, liegt daran, dass wir in der Eingangshalle sind."

Ich hob die Augenbrauen und wartete darauf, dass er weitersprach.

„Na, die EINGANGSHALLE", wiederholte Zeins mit einem Anflug von Ungeduld. „Hier kommt man nur herein. Sobald wir durch eine dieser Türen hier gegangen sind, kommen wir nie wieder hierher zurück."

„Und wie kommt man aus dem Ministerium wieder heraus?", fragte ich stirnrunzelnd.

„Anders", erwiderte er kurz angebunden und strahlte, als die Türklinke vor uns die Farbe zu einem satten Gold wechselte. „Komm", sagte er und griff nach meiner Hand, „hier sind wir richtig."

Wir traten über die Schwelle und fanden uns in einem hübsch eingerichteten Studierzimmer wieder, mit einem glänzenden Mahagonitisch in der Mitte, einem Kamin an der Wand und hohen Lehnstühlen, die jedoch alle unbesetzt waren. Hier gab es deutlich weniger Türen, nämlich nur drei – die, durch die wir gekommen waren, mit eingeschlossen.

„Und wenn ich jetzt einfach wieder umdrehe, komme ich nicht in die Eingangshalle zurück?", fragte ich und löste meine Hand aus Zeins schwitzigem Griff.

Der pummelige Erfinder schüttelte den Kopf. „Probier es aus, wenn du möchtest, aber tritt nicht über die Schwelle, sonst musst du dich alleine durch das Ministerium schlagen. Und glaub mir, das ist keine allzu schöne Erfahrung."

Neugierig legte ich meine Hand auf den inzwischen schwarz gewordenen Türgriff und drückte die Klinke hinunter. Die purpurrote Tür öffnete sich und gab den Blick auf ein Schwimmbad frei, in dem eine Gruppe grüner Träger johlend ins Becken sprangen, dass das Wasser nur so spritzte.

„Die Träger von heute", meinte Zeins kopfschüttelnd. „Wieso überrascht mich das nicht? Alle wollen sich nur amüsieren. Zum Lernen", er wies auf das verwaiste Studierzimmer, in dem wir noch immer standen, „hat keiner Lust."

Ich schloss die Tür zum Schwimmbad und drehte mich auf dem dicken Perserteppich um. „Wohin jetzt?"

„Da lang", sagte Zeins und deutete auf eine kleine, tapezierte Tür zu unserer Rechten. „Aber wir dürfen erst durchgehen, wenn die Türschnalle Gold geworden ist."

Nach acht Herzschlägen färbte sich die Klinke und wir betraten einen Raum, der bis auf eine schwere Tür aus Metall völlig schmucklos und leer war. Automatisch wollte ich das Zimmer durchqueren, doch Zeins hielt mich am Arm zurück.

„Nicht", wisperte er. „Durch die Metalltür bin ich einmal gegangen und ich kann dir sagen, es war keine gute Entscheidung. Es dauerte eine Woche, bis ich wieder einem anderen Sinnträger begegnet bin." Die runde Zwickbrille zitterte auf seiner Nase. Wir warteten, bis die Türschnalle der tapezierten Tür ihre Farbe gewechselt hatte, dann folgte ich Zeins den Weg zurück, den wir hereingekommen waren in ein Treppenhaus, das sich allem Anschein nach viele Stockwerke nach oben und nach unten erstreckte. Von dem Studierzimmer war weit und breit nichts mehr zu sehen.

„Wir müssen hinauf", seufzte Zeins und begann mit dem Aufstieg.

„Was ist eigentlich mit deiner Erfindung geschehen? Mit der Treppe, die sich mit dem Sinnträger mitbewegt?", fragte ich, während wir Stufe um Stufe erklommen.

„Ach …" Er seufzte. „Sie war noch viel besser als die Rolltreppen der Menschen. Sie bestand aus einzelnen Bausteinen, die jederzeit die gewünschte Richtung ändern konnten. Aber die anderen grünen Träger sind nicht damit zurechtgekommen. Meine Treppe erfordert Konzentration" – er sah mich an – „Wachsamkeit! Du kannst dir nicht vorstellen, was für eine Herausforderung es war, sie zu konzipieren. Sobald du die unterste Stufe betrittst, bringt dich die Treppe dorthin, wo du deinen Blick hinrichtest. Nun …" Zeins wischte sich den Schweiß von der Stirn. „… grüne Träger richten ihren Blick gern auf die unterschiedlichsten Dinge. Alles bringt sie zum Staunen. Es gab daher in der Testphase viele Zusammenstöße. Es gab Abstürze. Der Gestalter des Erstaunens selbst hat sich bei dem Versuch, meine Treppe zu benutzen, den Arm gebrochen." Schwer atmend blieb Zeins in einem Stockwerk mit sieben Türen stehen. „Seit diesem Vorfall haben sie mir alle Zuschüsse und Erfindersubventionen gestrichen."

„Das tut mir leid", sagte ich.

„Schnee von gestern", winkte Zeins ab und konzentrierte sich auf die reinweiße Tür vor ihm, deren Knauf in derselben Farbe wie mein Wachsamkeitslicht strahlte. „Auch ohne Fördermittel gebe ich nicht auf. Gerade tüftle ich an einer praktischen Alternative zu den magischen Portalen. Die Dinger sind so unzuverlässig geworden, dass jede Reise zum Glücksspiel verkommt. Würde mich nicht wundern, wenn es bald die ersten Unfälle gäbe."

„Was denkst du, woher kommen die Ausfälle?", fragte ich und fühlte ein unangenehmes Zupfen in meiner Magengegend. Waren die Ausfälle der magischen Portale schon die Vorboten des nahenden Weltuntergangs? Oder stimmte es, was Ben sagte, und ich interpretierte entschieden zu viel in manche Dinge hinein?

„Keine Ahnung", fuhr Zeins fort und winkte mir, ihm zu folgen. Er drehte den inzwischen Gold gewordenen Knauf der weißen Tür und trat über die Schwelle. „Komm hier entlang, das ist eine Abkürzung. Man nennt ihn den Gang der Spiegel." Vor uns erstreckte sich ein langer, schmuckloser Korridor aus hellgrünen Ziegelsteinen. „Es ist meine Erfindung", fügte er stolz hinzu.

„Aber ich sehe gar keine Spiegel", sagte ich vorsichtig, weil ich seine Gefühle nicht verletzen wollte.

Zeins prustete, als hätte ich einen guten Witz gemacht. „Natürlich nicht! Nur die Menschen brauchen Spiegel. Hierzulande macht alles die Magie!" Er sprach das Wort voller Ehrfurcht aus. „Folge mir und staune!"

Zeins ging weiter und seine Gestalt veränderte sich. Zuerst wurden seine Arme ganz lang und dünn, dann folgten seine Beine sowie der Rest seines Körpers. „Du kennst doch die Lachkabinette in der Menschenwelt?", fragte Zeins über die Schulter. „Komm nur weiter."

Gemeinsam schritten wir durch den Gang der Spiegel. Meine Beine wurden mit jedem Schritt dicker und kürzer, während meine Arme sich wie elastische Gummibänder dehnten und schließlich hinter mir über den Boden schleiften.

„Keine Sorge, es ist nur eine optische Illusion", erklärte Zeins, dessen Kopf auf die Größe einer riesigen Wassermelone angeschwollen war. „Hab ich mir ausgedacht. Toll, oder?"

Ich nickte, während ich ihm folgte. Am Ende des Gangs der Spiegel sahen wir wieder normal aus und es warteten drei Türen auf uns, von denen wir die linke nahmen, die wie ein Smaragd funkelte.

„Ist es noch weit bis zur Bibliothek?", fragte ich, weil ich das Gefühl hatte, dass es möglich wäre, sein ganzes Leben im Ministerium des Erstaunens zu verbringen.

„Nicht mehr sehr weit", antwortete Zeins und rückte sich die Brille auf seiner Nase zurecht. „Die goldene Bibliothek beherbergt den größten Wissensschatz unserer Zeit. Da ist es naheliegend, dass ihren Besuchern ein gewisses Maß an Konzentration und Willenskraft abverlangt wird, um die Ehre zu erlangen, die heiligen Hallen betreten zu dürfen."

Mir entging der leicht tadelnde Unterton nicht und ich beschloss, in Zukunft besser zu schweigen. Durch die Smaragdtür gelangten wir in einen sehr viel breiteren und pompöseren Korridor mit Marmorboden. Hohe Statuen aus dunkelgrünem Stein flankierten unseren Weg. Zeins senkte ehrfürchtig die Stimme und die grüne Zeichnung auf seiner Wange, die entfernt an eine Wendeltreppe erinnerte, begann zu glimmen.

„Wir befinden uns hier im Gang des Ruhmes. Es sind Denkmäler an – na ja sagen wir einmal ‚besondere' Magiebegabte. Lass dich von den Statuen besser nicht ansprechen, sie verwickeln dich in eine Diskussion und plötzlich ist der halbe Tag um."

„Zeins, altes Haus, sag mal, ist das deine neue Freundin?", brüllte in dem Augenblick die muskulöse Skulptur neben uns und riss erstaunt die Augen auf. Sein dunkelgrüner Kopf mit dem leicht gewellten Haar erinnerte mich irgendwie an Michelangelos David.

„Leider nicht, Barikus", sagte Zeins mit einem verlegenen Grinsen und wandte schnell den Blick ab.

„Ist ja auch kein Wunder, bei deinem Gewicht", schrie eine korpulente Sinnträgerin zu unserer Linken. „Hast du in letzter Zeit schon mal in den Spiegel geschaut? Du siehst ja zum Fürchten aus! Kein Wunder, dass dich die Reisende sitzen gelassen hat! Eine Reisende und ein Magiebegabter, das kann ja nur schiefgehen, hab ich von Anfang an gewusst, das hab ich schon gesagt, als du noch nicht so fett warst!"

Ich zog eine Augenbraue hoch und wollte etwas erwidern, aber Zeins schüttelte schnell den Kopf.

„Nicht darauf einlassen", sagte er und zog mich weiter. „Sie lechzen nur danach, die Besucher in Gespräche zu verwickeln. Muss ziemlich langweilig sein, den ganzen Tag hier in einem Gang herumzustehen." Den letzten Satz sagte er deutlich lauter.

„Hey, Zeins, kennst du den schon? Ist aus der Welt der Menschen", rief Barikus hinter uns her und reckte sich so weit in unsere Richtung, wie es sein Steinkörper zuließ. „Was sagt das Krokodil, nachdem es einen Clown aufgefressen hat? – Schmeckt irgendwie komisch! Hahahahaha!" Die Skulptur brüllte vor Lachen.

Über Zeins' Gesicht glitt ein müdes Lächeln. „Wie du siehst, wurde das erste Denkmal einem gewissen Barikus gesetzt, der für seine Scherze berühmt wurde. Er hat unter anderem einige fabelhafte Lachelixiere gebraut. Ist dann aber irgendwann verschwunden. Die Träger munkeln, er hat sich zu Tode gelacht." Ich warf einen kurzen Blick zurück. Barikus lachte noch immer und ich konnte mir dieses Ende für ihn tatsächlich vorstellen.

„Die Dame, die mich vorhin korpulent genannt hat, ist Ursula, eine Architektin der Halle der Flügel", fuhr Zeins fort. „Sie hatte immer schon eine scharfe Zunge und keiner hier kann sie leiden."

„Bring ihr doch das nächste Mal, wenn du herkommst, einen Spiegel mit", schlug ich vor. „Vielleicht wird sie so ein bisschen sanfter."

„Vielleicht", murrte Zeins. „Das hier ist Zika, eine Meisterin der Wandlungszauber", sagte er und deutete auf eine Statue mit einer elfenhaften Gestalt. Ich drehte mich in die angegebene Richtung und zuckte leicht zusammen. Die arme Trägerin hatte die größte Nase im Gesicht, die ich je gesehen hatte. Sie war lang und gebogen und reichte ihr beinahe bis übers Kinn.

„Zika war mit ihrem Erscheinungsbild sehr unglücklich", flüsterte Zeins hinter vorgehaltener Hand. „Sie versuchte alles, um ihre Nase schrumpfen zu lassen. Irgendwann hatte sie zwar keine kleinere Nase, aber einen Zauber entwickelt, um das Aussehen jedes beliebigen Sinnträgers anzunehmen. Die Magie erfordert einiges Geschick und hält nur eine begrenzte Zeit, weshalb Zika trotz all der Ehrungen und Preise nicht glücklich mit ihrer Erfindung war. Am Ende sprach sie sogar davon, in die Welt der Menschen zu reisen und sich dort einer Schönheitsoperation zu unterziehen." Zika, die bisher vor sich hingedöst hatte, riss plötzlich die Augen auf und wir gingen schnell weiter. „Daran sieht man, wie schlecht es zu dem Zeitpunkt schon um sie stand", fuhr Zeins im Flüsterton fort. „Schließlich sind alle Sinnträger, ob Mensch- oder Tierverbundene, für die Menschen unsichtbar. Wie hätte das also funktionieren sollen?"

Ich warf einen Blick zurück auf Zika und schüttelte bedauernd den Kopf. Sogar ihre Statue wirkte traurig und sie tat mir ehrlich leid.

Zeins ging in der Zwischenzeit weiter. „Das hier ist Lyria, die sich dem Gebiet der gesungenen Magie gewidmet hat, und auf der rechten Seite siehst du Miro, der sich angeblich selbst getötet hat, gleich neben Fuxur, der –"

Ich blieb wie angewurzelt stehen und fühlte, wie mein Herz schneller klopfte.

„Das ist Miro?", wiederholte ich flüsternd.

Zeins sah mich verwirrt an, als mein Wachsamkeitslicht zu leuchten begann.

„Äh, ja", murmelte er zögernd. „Der Magiebegabte Miro."

„Kann ich mit ihm sprechen?" Ich trat ganz nah an Miros Podest heran und berührte mit einem Finger seine knollige Zehe aus grünem Stein.

„Nicht berühren!", rief Zeins. „Sie mögen es gar nicht, wenn man sie – oh." Er unterbrach sich und runzelte die Stirn. „Er scheint es gar nicht bemerkt zu haben, dass du ihn angefasst hast."

„Miro? Hallo?!", rief ich etwas lauter und rüttelte an seiner Hand. Die Figur des kleinen, dicken Magiebegabten blieb reglos stehen und richtete den Blick weiterhin sorgenumwölkt in die Ferne. „Wieso reagiert er nicht?", fragte ich Zeins.

Der Erfinder, dem bei meinen unsanften Versuchen, Miro zu wecken, das Unbehagen deutlich anzusehen war, schüttelte überrascht den Kopf. „Ich weiß es nicht", gab er zu. „Sehr seltsam ... ich habe noch nie gehört, dass die Magie aus einer Statue verschwunden wäre. Er nahm seine Zwickbrille von der Nase und begann das Glas gewissenhaft mit einem karierten Stofftaschentuch zu putzen.

„Welches Wissen ist in den Skulpturen gespeichert?", fragte ich argwöhnisch und stupste noch einmal Miros Zehe an, in der Hoffnung, ihn doch noch aufzuwecken.

„Das kommt darauf an", sagte Zeins. „Manchmal mehr, manchmal weniger – je nachdem, wie viel über die entsprechende Figur bekannt ist. Es wurde jedoch stets versucht, die Persönlichkeit des Charakters einzufangen."

Ich nickte enttäuscht. Ein Gespräch mit Miros Statue hätte mich vielleicht auf die richtige Fährte bringen können, um den letzten Lichtstein zu finden. Nachdenklich blickte ich an der grünen Skulptur hoch. Waren die Totaa schon auf dieselbe Idee gekommen? Waren sie hier gewesen und hatten die Magie aus dem Stein gepresst, damit niemand den Hinweisen folgen konnte?

„Was weißt du über Miro?", fragte ich Zeins, als ich schweren Herzens meinen Weg zur Bibliothek fortsetzte. Es fühlte sich an, als hätte man mir einen ersten Erfolg direkt vor der Nase weggeschnappt.

Der grüne Träger zuckte mit den Schultern. „Nicht viel, ich weiß nur, dass er ein genialer Magiebegabter war, der zusammen mit Gestalterin Crisula erweckt worden ist. Die ist aber leider auch schon tot. Früher habe ich mich manchmal mit Miro unterhalten, als er noch funktioniert hat."

Mein gelbes Licht flackerte auf. „Das hast du? Was hat er gesagt?"

Der pummelige Erfinder sah mich überrascht an und ich ermahnte mich, mein Interesse in seiner Gegenwart zu zügeln.

„Er sagte, dass es ihn langweilt, im Gang des Ruhmes stehen zu müssen. Und dass er viel lieber seiner Prophezeiung folgen würde, als an diesem dämlichen Steinpodest festgenagelt zu –"

„Seine Prophezeiung?", unterbrach ich Zeins. „Hat er noch mehr dazu gesagt?"

„Eigentlich nicht", stotterte der kleine Erstaunensträger. „Ich weiß nur das, was allgemein gemunkelt wird. Dass Miro nach seinem Besuch am Dunklen Ort wie verwandelt war und nur noch von seiner wahren Berufung gesprochen hat. Angeblich wollte er irgendwelche perfekten Steine erschaffen." Zeins seufzte. „Er schien tatsächlich noch verrückter gewesen zu sein als ich."

Ich biss mir auf die Lippen. Die perfekten Steine, von denen Zeins sprach, waren mit Sicherheit die acht perfekten Lichtsteine, nach denen die Totaa suchten – und von denen ihnen jetzt nur noch Miros Stein fehlte, nachdem ich Jakobs orangefarbenen Lichtstein in ihrem Erdlabyrinth verloren hatte. Aber was machte man mit acht perfekten Lichtsteinen? Und wie sollten sie zum Untergang der Menschverbundenen führen?

„Hat er etwas über diese Steine gesagt", fuhr ich in möglichst unverfänglichem Plauderton fort. „Zum Beispiel, ob er sie versteckt hat?"

„Nein. Wir haben uns die meiste Zeit über meine Treppe unterhalten", gab der Erfinder kleinlaut zu.

„Hast du ihn gefragt, ob es stimmt, dass er wirklich Selbstmord begangen hat?", fragte ich und hörte, wie Zeins neben mir erschrocken die Luft einzog. „So etwas würde ich nie tun", stammelte er. „Das ist – das ist –"

„Schon gut", antwortete ich müde.

„Wir sind da." Zeins wirkte erleichtert, als er das sagte. Vor uns prangte ein großes goldenes Tor, dessen Oberfläche mit Intarsien aus grünem Stein verziert war. Ich wartete geduldig, bis die Klinke der goldenen Tür ebenfalls golden wurde, dann drückte ich sie hinunter und trat über die Schwelle.

Kapitel 6

Der dunkelgrüne Boden unter meinen Füßen fühlte sich kalt und glatt an. Ich befand mich in einem riesigen Saal, der so weit reichte, dass ich nicht bis zu seinem Ende sehen konnte. Er wurde in ein sanftes grünes Licht getaucht und verbreitete eine würdevolle, ruhige Atmosphäre. An den Wänden erstreckten sich dunkle Bücherregale bis zur Decke, auf dem Boden verstreut lagen riesige goldene Sitzkissen, deren bequemes Aussehen zum Hinsetzen und Schmökern einlud. Etwa einhundert Sinnträger saßen vereinzelt in der riesigen Wissenssammlung auf den Kissen, die meisten goldenen Polster waren jedoch leer.

Zeins verabschiedete sich mit einem Nicken und ich wandte mich einem Pult zu, hinter dem ein antiquiert wirkender Bibliothekar bewegungslos verharrte.

„Hallo", flüsterte ich, „ich bin zum ersten Mal hier und suche nach Informationen über –"

Der grüne Träger zog bei meinem Anblick die Augenbrauen hoch und legte einen Finger auf seine Lippen. „Still Wächterin", näselte er leise. „Was ist dein Begehr?"

Ich setzte erneut zum Sprechen an, doch er schüttelte summend den Kopf und bedeutete mir abermals, still zu sein. Ich runzelte die Stirn, während er mich konzentriert anstarrte. Schließlich nickte er.

„Ich konnte deine Fragen erkennen", sprach er leise. „Ich wünsche dir einen angenehmen Aufenthalt. Möge dein Wissensdurst gestillt werden." Mit diesen Worten griff er unter sein Pult und holte eine Pergamentrolle hervor, die golden glitzerte.

Ich nahm das Schriftstück überrascht an mich, ging ein paar Schritte zur Seite und löste die Verschnürung. Das Pergament entrollte sich meterlang und ich sah unter der Überschrift „Miro" eine fein säuberliche Liste von Büchern inklusive Regalnummern und -fächern, die offenbar von dem Magiebegabten handelten. Es gab auch eine kürzere Liste zu dem Wort „Lichtsteine" und eine sehr, sehr lange Liste, die auf das Wort „Magie" folgte.

Ich überflog das Pergament bis zu seinem Ende und kniff die Augen zusammen. Einige Ergebnisse waren unkenntlich gemacht worden; es betraf in der Summe vier Bücher, deren Titel nicht mehr zu erkennen waren. Stirnrunzelnd wandte ich mich wieder dem ergrauten Bibliothekar zu.

„Diese Bücher gehören zum verbotenen Wissen", näselte er leise, bevor ich auch nur ein Wort gesagt hatte. „Du brauchst eine Sondergenehmigung von einem Gestalter, um diese Informationen zugänglich gemacht zu bekommen. Ich wünsche dir einen angenehmen Aufenthalt. Möge dein Wissensdurst gestillt werden." Damit nickte er mir zu und etwas an der Bewegung sagte mir, dass es ein endgültiges Nicken war. Aus ihm würde ich keine weiteren Informationen herausbekommen.

Seufzend machte ich mich auf den Weg in die Halle, um eines der goldenen Sitzkissen zu belegen. Meine Pergamentrolle war so lang, dass ich sie wie eine Schleppe hinter mir hätte herziehen können. Wie es aussah, würde es noch ein sehr langer Tag werden.

Fünf Stunden später war ich keinen Schritt weiter –

bis auf die Tatsache, dass meine Augen brannten und ich mir die Beine vertreten musste. Langsam schob ich mein aktuelles Buch „Leben und Wirken der bedeutendsten Magiebegabten der neueren Zeit" zurück ins Regal und kletterte die hohe Leiter hinunter. In all den Büchern standen genau dieselben Informationen über Miro, die ich schon kannte: Er war am Dunklen Ort gewesen, hatte dort seine Prophezeiung erhalten und war danach verrückt geworden. Am Ende hatte er sich selbst umgebracht (über die Art seines Dahinscheidens gingen die Meinungen auseinander) – und in einigen wenigen Büchern stand lediglich, dass er verschwunden war und man seine Überreste nie gefunden hatte.

Ich rieb mir über die Augen, rollte das Pergament zusammen und wanderte ein wenig durch die kühlen Korridore. Dabei lief ich zwischen zwei Bücherregalen entlang, bis ich in einen Bereich kam, der noch ruhiger, dunkler und ehrwürdiger wirkte als der vordere Teil der Bibliothek. Statt der Sitzkissen gab es hier offene Kammern mit hellgoldenen Wänden, die von außen wie goldene Kugeln aussahen. Ich blickte neugierig in eine hinein und sah dort Alfonsus, den Journalisten mit dem aristokratischen Gesicht stehen, der eben einen Stapel Bücher neben einem kleinen, runden Tischchen deponierte.

„Verzeihung", sagte ich, als er meinen Blick bemerkte und erschrocken zusammenzuckte. Dabei glitzerte die violette Zeichnung auf seiner linken Wange, die einem Würfel ähnelte. „Ich wollte Sie nicht erschrecken."

„Ach, das ist nicht deine Schuld, das ist einfach mein Sinn", sagte Alfonsus vornehm und winkte mich zu sich herein. „Sei gegrüßt, Wächterin. Welch angenehme Überraschung ein bekanntes – und so hübsches –

Gesicht hier zu sehen."

Mit einem scheuen Lächeln trat ich über die Schwelle in die runde Kammer. Sie war gerade groß genug, dass zwei Träger darin Platz fanden, ohne sich unbehaglich zu fühlen.

„Was tut Ihr hier in dieser Kugel?", fragte ich und betrachtete verblüfft die hellgoldenen Wände der Kammer, die mir seltsam nackt und leer vorkamen.

„Hier in der Schattenkammer?", fragte Alfonsus, der eines der Bücher von seinem Stapel nahm und auf das kleine Tischchen vor sich legte. Ich nickte.

Der violette Träger grinste. „Dir ist bewusst, dass aufgrund meines Berufes normalerweise ich derjenige bin, der den Sinnträgern die Fragen stellt?" Er bedeutete mir mit einer einladenden Handbewegung, Platz zu nehmen und setzte sich ebenfalls. „Ich fände es übrigens schön, wenn wir uns duzen. Nenn mich Alfonsus."

„Gerne. Lee", entgegnete ich lächelnd und ließ mich auf den kleinen Hocker sinken. Meine Schriftrolle legte ich neben meinen Füßen ab. Alfonsus folgte mir mit seinen grauen Augen und jede Menge kleiner Fältchen erschienen darum herum, als er lächelte.

„Jetzt zum Beispiel würde es mich brennend interessieren, welche Fragen eine junge Wächterin wie du mit sich herumträgt, um so eine dicke Pergamentrolle ausgehändigt zu bekommen."

„Mich fasziniert die jüngere Geschichte unserer Sinnlichen Welt", gab ich zur Antwort und wies mit dem Kinn auf das Buch vor uns. „Wieso nennt sich dieser Ort Schattenkammer? Hat es etwas mit den Büchern zu tun?"

„Ah, der Wächterinstinkt", sagte Alfonsus und klappte das Buch in der Mitte auf. „Ja, meine Teure, für alte Sinnträger wie mich, deren Augen nicht mehr die besten sind, ist es eine angenehme Erleichterung, nicht alles selbst lesen zu müssen. Denn ich reise im Geiste gerne in die Vergangenheit, vor allem in so unruhigen Zeiten wie heute. Es hilft mir, meine Gedanken zu sortieren. Und manchmal – wirklich selten, aber doch manchmal – gelingt es uns ja doch, aus den Fehlern der Vergangenheit Schlüsse zu ziehen, die helfen, Vergleichbares in der Zukunft zu vermeiden."

Alfonsus legte seine Hand auf den Text der Seite vor sich und sofort erschuf das Buch Schattenrisse an der Wand, die mich direkt in die Geschehnisse hineinzogen. Staunend beobachtete ich, wie die Wände der Kammer sich mit Leben füllten, und es fühlte sich an, als entstünde eine ganze Welt um mich herum.

„Das ist atemberaubend", flüsterte ich, als ich die schwarzen Figuren auf den goldenen Wänden beobachtete. Es war, als würde das Buch direkt in meinem Kopf zu mir sprechen, und ich wusste, dass es sich näher mit der Geschichte der Sinnlichen Kriege befasste.

„Diese Bücher", sagte Alfonsus leise, als die Landschaft einer noch wilden, ungezähmten Welt vor unseren Augen entstand, „haben die Fähigkeit, dich direkt mit den Erinnerungen jener zu vernetzen, die dabei waren. Jener, die es gefühlt haben." Er zitterte und auch mich überfiel ein Frösteln, als ich an den Schatten sah, wie die Sinnträger der Sinnlichen Welt sich damals gegeneinander gewandt hatten. Sie stritten, schimpften, verfluchten und bekämpften sich.

„Du fühlst es auch, nicht wahr?", raunte Alfonsus mir zu. „Es war eine schreckliche Zeit. Die Träger der positiven Sinne kämpften gegen die Träger der negativen

Sinne. Es gab so viel, was uns unterschied und so wenig, das uns einte."

„Ich kann es mir kaum vorstellen", flüsterte ich. „Wie konnte man seinen Sinn immer nur positiv oder negativ erfahren?"

Alfonsus seufzte. „Für die, die damals gelebt haben, war es das Natürlichste auf der Welt. Positive Wut wurde eingesetzt, um zu beschützen, negative um zu zerstören. Positive Freude entstand aus dem Wunsch zu helfen, negative Freude empfanden die, die sich am Schaden anderer ergötzten. Positive Trauer war heilsam, negative ließ die Träger sich zurückziehen und immer wieder über denselben Sachen brüten ... die Liste lässt sich bei allen Sinnen fortführen, es gibt immer zwei Seiten im Leben." Er verstummte und blickte grübelnd auf die Schattenbilder, die nun den Ersten Sinnlichen Krieg zeigten.

Eine Armee von positiven Trägern zog gegen eine Armee negativer Träger in den Kampf und ich fühlte durch die Distanz der vielen Jahre hindurch das unendliche Leid, das mit dem Morden und Töten über unsere Sinnliche Welt hereingebrochen war.

„Eine schreckliche Zeit, eine schreckliche Stunde", murmelte Alfonsus und klappte das Buch mit einer heftigen Handbewegung zu.

„Und was geschah dann?", fragte ich, um ihn aus dieser melancholischen Stimmung zu reißen.

Er räusperte sich und fuhr sich durch sein graues Haar. „Dann wurde die Macht der Acht gebildet." Der violette Träger bückte sich hinunter und zog ein anderes Buch aus dem Stapel, das er nun auf den Tisch zwischen uns legte. Als er es aufklappte, erfüllte ein Gefühl von Zuversicht und Entschlossenheit die Kammer zwischen uns.

„Die Macht der Acht waren damals die begabtesten und klügsten Köpfe, die unsere Welt zu bieten hatte. Gemeinsam schrieben sie die Bücher der Macht, jene acht Bücher, denen angeblich unvorstellbare Kräfte innewohnen – Kräfte, von denen es heißt, dass jede für sich alleine so mächtig ist, dass man damit die Welt zerstören könnte, Kräfte, die es erlaubten, unsere Welt wieder zu einen."

Ich schluckte. Die Bücher der Macht … ich mochte mir nicht vorstellen, was passieren würde, wenn sie den Falschen in die Hände gelangen würden. „Wo sind diese Bücher jetzt?", fragte ich.

Alfonsus zuckte mit den Schultern. „Versteckt, sicher versteckt. Ursprünglich dienten die Bücher nur dem Zweck, die positiven und die negativen Emotionen zu vereinen, aber so ein mächtiger Zauber hat eben auch seine zwei Seiten." Er machte eine kurze Pause. „Glücklicherweise lief beim Ersten Sinnlichen Krieg alles gut – die helle und die dunkle Seite verschmolzen miteinander – und der Erste Sinnliche Krieg endete. Doch wenn du denkst, wir wären nachher klüger gewesen, hast du dich getäuscht."

Er blätterte einige Seiten weiter und die Schattenrisse, die nun über die Wände tanzten, zeigten acht Fraktionen, die nur für sich blieben und sich von den anderen Sinnen immer weiter abspalteten.

„Der Zweite Sinnliche Krieg entstand aus einem Kräftemessen der Sinne. Nun, da die Träger vereint waren, suchten sie nach einer neuen Möglichkeit, um miteinander in Wettstreit zu treten. Welches Gefühl ist das wichtigste, welches das stärkste?" Er sah mich aufmerksam an. „Sie wollten es unbedingt wissen. Und wieder zogen sie in den Krieg. Allianzen wurden gebildet und wieder aufgelöst. Manche der Bücher der Macht kamen zum Einsatz, sie wurden von den Gestaltern missbraucht und das Schicksal der Welt stand auf der Kippe."

Er schwieg für einen Moment und ich beobachtete an der goldenen Wand, wie ein einzelner Sinnträger die Bücher der Macht an sich nahm. Sein Schattenriss zeigte ihn noch einen Moment lang entschlossen auf einer Klippe stehen, dann wandte er sich um und verschwand im Dunkel.

„Ein Hüter hat sich der Bücher angenommen. Er hat sie versteckt. Viele glauben, die Bücher der Macht wurden zerstört – andere zweifeln an ihrer Existenz. So oder so – keiner weiß, wo sie jetzt sind, und das ist auch gut so." Alfonsus klappte das Buch auf dem Tisch langsam zu.

Ich blieb noch für einen Moment sitzen, ganz benommen von all den Emotionen, die die Bilder in mir geweckt hatten. Nur zögerlich richtete ich mich auf. „Sagen wir, ich würde gerne mehr über die Vergangenheit erfahren. Dinge, die eventuell als verbotenes Wissen eingestuft werden – was würdest du mir raten?"

Ein Lächeln huschte über Alfonsus' aristokratisches Gesicht. „Du würdest eine gute Journalistin abgeben, Wächterin." Er beugte sich etwas nach vorne. „Also mich würde an deiner Stelle ja der Raum der alten Prophezeiungen interessieren. Jene Weissagungen, die schon Sinnträger früherer Generationen empfangen haben. Früher war dieser Raum ganz normal zugänglich, doch dann haben sie ihn – wie so vieles – zur verbotenen Zone erklärt." Er schüttelte den vornehmen grauhaarigen Kopf. „Dabei haben sie jedoch nicht bedacht, dass es eine Art Schlüssel gibt."

„Eine Art Schlüssel?" Ich hauchte die Wörter und spürte, wie meine rechte Wange sich erwärmte.

„Jawohl, eine Art Schlüssel. Durch die erste hindurch, die nächste links, dann zweimal rechts, dann wieder links, wieder zwei rechts – und immer auf den schwarzen Türgriff warten." Mit diesen Worten stand Alfonsus auf, hob seinen Bücherstoß vom Boden auf und verbeugte sich knapp vor mir. „Es war mir eine Freude, Wächterin Lee."

Kaum war Alfonsus gegangen, sprang ich auf, packte meine Schriftrolle und flog förmlich zur nächsten Tür. Sie hatte das Aussehen einer Zellentür in einem Gefängnis und ich wartete mit klopfendem Herzen darauf, dass ihr Türgriff schwarz wurde.

Kaum wechselte er die Farbe, drückte ich ihn auch schon hinunter und fand mich in einem kleinen Garten wieder. Süßer Blumenduft durchzog die Luft und ein Biotop plätscherte angenehm vor sich hin. Auf einer Hollywoodschaukel küsste sich ein verliebtes Pärchen und ich murmelte eine Entschuldigung, während ich zur linken Tür eilte – um dann geschlagene zwei Minuten davor warten zu müssen, bis der Türknauf endlich schwarz wurde. Der nächste Raum war eine Küche und die Köchin rief mir zu, ich solle mir ein Haarnetz nehmen oder verschwinden. Ich verschwand durch die rechte Tür in eine Schlafkammer. Aus dem angrenzenden Bad hörte ich jemanden pfeifen und sah, dass die Verbindungstür offen stand. MEINE Tür, die rechte Tür. Ich atmete tief durch, rief eine Entschuldigung ins Bad, zog die Türe zu und hielt sie so lange geschlossen, bis die Türklinke schwarz wurde. Dann öffnete ich sie wieder. Dahinter war alles weiß.

Ich trat über die Schwelle in eine Schneelandschaft und die Luft war so kalt, dass ich jeden Atemzug in meinen Lungen spürte.

„Konzentrier dich", hörte ich eine männliche Stimme sagen, die mir bekannt vorkam.

„Bei all dem Schneetreiben sehe ich nichts", erwiderte eine andere männliche Stimme, die mein Herz für einen Schlag aussetzen ließ.

„Da das Duell im Land des Erstaunens stattfindet, musst du auf alles gefasst sein", forderte die erste Stimme. „Schnee ist noch eines von den harmlosesten Dingen, die dir dort begegnen können. Du darfst dich einfach nicht so schnell ablenken lassen und musst deinen Sinn unter Kontrolle haben. Nur so kannst du effektiv meine Magie stören." Der Mann sprach ruhig, aber bestimmt, und ich sah, wie sich die dazugehörige Gestalt aus dem Schneesturm löste. Es war Ruwen, Sinjas Sekretär, den wir ganz am Beginn unserer Reise im magischen Laden getroffen hatten. Wie damals trug er auch heute eine schwarze Robe. Seine dunklen, leicht gelockten Haare und seine Schultern waren mit Schneeflocken bedeckt und ich sah, wie er in der Bewegung abrupt innehielt, als er mich nur wenige Schritte von sich entfernt stehen sah. Seine dunkelgrüne Zeichnung, die mich an die Schwingen eines Adlers erinnerte, begann sanft zu leuchten und er schnippte mit den Fingern, woraufhin das Schneetreiben auf der Stelle endete.

Nun konnte ich auch Ben entdecken, dessen Augen sich bei meinem Anblick vor Überraschung weiteten und auf dessen Brust eine böse aussehende Brandwunde prangte. Zum zweiten Mal spürte ich, wie mein Herz kurz aussetzte, um dann umso heftiger weiterzuschlagen.

„Geht es … geht es dir gut?", fragte ich und spürte im gleichen Moment, wie dämlich meine Frage klang.

„Das? Das ist nichts", winkte Ben ab und deutete auf die Wunde, wobei nur ein kurzes Zucken verriet, dass es doch mehr war als „nichts". Ich schob meine Gefühle zur Seite und richtete meinen Blick auf Sinjas Sekretär, der mich inzwischen freundlich anlächelte.

„Keine Sorge, Wächterin, ich passe schon gut auf ihn auf", sagte Ruwen und reichte Ben einen ähnlichen Armreif, wie den, den Sinja mir gegeben hatte. Ben streifte ihn über und ich konnte praktisch zusehen, wie die Wunde auf seiner Brust in Sekundenschnelle verschwand. Nicht einmal eine Narbe blieb zurück.

„Du hast mir gar nicht gesagt, dass du jemanden zum Training eingeladen hast", fuhr Ruwen an Ben gewandt fort.

„Habe ich auch nicht", sagte Ben kühl und gab Ruwen den Armreif zurück. In seinen Augen konnte ich sehen, dass er noch immer der Meinung war, meine Lichtsteinsuche hätte nur etwas mit meinem Ego zu tun. Als ob ich es genießen würde, einer inneren Stimme zu folgen, die mich ständig alle möglichen Grenzen überschreiten ließ und in Lebensgefahr brachte. Als ob ich es schön fände, niemandem vertrauen zu dürfen. Als ob ich gern die Verachtung in Bens Augen sähe.

„Ich habe mich einfach nur verlaufen", sagte ich zu Ruwen und wandte mich dem linken Ausgang zu, „ich will euch auch gar nicht weiter stören."

„Du störst absolut nicht", widersprach Ruwen und ließ seine Schultern kreisen. „Außerdem bist du einer seiner Fans. Die Fans sind unglaublich wichtig für den Ausgang des Duells, das ist dir hoffentlich bewusst." Er sagte es auf eine Art zu Ben, die nahelegte, dass er gefälligst ein bisschen freundlicher zu mir sein sollte.

„Ob mit oder ohne Fans, werde ich dieses Duell gewinnen", gab Ben zurück. „Ich werde meine Fähigkeit nicht verlieren. Er wird sie nicht bekommen. Eher sterbe ich."

Ruwen nickte zustimmend und steckte den heilenden Armreif wieder in seine Tasche. „Ich finde es gut, dass du beginnst, die Sache ernst zu nehmen", sagte er ruhig. „Ich habe schon etliche Träger getroffen, die ihre Fähigkeit bei einem Duell eingebüßt haben. Durch ihre zerrissenen Linien wird niemals wieder Magie fließen. So wie die Narben in ihrem Inneren niemals heilen werden."

„Wie lange übt ihr schon?", fragte ich, um nicht über den Ausgang des Duells nachdenken zu müssen, der entweder Ben oder Jesper die Fähigkeit kosten würde.

„Seit drei Tagen", sagte Ruwen. „Und er schlägt sich gut. Seine stärkste Waffe ist seine magische Fähigkeit, fremde Magie zu stören. Damit wird er Jespers Erfindungsreichtum herausfordern."

Ben grinste arrogant. „Jesper und Erfindungsreichtum gehen nicht zusammen, keine Sorge."

Ruwen seufzte leise. „Unterschätze ihn nicht, Ben. Den Fehler hat Casimir auch gemacht, als er gegen mich angetreten ist."

„Ihr habt euch mit Casimir duelliert?", fragte ich überrascht. Der Magiebegabte nickte. „Ja. Und es war eine der dümmsten Entscheidungen meines Lebens."

„Aber du hast ihn besiegt", murrte Ben.

„Aber ich hätte auch verlieren können", entgegnete Ruwen ernst. „Und stell dir einen Casimir vor, der nicht nur seine schwarze Fähigkeit behalten, sondern auch noch meine grüne dazubekommen hätte. Schlimm

113

genug, was er mit seinen sonstigen Zaubern alles anrichtet."

Ich musste an das magische Band denken, das Ben und mich aneinandergekettet hatte, und unsere Blicke trafen sich. Ich schaute in die braunen Sprenkel in seinen Augen und ein seltsames Gefühl breitete sich in mir aus, als hätte ich einen leichten elektrischen Schlag bekommen.

„Ich muss jetzt auch weiter", sagte ich schnell und presste die Schriftrolle enger an meinen Körper. „Viel Glück beim Training." Ben blickte mich intensiv an und ich sah rasch zur Seite. Mein Herz klopfte bei seinem Anblick viel zu laut in meiner Brust und ich konnte und wollte ihn mir nicht auf dem Duellierplatz mit Jesper vorstellen.

„Wohin willst du denn?", rief mir Ruwen hinterher, als ich mich der linken Tür zuwandte.

„Einfach nur hinaus", murmelte ich und drückte die Tür auf, nachdem die Klinke endlich schwarz geworden war.

Danach wandte ich mich noch zweimal nach rechts und betrat schließlich einen Raum, der auf den ersten Blick völlig unauffällig wirkte. Wände, Boden und Türen waren grau und es gab keine Einrichtungsgegenstände. Ich atmete tief durch, denn ich wusste, dass ich mich im Raum der alten Prophezeiungen befinden musste. Langsam ging ich in die Mitte des Zimmers und blieb stehen.

Es geschah nichts. Mein Sinn machte sich bemerkbar und ich sah, wie mein gelbes Licht einen Widerschein auf die Wände warf, doch sonst passierte rein gar nichts. Vielleicht musste ich einfach nur warten? Womöglich musste ich meine Geduld unter Beweis stellen, genauso wie der Weg durch das Ministerium die Willenskraft der Träger prüfte?

Eine Weile stand ich einfach nur da und wartete. Nichts passierte. Zweifel machten sich in mir breit. Vielleicht hatte Alfonsus sich geirrt, als er sagte, dass es einen Schlüssel gäbe? Womöglich war dies gar nicht der Raum der alten Prophezeiungen, sondern einfach nur irgendein graues Zimmer, das von seinem vorherigen Besitzer verlassen worden war, weil es ihn depressiv gemacht hatte?

„Hallo?", sagte ich leise.

Ein sanfter Nebel senkte sich von der Decke auf mich herab und sank bis zu meinen Füßen, wo er meine Knöchel umwaberte.

„Hallo", hauchte ein leises Echo in mein Ohr. Ich fühlte, wie eine Gänsehaut über meinen Nacken kroch.

„Könnt ihr mir –" Ich räusperte mich. „Könnt ihr mir etwas über das Schicksal unserer Welt sagen?"

Eine Weile war es still, nur der Nebel wallte stärker auf.

„Das Schicksal unserer Welt", wiederholte das Echo und inzwischen war alles um mich herum so weiß, dass ich das Gefühl hatte, in einer Wolke zu stehen. „Zu viele Prophezeiungen betreffen das Schicksal unserer Welt. Wähle eine andere Frage."

Ich schluckte. „Wo ist der letzte Lichtstein versteckt?"

Die Stimme lachte. „Ich bin nicht die gute Fee. Der Aufenthaltsort irgendwelcher Lichtsteine ist kein Teil der Prophezeiungen."

Der Nebel zog sich zurück und ich spürte, wie sich mein Puls beschleunigte. Ich war so weit gekommen, es durfte nicht alles umsonst gewesen sein.

„Was ist mit dem Auserwählten?", fragte ich schnell. „Ist es wirklich seine Aufgabe, die Welt zu retten? Und was passiert, wenn er zuvor gestorben ist und seiner Aufgabe nicht mehr nachkommen kann?"

Ich fühlte eine Bewegung im Nebel und sah, wie die Schwaden sich träge um mich herum im Kreis zu drehen begannen.

„Das Schicksal aller Auserwählten ist es, das Gleichgewicht zu bewahren", flüsterte mir die Stimme ins Ohr, die nach meiner eigenen klang. „Sie werden erweckt, wenn alle acht Monde in einer Linie stehen."

Ich runzelte die Stirn. Es gab also mehrere Auserwählte? „Wie viele Auserwählte gibt es?"

„Die Auserwählten gibt es seit Erschaffung der Welt. Ihr Schicksal ist es, die Sinnliche Welt und die Welt der anderen in ihren Fugen zu halten."

„Das ist alles?", fragte ich. „Aber was ist mit Simeon? Er ist tot, wie soll er dann die Welt in den Fugen halten?!"

„Es ist nicht immer gut, zu viel zu wissen, Lee, Trägerin der Wachsamkeit", hauchte die Echo-Stimme.

„Bitte", flehte ich, „gib mir noch etwas, nur irgendeinen Hinweis."

„Um sein Schicksal zu erfüllen, muss der Auserwählte seine Berufung hinter sich lassen", flüsterte mir die Stimme ins Ohr, während meine Hand zu kribbeln begann.

Im nächsten Moment wurde die Tür aufgerissen und der Nebel sank innerhalb eines Sekundenbruchteils zu Boden.

„Wächterin", ertönte eine vertraute Stimme und ich sah Morris, den weißen Wächter mit dem Ziegenbärtchen, über die Schwelle treten. „Wir haben Anweisung, dich mitzunehmen. Quirin wünscht, dich zu sehen."

Erschrocken legte ich meine kribbelnde Hand auf den Wächterstab und sah, wie Marcus hinter Morris das Zimmer betrat. Die beiden hatten ernste Gesichter und vermieden den Blickkontakt mit mir.

„Gib mir deinen Wächterstab", sagte Morris und ich konnte es nicht glauben, dass er das von mir verlangte. Mein ganzer Körper versteinerte und ich sah ihn fassungslos an. Meine Hand hatte zu kribbeln aufgehört, doch dafür wummerte mein Herz spürbar gegen meine Rippen.

„Jetzt", fügte er leise hinzu und es kostete mich viel Überwindung, ihm meinen Stab auszuhändigen. „Marcus, nimm ihr die Schriftrolle ab. Wir werden übers Wasser reisen." Morris zog eine Flasche unter seinem Umhang hervor und schüttete die klare Flüssigkeit auf den Boden.

„Wieso?", murmelte ich wie erstarrt. „Wieso werde ich abgeführt wie eine Verbrecherin?"

„Alles Weitere wird Quirin mit dir besprechen", sagte Morris und streckte mir die Hand entgegen. Da ich das Gefühl hatte, dass mir keine andere Wahl blieb, ergriff ich sie. Marcus stand neben mir und sagte kein Wort. Seine dunkelblauen Augen hatte er auf den Boden gerichtet und ich fühlte einen unbändigen Zorn in mir hochsteigen, dass sie mir bis hierher gefolgt waren, statt sich um die wirklichen Probleme in dieser Welt zu kümmern und ein paar Totaa zu fangen. Dennoch biss ich die Zähne zusammen und schwieg. Morris machte einen Schritt nach vorn in die Wasserpfütze und ich folgte ihm.

Das Letzte, was ich sah, waren aus Nebel geformte Buchstaben, die einen Satz bildeten: „Was reimt sich auf Rot?"

Kapitel 7

Die Reise durch das Wasser war diesmal irgendwie schneller, härter und weniger bequem. Ob es an Morris lag, der mich hinter sich her in die Pfütze gezogen hatte, oder am Ziel unserer Reise, konnte ich nicht sagen.

Wir landeten in einem kühlen, dunklen Raum ohne Fenster. Die in den Wänden eingelassenen Lichtsteine strahlten gleißend hell auf, als Morris, Marcus und ich aus einem länglichen Becken stiegen, dessen klares Wasser mir gerade mal bis zu den Knöcheln reichte. Ich blinzelte in das unangenehm stechende Licht und versuchte, nicht so beunruhigt auszusehen, wie ich mich fühlte. Wenn Quirin mich zu sehen wünschte, wieso schickte er mir dann nicht einfach eine Nachricht? Wieso sandte er zwei Wächter aus, um mich zu holen?

Morris bedeutete mir mit einer Handbewegung, ihm und Marcus zu folgen und ich schritt hinter den beiden durch einen Sandvorhang, der uns aus dem schmucklosen Raum in einen ebenso kargen Korridor führte. Auch hier leuchteten die gelben Lichtsteine in den Steinwänden gleißend hell auf und bestrahlten mein Gesicht von beiden Seiten.

Ich hob ein wenig das Kinn, als ich Morris und Marcus durch die engen Gänge der Pyramide der Wachsamkeit folgte. Ich hatte nichts Falsches getan. Es stimmte, ich hatte Quirin keinen Bericht über meine Aktivitäten erstattet, dennoch rechtfertigte das nicht, mir meinen Wächterstab abzunehmen. Im Grunde genommen hatte ich genau das getan, was Quirin von mir verlangt hatte: Ich war meinem Instinkt gefolgt und hatte eigene Entscheidungen getroffen. Obwohl ich wusste, dass ich recht hatte, gelang es mir nicht, meine Nervosität ganz zu unterdrücken.

Marcus ging schweigend hinter mir und ich hörte den beständigen Takt seines ruhigen Herzschlags. Morris und er folgten einer Abzweigung nach links und ich prägte mir die Route genau ein, um im Ernstfall zu der Kammer mit dem Wasserbecken zurückzufinden. Ich war zwar noch nie alleine übers Wasser gereist, aber irgendwie würde es schon klappen, falls es notwendig wäre. Im nächsten Moment runzelte ich die Stirn. Ich dachte schon wie eine Gefangene. Dabei wollte Quirin wahrscheinlich nichts weiter, als über meine Fortschritte unterrichtet zu werden.

Morris stoppte vor einer Tür aus dunklem Quarzstein und legte seine Hand auf eine dreieckige Sandfläche in der Wand daneben. Seine Finger hinterließen einen Abdruck in dem weichen Sand und kurz darauf schob sich die schwere Steintür lautlos auf. Ich erwartete, dass Morris hindurchtreten würde, aber der Vertrauensträger mit dem Ziegenbart wandte sich mir mit undurchdringlicher Miene zu.

„Trägst du Blätter, Schmuck oder andere persönliche Gegenstände bei dir?"

Ich runzelte die Stirn und nickte nach einer kurzen Pause. Morris verschränkte die Arme hinter dem Rücken. „Dann gib sie Marcus. Du bekommst sie später wieder."

Ich spielte mit dem Gedanken, mich zu weigern – entschied dann jedoch, wenigstens zu versuchen, kooperativ zu sein, und händigte Marcus meinen Ring, den heilenden Armreif von Sinja und meinen Blättervorrat aus. Morris wirkte zufrieden und nickte mit dem Kinn in das Innere des Raumes.

„Setz dich auf den Stuhl. Der Gestalter wird in Kürze hier sein. Und Wächterin ..." Er sah mir fest in die Augen. „Vertraue auf meinen Rat und zeige Gehorsam."

Ich zog eine Augenbraue hoch und fühlte einen Anflug von Unbehagen, als ich in die dunkle Kammer trat. Kaum hatte ich die Schwelle überschritten, schloss sich die schwere Quarzsteintür hinter mir und das Letzte, was ich sah, waren Marcus' mahlende Kiefermuskeln, als er seinem Mentor einen durchdringenden Blick zuwarf.

Die Tür rastete mit einem donnernden Schlag in der Wand ein, der sich in meinen Ohren seltsam endgültig anhörte. Die Kammer, in der ich stand, war quadratisch und bis auf einen dunklen Stuhl in der Mitte völlig leer. Ein einzelner Lichtstein war in die Decke eingelassen worden und warf seinen schwachen Schein auf das darunterstehende Möbelstück. Ich fühlte, wie sich meine rechte Wange erwärmte und mein gelbes Licht die Dunkelheit durchdrang. Ich kannte diesen Ort aus der Vision, die ich im Turm der Achtsamkeit empfangen hatte.

Mein Puls beschleunigte sich, als ich die acht mal acht Meter langen Wände abschritt und die Position suchte, von der aus mein früheres Ich in der Vision auf die Szene geblickt hatte. Damals hatte ich geglaubt, dass mich die Totaa gefangenhielten. In Wirklichkeit befand ich mich in der Pyramide der Wachsamkeit. Doch ob das so viel besser war, würde sich erst zeigen müssen.

Mit klopfendem Herzen trat ich an den schwarzen Stuhl heran und setzte mich. Morris hatte gesagt, ich solle Gehorsam zeigen und ich hatte das Gefühl, dass er mich mit diesen Worten warnen wollte. Außerdem hatte er gesagt, Quirin würde in Kürze hier sein. Ich richtete meinen Blick auf die schwarze Quarzsteintür und wartete.

Eine Stunde später hatte sich bis auf meinen Brustkorb, der sich langsam im Rhythmus meines Atems hob und senkte, nichts in dem Raum bewegt. Ich starrte auf den dunklen Stein der Tür, die so undurchdringlich wirkte wie ein Fels. Mit jeder Minute, die verstrich, kam es mir unwahrscheinlicher vor, dass sich dieses massive Stück Stein jemals wieder öffnen würde, doch ich verbot mir, diesen Gedanken weiter zu verfolgen. Obwohl das nicht so einfach war.

„Was reimt sich auf Rot?", hatten mich die Nebelbuchstaben im Raum der alten Prophezeiungen gefragt – und die Antwort lag auf der Hand. Doch was bedeutete das? Sollte die Frage eine Warnung sein? Konnte es etwas mit Bens Duell zu tun haben?

Eine weitere Stunde verging, und dann noch eine. Es ist eine Prüfung meiner Willensstärke, dachte ich, während ich unauffällig die Muskeln in meinen Beinen lockerte. Quirin wollte sehen, wie gut ich darin war, Anweisungen zu befolgen. Oder vielleicht wollte er mich auch einfach nur dafür bestrafen, dass ich meinen eigenen Interessen gefolgt war, ohne ihm Bericht zu erstatten.

So oder so, ich würde mir keine Blöße geben und einfach hier sitzen bleiben. Während ich wartete, dachte ich an Miros perfekte Lichtsteine und wie nah die Totaa dem letzten Stein inzwischen wohl schon gekommen waren. Wo hatte Miro seinen versteckt? Vielleicht hatte ich – hatten wir alle Glück und der Magiebegabte hatte den Lichtstein in die andere Welt bringen lassen. Es war unwahrscheinlich, dass die Totaa dort nach ihm suchen würden. Oder wäre die andere Welt eine schlechte Wahl? Wer sagte mir denn, dass sich die Magie eines perfekten Lichtsteins in einer nicht-magischen Welt nicht viel leichter und schneller aufspüren ließ, als hier? Und welches Geheimnis lag hinter den Lichtsteinen? Warum suchten die Totaa nach ihnen und warum waren die Spinner bereit, dafür zu sterben?

Die Zeit verrann lautlos im dunklen Raum, während ich meinen Gedanken nachhing, der Lichtstein an der Decke kein einziges Mal flackerte und die schwere Tür sich keinen Millimeter bewegte.

Als ich die Augen aufschlug, spürte ich jeden einzelnen Muskel in meinem Körper. Mit zusammengebissenen Zähnen richtete ich mich auf und versuchte, meine steifen Schultern zu entspannen. Ich musste auf dem Stuhl eingeschlafen sein. Hoffnungsvoll blickte ich zur Tür; vielleicht hatte mich das Geräusch von Schritten auf der anderen Seite geweckt – doch nachdem ich eine Weile gelauscht hatte, verwarf ich diesen Gedanken. Es war noch immer so still, dass ich das Gefühl hatte, tief unter der Erde zu sein – oder die letzte Überlebende einer verheerenden Katastrophe.

Ich befeuchtete meine Lippen mit der Zunge und schluckte schwer. Ich hatte Hunger und ich hatte Durst – wobei der Durst bald noch sehr viel quälender werden würde, wie ich aus meiner Wanderung durch die Wüste wusste. Wo blieb Quirin? Wollte er mich tatsächlich bestrafen? Ich hatte mehr als zehn Stunden auf dem Stuhl gesessen, bevor ich eingeschlafen war. Hatte Morris mich bewusst angelogen, als er sagte, der Gestalter würde in Kürze hier erscheinen? Und wieso hatte Marcus ihn so angesehen? Wusste er, dass Morris vorhatte, mich hier darben zu lassen?

Ich stieß meinen Atem mit einem tiefen Seufzer aus. Die Gedanken wirbelten wie Wolkenfetzen in meinem Kopf herum und ich musste an Ben denken. Das unerwartete Wiedersehen mit ihm hatte mich stärker aus der Fassung gebracht, als ich mir eingestehen wollte. Schon allein seine Stimme zu hören, hatte ein seltsames Gefühl der Freude bei mir ausgelöst. Am liebsten wäre ich zu ihm gelaufen – und hätte ihn gleichzeitig dafür treten können, dass er sich auf dieses hirnrissige Duell eingelassen hatte.

Um nicht länger über Ben und meine widersprüchlichen Gefühle für ihn nachzudenken, beschäftigte ich mich mit der Macht der Acht. Konnte es sein, dass einer von ihnen Verbindungen zu den Totaa hatte? Wie gerne hätte ich gewusst, was die Gestalter auf dem Friedhof besprochen hatten – doch das Einzige, woran ich mich noch erinnerte, waren die schwarzen Schattengestalten, die am Himmel über uns hin- und hergezischt waren.

Sechs Stunden später kam ich zu dem Schluss, dass Morris' Rat wahrscheinlich Teil eines psychologischen Tests war. Vermutlich wollten sie herausfinden, wie lange ich einer sinnlosen Anweisung Folge leistete, bevor mein Kampfgeist erwachte. Ich stand auf und streckte meine Glieder. Vielleicht würde Quirin nie kommen. Vielleicht musste ich selbst einen Weg aus diesem Gefängnis herausfinden. Wachsam trat ich an die glatten Sandsteinwände heran und tastete sie nach verborgenen Geheimgängen ab.

Als ich den Raum auf jede erdenkliche Art, die mir einfiel, untersucht hatte, versuchte ich meine magische Fähigkeit anzuwenden. Doch es gab keinen Sand, der sich beherrschen ließ. Nichts als kalter, nackter Stein – und eine schwarze Quarzsteintür, die eine geradezu bedrückende Feindseligkeit ausstrahlte.

Ich ging in dem dunklen Raum auf und ab und dachte nach. Meine Zunge klebte trocken an meinem Gaumen und ich begann zu überlegen, ob sich die magischen Wasserperlen meines Anzugs trinken ließen. Noch war ich nicht so verzweifelt, dass ich versuchte, meine Kleidung zu kosten, aber irgendwann würde ich an diesen Punkt kommen.

Es sei denn, ich fand hier einen Weg hinaus. Wieder machte ich eine Runde durch die Kammer und wieder entdeckte ich nichts außer nacktem Stein. Nur der Gedanke, dass Quirin möglicherweise genau in diesem Moment hinter seinem gläsernen Schreibtisch saß und mir bei meinen sinnlosen Bemühungen zusah, verhinderte, dass ich vor Wut und Verzweiflung aufschrie.

Vielleicht war Morris' Rat doch gut gemeint gewesen. Vielleicht musste ich ihm einfach nur vertrauen.

Ich setzte mich wieder auf den Stuhl und wartete.

Und wartete.

Und wartete.

Die Stunden flossen so zäh ineinander, dass ich irgendwann das Zeitgefühl verlor. Immer wieder nickte ich ein – und wenn ich mich kräftig genug fühlte, zählte ich meine Herzschläge, um den Bezug zur verstreichenden Zeit nicht ganz zu verlieren.

Der Durst quälte mich mehr als alles andere – und meine Perlen erwiesen sich leider als ungenießbar. Einmal brüllte ich, dass ich nichts getan hätte und dass sie mich endlich rauslassen sollten – und einmal donnerte ich meinen Stuhl so lange gegen die schwarze Quarzsteintür, bis er mir aus den Händen glitt und sich ein spitzer Holzsplitter in meine Wange bohrte.

Schließlich hatte ich keine Kraft mehr, um noch länger zu kämpfen. Meine Gedanken zerfaserten noch während ich sie dachte und ich fühlte mich so benommen, dass ich zum Teil sogar vergaß, wütend zu sein.

Als die schwarze Quarzsteintür lautlos aufschwang, war ich mir sicher, dass meine Fantasie mir einen Streich spielte. Ich saß zusammengesunken auf dem ramponierten Stuhl und betrachtete den hereinfallenden Schatten eines großen Mannes. Im ersten Moment dachte ich an den Anführer der Totaa, doch dann fiel mir ein, dass die Totaa ihren Gefangenen die Gesichtsmuster herausschnitten und sie nicht verdursten ließen.

„Verzeih, wenn ich dich habe warten lassen", sagte eine bekannte Stimme, „es gab einige Dinge, um die ich mich kümmern musste."

Langsam hob ich den Blick. Das Gesicht des Mannes lag im Schatten, doch ich wusste, dass er kahlköpfig war und markante Augenbrauen hatte, die sich gerne missbilligend zusammenzogen. Er hatte ein Gesichtsmuster, das zwei übereinanderliegenden Dreiecken glich. Ich fühlte mich nicht in der Lage, etwas zu erwidern – schon allein deshalb, weil meine Zunge nur noch ein trockenes Stück Fleisch war, das nutzlos in meinem Mund lag –, deshalb sagte ich nichts.

„Du hast sicher Durst", sagte Quirin und schnippte mit den Fingern. Nasela und Casela tänzelten in den Raum und bewegten sich leichtfüßig auf meinen Stuhl zu. Eine von ihnen trug eine gläserne Karaffe mit Wasser, die zweite ein Trinkgefäß – und alle beide ein gehässiges

Lächeln im Gesicht.

Ich war zu durstig, um irgendetwas zu den beiden Tierverbundenen zu sagen, griff nur nach dem Glas, das mir eine der beiden hinhielt, und stürzte den Inhalt in einem Zug hinunter. Es war bei Weitem nicht genug und ich wollte noch mehr trinken, aber Quirin gab den beiden einen Wink und sie verschwanden hüftschwingend nach draußen.

„Dann wollen wir uns mal unterhalten", sagte Quirin und verschränkte die Arme vor der Brust. „Wo warst du die letzten Tage?"

Ich blickte ihn widerstrebend an und fühlte, wie mit dem bisschen Wasser auch mein Kampfgeist und meine Wut zurückkehrten.

„Ich war hier", brachte ich krächzend hervor. „Ich dachte, das wüssten Sie."

„Hör auf, Spielchen mit mir zu spielen", erwiderte Quirin kalt und machte einen Schritt auf mich zu. „Als dein Mentor frage ich dich noch einmal: Wo warst du die letzten Tage?"

Ich hob den Kopf und spürte, wie mir bei der Bewegung ein paar Haarsträhnen ins Gesicht rutschten. Allerdings fühlte ich mich zu kraftlos, um sie beiseitezuschieben. Quirin starrte mich an und ich wusste nicht, warum er so wütend war. Es fiel mir im Augenblick grundsätzlich schwer, mich zu konzentrieren – das musste an der Dehydration liegen. Dennoch spürte ich, dass ich vorsichtig sein musste. Es war nicht auszuschließen, dass Quirin mit den Totaa unter einer Decke steckte – und wenn das so war, sollte ich ihm besser nicht erzählen, dass Ben und ich ihr geheimes Erdlabyrinth entdeckt hatten.

„Ich wiederhole es noch einmal. Ein letztes Mal",

zischte Quirin mit deutlich mehr Ungeduld in der Stimme. „Wo warst du? Was hast du gemacht?"

„Ich habe Nachforschungen angestellt", krächzte ich. Meine Kehle war noch immer wie ausgedörrt.

„Nachforschungen", wiederholte Quirin abschätzig. „Was für Nachforschungen?"

„Ich wollte herausfinden, was mit den magischen Portalen los ist", presste ich hervor. Ich hatte Kopfschmerzen und ich wollte noch mehr Wasser, doch Quirin sah nicht so aus, als ob er Nasela und Casela ein zweites Mal hereinbitten würde. Seine Augen verengten sich wachsam.

„Und was hast du dabei herausgefunden, Wächterin?"

„Nichts", erwiderte ich wahrheitsgemäß und schluckte mühsam. „Ich war in der Goldenen Bibliothek, um mehr über die Portale zu erfahren, aber bevor ich etwas herausfinden konnte, haben mich Morris und Marcus aufgegriffen und hierhergebracht." Es widerstrebte mir, zu lügen, aber mir blieb keine andere Möglichkeit.

Quirin betrachtete mich noch immer mit diesem Blick, der mir das Gefühl gab, dass er genau wusste, wann ich log. Doch statt wieder aufzubrausen, zog er lediglich eine dunkle Augenbraue hoch und verschränkte die Arme hinter dem Rücken. „Die magischen Portale brauchen dich nicht zu interessieren, das liegt in den Händen von Panica. Sie organisiert das mannigfaltige Mondlichtfest. Nachdem sich die Konstellation der acht Monde aufgelöst hat, werden die magischen Portale wieder funktionieren, genau wie beim letzten Mal."

Seine Stimme klang kühl und er begann, in dem Raum auf und ab zu wandern. „Eine Wächterin mit dem Sinn der Wachsamkeit ist selten geworden", fuhr er bedauernd fort. „Ich hatte gehofft, dass Großes in dir schlummert, aber es scheint, als ob ich mich geirrt habe. Gerade meine Schützlinge sollten *besonders* sein – doch du hast dich nur als besondere Enttäuschung entpuppt. Ich habe dir die Chance gegeben, dich zu entfalten, doch statt deine Berufung unter Beweis zu stellen, hast du dich nur sinnlos herumgetrieben."

Mir stockte der Atem bei seinen Worten.

Quirin hob die Stimme. „Nach deiner Prüfung habe ich ein Auge auf dich geworfen. Am ersten Tag hast du ohne ersichtlichen Grund einen Verbrecher aus dem Gefängnis geholt, am nächsten Tag hast du dasselbe mit dem schwarzen Träger gemacht, mit dem du erweckt wurdest. Danach seid ihr mit dem roten Beschützer in die Grenzstadt gereist und habt euch dort auf Geschäfte mit dem Zeitendieb eingelassen."

„Woher –", setzte ich an, doch er unterbrach mich mit einer harten Handbewegung. „Halt den Mund. Du bist einer Wächterin nicht würdig, man hat dich am Mystischen Markt gesehen, doch statt deinen Sinn einzusetzen, um dem illegalen Treiben entgegenzuwirken, hast du selbst etwas gekauft. Nicht zu vergessen die Wächterkugel, die du in der Grenzstadt um einen Sinnträger gelegt hast."

„Er hatte es verdient", begehrte ich auf. „Er hat gegen die Gesetze zur Diskriminierung Tierverbundener verstoßen."

„Und wo ist die Anzeige?", fragte Quirin scharf. „Dein Stab wurde dir nicht anvertraut, um damit herumzuspielen, du hast ihn nicht bekommen, um unerfreuliche Sinnträger mal eben kurz in Wächterkugeln zu sperren und danach ohne Konsequenzen in die Freiheit zu entlassen. Wenn er gegen ein Gesetz verstößt, musst du ihn auch anzeigen – unsere Gesellschaft funktioniert nicht ohne Regeln! Bei allen Sinnträgern, dass ich das einer Wächterin erklären muss, habe ich seit meinem Amtsantritt noch nicht erlebt."

Er schwieg voller Zorn und auch ich biss mir auf die Lippen, um nichts Unüberlegtes zu sagen. Ich wusste noch immer nicht, auf welcher Seite Quirin tatsächlich stand – und Sinja hatte mich davor gewarnt, vorschnell jemandem zu vertrauen.

„Es tut mir leid, Euch enttäuscht zu haben, Gestalter", sagte ich nach einem Augenblick der Stille förmlich. „Ich kann Euch versichern, ich werde mich in Zukunft bemühen –"

„Du bist hiermit vom Dienst suspendiert", fiel mir Quirin harsch ins Wort. „Dein Wächterstab wird dir offiziell aberkannt und ich trete als dein Mentor zurück. Du hast keine Zukunft als Wächterin. Ab heute bist du nichts weiter als eine gelbe Trägerin ohne Berufung." Er machte einen Schritt auf mich zu und ich keuchte erstickt auf und umklammerte mein Handgelenk mit dem Symbol des Auges in der Pyramide. Unsere Blicke trafen sich und Quirin straffte die Schultern.

„Behalte das Symbol, wenn du meinst, aber das ändert nichts an meiner Entscheidung. Nichts ändert jemals meine Entscheidungen." Mit diesen Worten drehte er sich um und verließ mit langen Schritten den Raum.

Ich blickte ihm entsetzt nach und es fühlte sich an, als hätte er mir nicht nur einen Teil meiner Selbst gestohlen, sondern auch die gesamte Luft zum Atmen mitgenommen. Trotz meines Gefühls zu ersticken, schlug mein Herz weiter. Mein Körper zog weiterhin Sauerstoff in meine Lungen und die Zeit verstrich, während ich einfach nur dasaß und nicht glauben konnte, was gerade passiert war.

Quirin hatte mir meinen Stab genommen. Ich sollte keine Wächterin mehr sein. Es erschien mir unvorstellbar und ich spürte Tränen des Zorns und der Verzweiflung in meinen Augenwinkeln brennen. Entschieden blinzelte ich sie zurück. Ich würde nicht weinen. Nicht hier, in der Pyramide der Wachsamkeit, nicht vor Nasela und Casela – und schon gar nicht vor Quirin. Als ich das Gefühl hatte, mich wieder halbwegs unter Kontrolle zu haben, stand ich wackelig auf.

Quirin hatte die Quarzsteintür offen gelassen, und als ich auf den Korridor hinaustrat, blendeten mich die grellen Strahlen der Lichtsteine.

„Ah, da ist sie ja", hörte ich eine zuckersüße Stimme zu meiner Rechten säuseln. „Die verstoßene Wächterin."

„Was für eine schreckliche Geschichte", ergänzte eine zweite Stimme und die beiden Tierverbundenen mit den atemberaubenden Körpern lächelten mich mit geheucheltem Mitleid an. „Gestalter Quirin hat uns aufgetragen, dich aus der Pyramide zu geleiten, wenn du so weit bist", sagte Nasela mit unverhohlenem Vergnügen und zwirbelte eine dunkle Haarsträhne um ihre langen Finger.

„Ich finde den Weg allein", entgegnete ich und streckte auffordernd die Hand aus. „Ich hätte jetzt gerne meinen Ring, den silbernen Armreif und die Blätter zurück."

„Armreif? Weißt du etwas von einem magischen Armreif, Casela?", fragte Nasela mit gespieltem Entsetzen und die zweite Tierverbundene schüttelte entrüstet den Kopf, während sie mir den Ring aus der anderen Welt und meine Blätter aushändigte. „Ich habe keine Ahnung, wovon sie spricht. Scheint, dass sich das arme Ding den Kopf gestoßen hat, als sie mit dem Stuhl gegen die Tür gerannt ist", meinte sie bedauernd.

Ich blitzte die beiden an, doch sie ignorierten das und hängten sich rechts und links bei mir ein. „In diesem Zustand können wir dich unmöglich den Weg alleine suchen lassen. Abgesehen davon ist es dir als gelbe Trägerin ohne Berufung ohnehin nicht gestattet, alleine in der Pyramide herumzuwandern."

„Lasst mich los", sagte ich und versuchte, ihren Griff abzuschütteln, doch die beiden lachten nur und hielten mich noch fester. „Was für ein lustiges kleines Ding du doch bist. Wir werden jetzt eine schöne, lange Abschlussführung mit dir machen."

„Und dabei zeigen wir dir all die Dinge, die du nie wieder zu sehen bekommst", lächelte Casela. „Nasela, wo wollen wir beginnen?"

„Wie wäre es im Geschichtsraum der Wächter?", antwortete Nasela und spreizte den kleinen Finger ihrer Hand ab. „Dort, wo die vielen schönen Wächterstäbe hängen?"

Ich spürte, wie mein Oberarm zu brennen und zu pochen begann, und versuchte erneut die beiden abzuschütteln.

„Aber, aber – so schwach und noch so streitsüchtig", zischte Casela und hielt mich noch ein bisschen fester. „Du solltest uns lieber dankbar sein."

„Und die letzte Runde genießen", fügte Nasela gehässig hinzu.

Das brennende Pochen auf meinem Oberarm wurde stärker und breitete sich rasend schnell in meinem ganzen Körper aus. Dann fühlte ich einen kräftigen Ruck und wurde aus dem Griff der Tierverbundenen gerissen.

Kapitel 8

Ich landete auf einer grünen Wiese, auf der es nach Grünpopcorn und Süßwatte roch. Es herrschten volksfestartige Zustände und ich blickte mich desorientiert um, während ich zu begreifen versuchte, wo ich mich befand. Überall standen bunte Zelte und Jahrmarktbuden herum, an denen lustige Wimpel flatterten. Einige Sinnträger spielten „Hau den Lukas" und Feuerballwerfen, während eine unsagbar fröhliche Musik das Treiben untermalte. Dann sah ich rote Luftballons mit Jespers Konterfei in die Luft steigen und verstand endlich: Das schwarze B auf meiner Haut hatte mich zum Duellplatz teleportiert. Augenblicklich trat mein Schmerz über den Verlust meines Stabes in den Hintergrund und ich blickte mich suchend um. Wo war Ben? Wie ging es ihm? Und wo war Jesper?

Unruhig setzte ich mich in Bewegung. Die Jahrmarktbuden zeigten mit roten oder schwarzen Fahnen deutlich ihre Zugehörigkeit zu dem jeweiligen Duellanten an. Ein paar von ihnen boten kleine Speisen zur Stärkung an, andere hatten sich auf Fan-Artikel spezialisiert. Ich sah Jespers grimmiges Antlitz von Hunderten roter Wimpel und Luftballons lächeln, während Bens Fraktion offenbar nicht ganz so motiviert gewesen war.

„Lee?", fragte eine sanfte Stimme. Ich drehte mich um. Vor mir stand Nihan, die bezaubernd aussah. Sie trug ein grünes Kleid aus Grasseide, das ihre hübsche Figur betonte, und lächelte mich an. „Es ist schön, dich wiederzusehen."

Ich nickte und dachte an unsere letzte Begegnung und ihren Kuss mit Ben.

„Du denkst an den Kuss, oder?", fragte sie, als könnte sie meine Gedanken lesen. Ihre dunklen Haare wallten ihr über die Schultern und in ihren braunen Augen lag eine Herzensgüte, die ich noch bei keinem Sinnträger gesehen hatte. „Mach dir keine Sorgen. Der Kuss hatte nichts zu bedeuten." Ihre Stimme klang weich und warm.

„Hatte nichts zu bedeuten?", wiederholte ich ungläubig.

„Er brauchte meine Hilfe. Um den Zugang zu einem geheimen Ort zu erhalten. Und er wollte seinen ersten Kuss mit dir nicht erzwungen wissen", erklärte die Heilerin.

„Das hat er dir gesagt?", frage ich und vergaß für einen Moment alles. Ich vergaß das Duell, ich vergaß die letzten Stunden, vergaß meinen Durst, vergaß die Totaa und ihre Bedrohung.

Nihan legte mir die Hand auf den Arm. „Das muss er mir nicht sagen. Ich sehe gewisse Dinge."

Ein wohlig warmes Gefühl durchdrang mich und mein Herz klopfte schwer und aufgeregt. Stimmte es? Stimmte es, was Nihan sagte?

„Ich muss mich noch kurz mit dem Wächter absprechen. Ich bin nicht nur hier, um Ben anzufeuern, sondern auch, um ihre Wunden zu heilen, wenn es zu ernst werden sollte", erklärte sie und nickte mir zu. „Genieße das Leben, Lee. Genieße es in vollen Zügen", sagte sie zum Abschied, kurz bevor sie verschwand.

Für einen Moment blieb ich noch glücklich stehen, dann steuerte ich eine schwarze Bude an, die die

Besucher mit kühlen Getränken lockte. War es wirklich wahr? Wollte Ben den Kuss mit mir tatsächlich nicht erzwungen wissen?

„Hallo", sagte ich zu dem Sinnträger, der gebückt hinter der Bude stand und den Geräuschen zufolge in einer Kiste kramte, „ich möchte bitte zwei Flaschen Wasser kaufen."

Der kleine Sinnträger zuckte heftig zusammen und fuhr herum. Als er mich erkannte, richtete er sich auf und strahlte mich an.

„Oh! Oh! Wächterin hier im Land des Erstaunens! Schmotz wusste, dass du kommst. Schmotz wusste es!"

Ich lächelte dem violetten Träger überrascht zu und ignorierte den kurzen Stich, den mir seine Worte versetzt hatten, weil ich keine Wächterin mehr war.

„Hallo Schmotz", begrüßte ich ihn, während er mir zwei Flaschen Wasser reichte. „Ich wusste gar nicht, dass du auch in dem Gasthaus warst, als Jesper Ben herausgefordert hat."

Schmotz strahlte und nickte eifrig. „Schmotz mag Duelle! Bringen gute Blätter! Sieh nur, sieh!" Der quirlige kleine Tierverbundene zog mich aufgeregt mit seinen dünnen Ärmchen um den Stand herum und deutete auf seinen klapprigen Handwagen, der vollgestopft war mit Dingen aus der anderen Welt. Ich runzelte die Stirn und kniff die Augen zusammen. Schmotz hatte sich wahrhaft selbst übertroffen. Jedes Mitbringsel aus der Menschenwelt zierte ein Strichmännchen mit einem schwarzen Klecks auf seiner rechten Wange.

„Hast du für den Verkauf dieser Fanartikel auch eine Genehmigung –" setzte ich an, zuckte bei Schmotz' ängstlichem Gesichtsausdruck dann aber mit den Schultern und trank mein Wasser. Die Überprüfung solcher Dinge gehörte nun nicht mehr zu meinen Aufgaben.

Eine vollbusige Freudeträgerin kam vorbeigeschlendert und deutete auf einen Liebesroman aus der anderen Welt. „Dieses Buch da hätte ich gerne. Allerdings gehöre ich zur Fangemeinde des starken Beschützers", fügte sie mit einem verzückten Augenaufschlag hinzu. Schmotz folgte ihrem Blick zu dem Liebesroman und schien kurz mit sich zu ringen. Dessen muskelbepackter Titelheld war mit einem schwarzen Fleck auf der rechten Wange verziert worden.

„Ich zahle dir 5 Blätter", hauchte die Freudeträgerin und Schmotz strahlte über beide Ohren. Dann wischte er den schwarzen Klecks schnell mit seinem Ärmel weg und malte dem Titelhelden des Romans stattdessen drei rote Blitze auf die Wange.

Die orange Trägerin lächelte wohlwollend und sagte: „Das hast du gut gemacht. Ich bin mir sicher, dass der rote Träger das Duell gewinnen wird. Schließlich ist er ein Beschützer der Garde." Mit diesen Worten schwebte sie davon.

Ich blickte ihr böse hinterher. Nicht, weil ich unbedingt wollte, dass Jesper verlor – es war nur so, dass ich mir Ben nicht ohne seine Fähigkeit vorstellen wollte.

Ein kräftiger Tusch rollte über den Jahrmarkt und ich spürte, wie sich eine merkbare Spannung über alles legte. Die Musik und das Geschnatter der Sinnträger verstummten. Die meisten blieben stehen, wo sie waren, und einen Augenblick später verpufften alle Buden und Zelte zu buntem Rauch.

Plötzlich wirkte die Wiese wesentlich größer und Schmotz zog seinen Handkarren schnell zur Seite, als sich der bunte Rauch vor unseren Augen in etwas

Neues verwandelte. Das Land des Erstaunens machte seinem Namen wirklich alle Ehre, denn ich hörte von allen Seiten „Ahs" und „Ohs", als sich zwei massive Zuschauertribünen in Rot und Schwarz auf der Wiese materialisierten. Der dazwischenliegende Kampfplatz hatte etwa die Größe eines Volleyballfeldes und ich beobachtete, wie das Gras zu grünem Rauch verweht wurde und darunter ein glatter heller Untergrund zutage trat.

Mit klopfendem Herzen folgte ich Schmotz zur schwarzen Tribüne und kletterte auf einen Platz neben dem kleinen Angstträger. Plötzlich fühlte ich mich so nervös, als ob ich es wäre, die gleich um meine magische Fähigkeit kämpfen musste. Um mich abzulenken, ließ ich meinen Blick über die weite Ebene des Erstaunenslandes außerhalb der Kampfzone schweifen. Die Landschaft war einem stetigen Wandel unterzogen. Im Augenblick dominierte eine im Wind wogende Graslandschaft das Umgebungsbild. Rosenblüten trieben durch die Luft, während das Gras langsam zu Sand zerbröselte, bis ich auf eine Wüste blickte. Manche Abschnitte davon verwandelten sich in glitzernde Pfützen, von denen einige zu Eis gefroren, während andere vor Hitze zu dampfen begannen. Ich kniff die Augen zusammen. Die schwebenden Rosenblüten waren verschwunden, stattdessen trieben nun handgroße Pelzknäuel durch die Luft. Ungläubig schüttelte ich den Kopf. Hoffentlich ließ sich Ben von dieser Umgebung nicht ablenken.

Die anderen Sinnträger hatten in der Zwischenzeit ebenfalls ihre Plätze eingenommen und ich bemerkte, dass die Tribünen genau die richtige Größe hatten, um alle Zuschauer bequem zu fassen, obwohl kein einziger Sitz frei blieb.

Langsam ließ ich meinen Blick über die Reihen schweifen. Die meisten wirkten nicht sonderlich glücklich, hier zu sein. Einige waren sogar deutlich angepisst – und ein blaues Pärchen schluchzte enthemmt. Dann blieb mein Blick an Marcus hängen, der mit versteinertem Gesichtsausdruck im roten Bereich saß und auf eine Stelle links hinter mir starrte. Ich drehte mich um und erkannte Nihan, deren orangefarbene Zeichnung schwach zu leuchten begann, als sie mich sah. Mit einem Lächeln winkte sie mir zu und ich hob ebenfalls die Hand. Ein warmes Gefühl machte sich in mir breit, als ich an ihre Worte dachte.

Rhythmischer Trommelschlag zog meine Aufmerksamkeit auf die helle Kampfarena. Ich atmete tief durch. Ein breitschultriger Riese von einem Mann erschien am Rand der Kampfzone. Es war der Wächter Gabriel, der Ben und mir im Land der Wachsamkeit begegnet war. Bei seinem Anblick begann das Publikum, im Takt der Trommeln mit den Füßen zu trampeln. Es war ein eindringlicher Rhythmus, der sich langsam steigerte und mich an ein Lied aus der anderen Welt erinnerte.

We will, we will rock you, summte ich in meinem Kopf und Schmotz neben mir stimmte in das Stampfen und Klatschen mit ein. *We will, we will rock you.* Ich fühlte, wie die aufgeladene Atmosphäre auch auf mich übergriff. Der hünenhafte Mann lächelte und die weiße Zeichnung auf seiner linken Wange, die an eine gezackte Feder erinnerte, erglühte. Mit bedächtigen, langen Schritten ging er in die Mitte der Kampfzone und wartete entspannt, bis die Trommeln und der aufbrandende Beifall wieder verebbten. Ich klatschte ebenfalls und merkte, dass mich Gabriels Anwesenheit ein wenig entspannte. Der Wächter würde dafür sorgen, dass es zwischen Ben und Jesper fair zuging – und dass sich die beiden nicht aus Versehen umbrachten. Oder mit Absicht.

„Willkommen", sagte Gabriel und seine Stimme erhob sich tief und klar über die Ebene des Erstaunenslandes, die rund um die Kampfzone im Augenblick eine quietschbunte, glibberige Landschaft zeigte. Bäume, Steine und Flüsse – alles sah aus, als wäre es aus Fruchtgummi gemacht, und ich fragte mich, ob es wohl auch so schmeckte.

„Ich heiße Gabriel und bin ein Wächter." Er machte eine Pause. „Heute wache ich über den magischen Kampf um die rote Fähigkeit des Beschützers Jespers und die schwarze Fähigkeit des Reisenden Ben." Gabriel sprach langsam und ich hatte den Eindruck, es kostete ihn Überwindung, nicht hinzuzufügen, dass dieser Reisende gar nicht reiste.

„Die rote Fähigkeit des Beschützers ist die der Verwirrung", fuhr Gabriel fort. „Die schwarze Fähigkeit des Reisenden vermag es, Magie zu stören. Wie bei jedem magischen Wettkampf gelten auch hier dieselben Regeln." Seine Stimme schwoll an und er drehte sich langsam im Kreis, um sicherzugehen, dass ihm jeder die volle Aufmerksamkeit schenkte.

„Regel Nummer eins: Die Kontrahenten müssen sauber in das Duell hineingehen. Das bedeutet, sie dürfen keine Maßnahmen treffen oder getroffen haben, die sie vor feindlicher Magie schützen. Ein Verstoß gegen diese Regel hat eine dreiminütige Sperrzeit zur Folge, in der die Anfeuerungsrufe des Publikums den gesperrten Teilnehmer nicht weiter unterstützen." Gabriel machte eine bedeutsame Pause, in der er gefühlt jedem Zuschauer in die Augen blickte. Ich räusperte mich und verschränkte meine Finger ineinander. Hoffentlich hatte Ruwen darauf geachtet, dass Ben keinen Blödsinn machte. Das Befolgen von Regeln war noch nie seine Stärke gewesen – ganz im Gegensatz zu Jesper, dem Ordnung und Vorschriften über alles gingen.

„Regel Nummer zwei", fuhr Gabriel bedächtig fort, „behandelt den Gebrauch von Hilfsmitteln. Jedem Kontrahenten ist es gestattet, drei magische Hilfsmittel zu verwenden, die ihn im Kampf gegen den anderen unterstützen. Drei", wiederholte Gabriel nochmals langsam. „Nicht vier, fünf oder sechs. Drei." Dabei blickte er auf eine Weise um sich, die vermuten ließ, dass es in der Vergangenheit schon mehrfach zu diesbezüglichen Regelverstößen gekommen sein musste. Sein Gesichtsausdruck ließ ebenfalls vermuten, dass er keinen einzigen davon toleriert hatte.

„Ein Verstoß gegen diese Regel hat eine variable Sperrzeit zur Folge, in der die Anfeuerungsrufe des Publikums den gesperrten Teilnehmer nicht weiter unterstützten. Dies wird in den meisten Fällen zur Niederlage und dem Verlust der magischen Fähigkeit führen", mahnte Gabriel eindringlich.

Obwohl ich nicht glaubte, dass Ben dieses Risiko einging, spürte ich meine Nervosität bei jedem von Gabriels Sätzen größer werden. Unruhig rutschte ich auf meinem Platz herum.

„Regel Nummer drei: Zusätzlich zu den magischen Hilfsmitteln dürfen die Kontrahenten jeden Zauber verwenden, den sie selbstständig beherrschen. Davon ausgenommen sind alle Arten von Todesmagie. Und ja, Magiebegabte dürfen ihre natürlichen Kräfte einsetzen, um ein Duell zu gewinnen." Gabriels Stirn legte sich in Falten und er machte eine kurze Pause. „Allerdings ist diese Regel beim Kampf eines Beschützers und eines Reisenden nicht von Belang." Wieder eine Pause. „Dennoch muss es gesagt werden, denn es ist eine Regel."

Die meisten Sinnträger nickten und einige begannen, zaghaft zu klatschen. Gabriel wirkte zufrieden. „Die Kontrahenten mögen sich nun zeigen." Er verließ den Platz.

Ein donnernder Applaus begleitet von begeistertem Johlen und Rufen brach los. Obwohl ich nur Zuschauer war, spürte ich die Spannung bis in die Finger- und Zehenspitzen, als ich Ben und Jesper beobachtete, die mit selbstbewussten Schritten von links und rechts auf den Kampfplatz marschierten.

Jesper trug eine neue Gardeuniform und lächelte seinen Fans siegessicher zu, die daraufhin frenetisch zu jubeln begannen. Seine blauschwarzen Haare waren glatt nach hinten gekämmt und seine Uniform war so eng geschnitten, dass es an ein Wunder grenzte, dass sie über seinem Bizeps noch nicht geplatzt war.

Ben wirkte besonnener, als er über den weißen Boden der Duellierzone schritt. Es war seltsam, ihn hier wiederzusehen. Er trug seinen schwarzen Anzug, der eng an seinem Körper lag und seine Muskeln betonte. Ben sah im Gegenzug zu Jespers aalglattem Auftritt verwegen aus mit seinen dunklen Haaren, die ihm wild ins Gesicht fielen, und seinem Dreitagebart, der seinen rebellischen Charakter unterstrich. In seinen Augen lag eine ungeheure Entschlossenheit.

Ich folgte Bens Blick quer über den Duellplatz und sah Sinjas Sekretär Ruwen am Rande der schwarzen Zuschauertribüne stehen und Ben zunicken. Die Zuversicht in Ruwens Augen beruhigte mich, doch trotzdem wünschte ich, Ben und Jesper hätten sich nie auf diese Art von Kräftemessen eingelassen.

Ben hatte seine Seite des Kampfplatzes überquert und stellte sich in einen schwarzen Kreis von etwa drei Metern Durchmesser. Ihm gegenüber war Jesper in seinen rot umrandeten Kreis getreten. Als sich ihre Blicke trafen, wurde es still auf dem Platz. Ich sah die Wut in Jespers Blick und die Abscheu in Bens Miene. Dann fühlte ich, ausgehend von dem schwarzen B auf meinem Arm, eine prickelnde Wärme meinen Körper durchströmen und ich brüllte gemeinsam mit Bens restlichen Anhängern: „BEN, BEN, BEN! Wir alle sind dein Fan!" Bens Blick löste sich von Jesper und huschte über die Tribüne, bis er mich gefunden hatte. Er sah mir für einen Moment direkt in die Augen und ich spürte seinen Blick wie ein warmes Kitzeln in meiner Brust. Obwohl ich es lieber nicht getan hätte, klatschte und trampelte ich genauso begeistert wie alle anderen Ben-Anhänger und brüllte ihm meine Parolen entgegen. Ich hoffte nur, dass mein Gesicht nicht denselben Ausdruck glühender Verehrung trug, wie das von Schmotz. Bens Augen glitten zufrieden über die vollen Reihen und ich sah, wie er lächelte.

Auf der gegenüberliegenden Zuschauertribüne legten sich daraufhin Jespers Fans ins Zeug und begannen zu grölen: „Jesper LOS, du bist FAMOS! Jesper VORAN, du bist unser MANN!"

Jesper stand in seinem roten Kreis, etwa 12 Schritte von Ben entfernt, und ließ sich feiern. Er streckte einen muskulösen Arm in die Luft und die Menge auf der roten Zuschauertribüne tobte. Je lauter seine Fans brüllten, desto breiter wurde sein Grinsen. Ben beobachtete das Spektakel unbeeindruckt, bevor er sich wieder uns – seinen Fans – zuwandte und kurz abfällig den Kopf schüttelte.

Die Geste genügte, damit wir noch lauter schrien und klatschten, und noch während ich Ben zujubelte, spürte ich, wie sich unsere Schreie in magische Energie verwandelten. Unsere Anfeuerungsrufe wurden noch eine Stufe lauter und ich hatte das Gefühl, dass Ben sie tatsächlich spüren konnte.

Überrascht sah er zu Boden. Innerhalb des Kreises, in dem er stand, bildeten sich schwarze leuchtende Linien. Sie zeichneten ein verschlungenes Muster, das dem auf seiner Wange und seinem Hals bis ins kleinste Detail glich. Unter Jespers Füßen geschah dasselbe – die Anfeuerungsrufe seiner Fans ließen rote gezackte Blitze in seinem Kreis entstehen. Als die Zeichnungen vollendet waren, leuchteten sie gleichzeitig auf und ein gewaltiger Gong wehte über den Platz. Mitten im Ton riss er ab, wandelte sich zu einem Bellen, dann zum Geräusch von prasselndem Regen auf einem Fensterkristall und schließlich hauchte eine düstere Stimme: *„Das Duell möge beginnen."*

Eine atemlose Stille senkte sich über den Platz.

Jesper hatte den Kopf ein wenig gesenkt und seine Hände zu Fäusten geballt. Jetzt holte er tief Luft und murmelte ein einzelnes magisches Wort. Mit einem reißenden Geräusch brachen die riesigen weißen Beschützer-Schwingen aus seinem Rücken, die sich zu ihrer vollen Größe entfalteten. Ich musste mich beherrschen, um nicht mit den Augen zu rollen. Das, was Jesper hier abzog, war reine Show. Die Flügel dienten nur für die Reise in die andere Welt und brachten ihm hier rein gar nichts – wahrscheinlich behinderten sie ihn sogar eher. Das schien seinen Fans jedoch egal zu sein. Sie jubelten laut auf und ihre ekstatischen Schreie hallten über den Platz. Die roten Blitze der magischen Energie unter Jespers Füßen glühten hell auf und beleuchteten sein grimmiges Antlitz.

Bens Mund verzog sich herablassend, während die Fans seines Gegners „JESPER FLIEG, führ uns zum SIEG!" brüllten – und dazu ohrenbetäubend mit den Füßen trampelten.

„BEN VORAN, zeigt, was er KANN!", konterten wir ebenso laut und auch Bens gezackte Linien auf dem Boden entfachten sich im magischen Feuer unserer Schreie. Ben richtete sich zu seiner vollen Größe auf, als spürte er die Energie direkt durch seinen Körper fließen. Ich sah am Zucken seiner Finger, dass es ihn drängte, Jesper anzugreifen, doch Ruwen schien ihn davor gewarnt zu haben, das Duell zu beginnen. Stattdessen starrte er voller Abscheu auf das geflügelte Erscheinungsbild seines Widersachers.

Dann schien Ben eine Idee zu haben, denn sein Mundwinkel zuckte und sein Blick huschte für einen Moment in meine Richtung. Mir schwante Böses, als ich die glitzernde Vorfreude in seinen Augen sah. Dann schnippte er mit den Fingern. Die magischen Anfeuerungsrufe hatten offenbar eine Verbindung zwischen ihm und mir entstehen lassen und als sein Fan hatte ich ihm zu gehorchen. Ich fühlte mich ähnlich wie im Erdlabyrinth der Totaa unter dem Einfluss des Marionettenspielers, denn plötzlich stand ich als Einzige auf der schwarzen Tribüne auf und brüllte: „Ben, Ben, Ben! Ich bin dein größter Fan! Jesper soll verlieren, kriecht auf allen vieren!"

Ben grinste und erlaubte mir, mich wieder hinzusetzen. Ich hätte ihm dafür am liebsten eine gescheuert, war aber leider schon wieder mit Klatschen beschäftigt.

Jesper biss die Zähne zusammen, in seinem Blick lag kalte Wut. Ohne ein weiteres Wort zu verlieren, kippte er ein rotes Elixier hinunter und schleuderte danach einen roten Feuerball auf Ben. Ich hielt unbewusst den Atem an. Das Elixier war das erste magische Hilfsmittel, das Jesper verwendete, doch Ben schien es nicht eilig zu haben, mit einem Gegenangriff zu kontern. Stattdessen presste er konzentriert die Finger auf seine schwarz lodernde Ekelzeichnung.

Ich hatte noch nie gesehen, wie Ben mit seiner magischen Fähigkeit Magie störte – doch nun konnte ich beobachten, wie sich Jespers rote Feuerbälle einfach in der Luft auflösten, bevor sie Ben erreichten. Aber Jesper ließ nicht locker. Er verschleuderte einen Flammenball nach dem anderen, die jedoch keine Wirkung zeigten, da Ben die magischen Angriffe permanent störte. Mit jeder Attacke verblasste ein Teil der roten Linien in Jespers Kampfkreis. Seine Fans feuerten ihn lauthals an und durch ihre Schreie wurde die Energie teilweise wieder aufgeladen, jedoch nicht so schnell, wie Jesper sie verbrauchte.

Ben stand einfach nur da und wehrte einen Angriff nach dem anderen ab, doch ich konnte an seiner Körperhaltung sehen, dass er etwas plante. Seine ganze Haltung drückte Konzentration und das Warten auf den richtigen Moment aus.

Und dann passierte es: Jesper schien seine Angriffsstrategie zu überdenken und zögerte eine Sekunde lang. Die Zeit verlief quälend langsam vor meinen Augen. Ben nutzte den Moment und wollte in seine Hosentasche greifen, doch Jesper reagierte unfassbar schnell. Entschlossen presste er seine Finger auf die pulsierenden roten Blitze in seinem Gesicht, um

Ben mit seiner Fähigkeit zu verwirren. Ich sah, wie Bens Augen einen leicht glasigen Schimmer annahmen, bevor er gerade noch rechtzeitig seine Hand hochriss und mit seiner schwarzen Fähigkeit Jespers rote blockierte.

Ich ließ mich gegen die Lehne meiner Bank sacken und fühlte meine Anspannung mit einem tiefen Seufzer entweichen. Das war wirklich knapp gewesen. Jespers Zorn über den missglückten Versuch, Ben zu besiegen, war ihm deutlich anzusehen. Er tigerte in seiner Kampfzone herum und steigerte sich immer weiter in seinen Wutrausch hinein. Wieder begann er, Ben mit roten Feuerbällen zu bombardieren, die seine rote Energie schneller verbrauchten, als seine johlenden und klatschenden Fans sie liefern konnten.

Mir blieb nichts anderes übrig, als Ben anzufeuern, während mir Jesper gleichzeitig ein wenig leidtat. Sobald die roten Blitze aus seinem Bodenkreis verschwunden waren, hätte Ben gewonnen. Immer schneller, immer heftiger schoss Jesper seine Flammenbälle von allen Seiten auf den Widersacher ab. Er wirbelte wie ein Berserker im Kreis und ich sah, wie Ben der Schweiß ausbrach. Sein Gesicht wirkte angespannt und es sah aus, als fiele es ihm immer schwerer, die rasend schnellen Attacken von Jesper abzuwehren. Sofort hatte ich ein schlechtes Gewissen, dass Jesper mir leidgetan hatte. Steckte etwa Kalkül hinter Jespers Wutrausch?

Plötzlich schrie Ben vor Schmerz auf. Ein Feuerball war gefährlich nahe an sein Gesicht gekommen, und hatte ihm die Hand verbrannt, noch bevor er dessen Magie stören konnte. Da ich mit Ben verbunden war, spürte ich sein Adrenalin, als würde es durch meinen Körper schießen, und brüllte noch lauter. Die Energie unserer Schreie lud die Linien in seinem Kampfkreis wieder auf, doch der Schmerz lenkte ihn ab und ich merkte, dass es ihm nun deutlich schwerer fiel, sämtliche Angriffe zu stören.

Jespers Fans brüllten sich inzwischen ebenfalls die Seele aus dem Leib. Die Finger von Bens rechter Hand, die er auf seine flammende schwarze Zeichnung gepresst hatte, zitterten vor Anstrengung. Mit Müh und Not gelang es ihm, eine weitere heranbrausende Feuerkugel aufzulösen, dann hechtete er zur Seite und stöhnte erneut auf. Der nachfolgende Flammenball hatte ihn an der Hüfte gestreift. Roter Rauch stieg aus der Wunde hoch. Ben wehrte einen weiteren Angriff ab, wich dem nächsten Feuerball mit einer Rolle über die Schulter aus und blieb für einen Moment keuchend stehen. Sein Blick verriet, dass er Schmerzen hatte.

Im selben Moment brüllte Jesper einen Zauber und die Magie der Worte stürzte sich wie ein rotes Tier mit einer solchen Geschwindigkeit auf Ben, dass er sie nicht mehr stören konnte. Die roten Fäden wickelten sich um seinen Körper, rissen seine Arme nach unten und verschlossen seinen Mund. Stocksteif und gelähmt stand Ben seinem Widersacher gegenüber. Die Magie erinnerte mich an das schwarze Knebelei, das uns in der Höhle der Totaa geholfen hatte und ich spürte, wie mein Herz für einen Schlag aussetzte.

Jesper hatte nicht nur seinem Zorn nachgegeben; er hatte einen Plan verfolgt. Er hatte Ben zuerst müde gemacht und dann zum entscheidenden Schlag ausgeholt. Derart gefesselt konnte Ben seine magische Fähigkeit nicht mehr verwenden.

Ich rutschte trampelnd und klatschend auf meinem Sitz ganz nach vorne, während mir das Herz bis zum Hals klopfte. Das konnte noch nicht das Ende sein.

Der Hass auf Jesper stand Ben ins Gesicht geschrieben. Mit aller Kraft versuchte er sich gegen die Magie zu wehren, die ihn gefangen hielt. Die roten Fäden zwangen ihn nicht nur, seine Finger unten zu halten, sie hatten sich auch um seinen Mund gelegt, damit er seinerseits keinen Zauber sprechen konnte.

Jesper stand schwer atmend in seinem Kreis und stützte seine Hände auf den Knien ab. Er rang nach Luft, rang nach Magie, die er beinahe vollständig aufgebraucht hatte und die Bens Lähmung aufrecht hielt. Ich sah, wie die schwarzen Linien in Bens Kampfkreis langsam verblassten. Er war Jesper in diesem Moment unterlegen und so floss seine magische Energie in Jespers Bodenzeichnung. Ben schloss die Augen und ich spürte, wie Panik in mir hochwallte. Wenn er jetzt verlor, hatte er seine Fähigkeit zum letzten Mal benutzt. Wir alle schrien und tobten auf der schwarzen Tribüne, um ihn zu unterstützen, doch ich wusste, dass es jetzt an ihm lag.

Seine Finger zuckten hinter seinem Rücken.

„B-E-N, BE-WE-GEN, B-E-N, BE-WE-GEN!", brüllten wir und versorgten seinen Körper mit Kraft. Bens Mundwinkel zuckte nach oben. Ich sah, wie er lächelte. Seine rechte Hand war frei.

Er griff in seine Hosentasche und einen Augenblick später fielen schwarze Pilze vom Himmel. Sie schwebten über Jespers rotem Kreis und dessen Publikum. Jesper riss die Augen auf, noch unschlüssig, wie er dieser potenziellen Gefahr begegnen sollte.

Ben riss sich die rote magische Fessel vom Mund. „Pass auf!", schrie er und Jesper schoss instinktiv einen Feuerball auf die Pilze ab. Obwohl ich zu Bens Fans gehörte, zuckte ich zusammen. Das war sicher keine gute Idee gewesen. Die schwarzen schwammigen Pilze gingen in Flammen auf. Sie schwebten weiterhin über den Köpfen von Jesper und seinen Fans während sie stinkend und rauchend verbrannten.

Plötzlich ertönte ein leises Geräusch. PLOPP, machte ein Pilz und platzte dabei auf. Winzige schwarze Sporen stoben aus seinem Inneren in die Höhe und verteilten sich in der Luft. Langsam sanken sie herab und wurden von Jesper und seinen Fans eingeatmet.

Ben entledigte sich grinsend der letzten roten Magiefäden, während sich das Geräusch wiederholte.

PLOPP. PLOPP. PLOPP. PLOPP. PLOPP.

Plötzlich begann die vollbusige Freudeträgerin auf Jespers Tribüne, hysterisch zu kreischen. Einige andere Fans stimmten ein. Jesper warf ihnen einen verstörten Blick zu. Er verstand nicht, warum seine Anhänger so entsetzte Gesichter machten.

„Seht nur, er verwandelt sich in einen Ekelsauger!", kreischte die Freudeträgerin und sprang von ihrem Sitz auf. „Bei allen Monden, seht ihr die pelzigen Flügel? Wir müssen hier weg!"

„Das ist doch kein Ekelsauger, das ist ein Freudemonster!", schrie jemand anders. „Seine Nase! Seht doch, sie rutscht ihm einfach aus dem Gesicht!"

Nun brach Panik auf der Tribüne aus. Die Fans schrien und kreischten bei Jespers Anblick. Jeder schien etwas Anderes, Furchterregendes beim Anblick des Beschützers zu erkennen. Ich feuerte weiterhin Ben an, dessen Halluzinationspilz dazu führte, dass die roten Linien in Jespers Kampfkreis verblassten und Bens Zeichnung an Leuchtkraft gewann.

Seine Augen funkelten, als er eine kleine Phiole hervorholte, die mit einer violetten Flüssigkeit gefüllt war. Das war nun nach dem Pilz schon sein zweites magisches Hilfsmittel. Ben öffnete den Verschluss und leerte die Phiole in einem Zug. Dann riss er die Arme hoch. Violetter Rauch strömte aus seinen Fingerspitzen, schlängelte sich quer über den Duellier-Platz bis zu Jesper. Der violette Rauch der Angst kroch über seine breiten Schultern und schlang sich um seinen Brustkorb.

Jesper schrie gequält auf, als er auf seine verblassenden Linien blickte. Ich klatschte noch immer für Ben, fühlte aber gleichzeitig einen Stich in meiner Brust. Es tat mir weh, Jesper leiden zu sehen und ich hoffte inbrünstig, das Duell wäre bald vorbei.

Ben verschränkte die Arme vor der Brust und grinste spöttisch. „Sag bloß, du hast Angst."

Jespers rote Linien verblassten immer weiter, verschwanden vom Boden, eine nach der anderen. Bens Muster in seinem Kampfkreis hingegen leuchtete in einem satten, kräftigen Schwarz. Siegessicher drehte er sich zu seinem Publikum und sah mir direkt in die Augen. Durch die magische Verbindung spürte ich seinen Stolz, spürte seinen Triumph und die Freude, die er empfand. Er hatte so gut wie gewonnen.

Wir sahen uns an und für einen Moment schien die Zeit stillzustehen. Ich merkte, wie mir Tränen in die Augen stiegen. Ganz verstand ich nicht, warum ich so gerührt war, und auch Ben schien überrascht zu sein. Rasch wischte ich mir über die Wangen, während Bens Augen ebenfalls verdächtig zu glitzern begannen. Ein Schluchzer stieg in meiner Kehle auf und ich presste mir die Hand vor den Mund, um nicht laut loszuheulen. Was zur Hölle passierte hier?

Durch einen Tränenschleier sah ich wieder zu Jesper hinüber. Doch statt vor Furcht zu zittern, stand er in seinem roten Kreis und rauchte vor Wut.

„Hast du", Jesper machte einen Schritt auf Ben zu und aus seinen Augen loderten Blitze des Zorns, „hast du tatsächlich geglaubt, mit einem Angriff der ANGST –", seine Stimme erhob sich zu einem Brüllen, „MIT EINER ATTACKE DER ANGST GEGEN MICH ZU SIEGEN, DU ABSCHEULICHES EKEL?"

Ben brach in Tränen aus. Schluchzer schüttelten seinen Körper und er wandte sich verzweifelt in unsere Richtung.

„Feuert mich an!", flehte er entsetzt. Ich versuchte es, aber die ganze schwarze Tribüne wurde von einem Weinkrampf geschüttelt. Jesper musste irgendeine Art der Trauermagie gewirkt haben, anders ließ es sich nicht erklären. Mit Schrecken sah ich, dass seine Fans sich von der Pilzsporen-Attacke wieder erholt hatten und Jespers rote Blitze beinahe zur Gänze wieder aufgeladen waren.

„Ben...huhuhu", heulten wir. Unsere schluchzenden Anfeuerungsrufe konnten ihn nicht mit Magie versorgen und Bens Linien wurden immer blasser.

„Ich bin ein Wutträger! Ich fürchte nichts und niemanden!", brüllte Jesper. „Du überhebliche, selbstgefällige Kreatur des Ekels! Ich bin in die Garde aufgenommen worden! Weißt du eigentlich, was das bedeutet?"

Ben konnte in seinem jetzigen Zustand nicht antworten, aber Jesper brüllte ohnehin schon weiter.

„Ich diene unter Panica im violetten Land der Angst! Und das kann ich nur deshalb, weil ich gegen Angst immun bin! Und jeder, der das anzuzweifeln wagt, wird meinen Zorn zu spüren bekommen!"

Ich schluckte. Ben hatte Jesper eindeutig unterschätzt. Aber warum hatte Ruwen nichts von Jespers

Angstimmunität gewusst? Mit tränenden Augen blickte ich auf den Duellierplatz. Bens letzte schwarze Linie war soeben dabei, sich aufzulösen. Mein Herz krampfte sich zusammen. Er würde verlieren und ich konnte nichts Besseres tun, als hier zu sitzen und zu heulen.

Ben stand das Entsetzen über die Niederlage ebenso ins Gesicht geschrieben. Hastig griff er in seine Hosentasche und holte einen schwarzen Beutel mit goldener Kordel heraus. Ich sah, wie Ben kurz zu Ruwen blickte, der die Entscheidung abnickte, dann zog Ben mit einer fließenden Bewegung an der Schnur, öffnete den Sack und schüttete den glitzernden Staub hoch in die Luft. Der Wind trug ihn zu Jesper und seinen Fans hinüber und Stille senkte sich über den Platz.

Ich atmete tief durch, während meine Augen aufhörten, ständig neue Sturzbäche zu produzieren. Bens Angriff hatte die Trauermagie von Jesper unterbrochen. Das Schluchzen auf der schwarzen Tribüne wurde leiser, ich hörte nur noch vereinzeltes Schniefen. Aber warum? Was hatte Ben getan?

„Das", sagte Ben, während Jesper ihn stumm anfunkelte, „ist die Stille des Geistes." Ben atmete tief durch und fuhr sich erschöpft mit der Hand durch das zerzauste Haar. „Du hast damit die Fähigkeit zu sprechen verloren. Kein großer Verlust, wenn du mich fragst. Und ebenso ergeht es deinen Fans. Sie können deswegen deine Energie nicht mehr aufladen." Er deutete auf die roten Blitze in Jespers Kampfkreis, die langsam verblassten, während Bens schwarzes Kampfmuster in gleichem Maße wieder genährt wurde.

„Es ist vorbei", sagte Ben.

Jespers Augen durchbohrten ihn. Sein Blick war voller Verzweiflung, voller Wut und voller Hass. Ich sah, wie er den Mund öffnete, doch kein einziges Wort kam über seine Lippen. Genauso erging es Jespers Fans. Stumm und geschockt saßen sie auf ihren Plätzen, während Jespers Gesichtslinien leuchtend rot aufflackerten. Jesper riss seine Hand nach oben und presste die Finger auf seine Zeichnung. Dabei starrte er nicht mehr Ben an. Er starrte uns an.

Ich verlor die Orientierung. Plötzlich merkte ich, dass ich auf der falschen Tribüne saß. Wieso saß ich auf der schwarzen Seite, wenn ich doch zu Jesper gehörte? Verwirrt schüttelte ich den Kopf, dann brüllte ich Jespers Namen, so laut ich konnte. Ben blickte uns entgeistert an. Er verstand offenbar die Welt nicht mehr. Auf meinem Platz drehte sich alles. Dennoch brüllte ich weiter für Jesper, gemeinsam mit allen anderen.

„Hört auf! Wenn ihr ihn anfeuert, verliere ich!", schrie Ben, während er gleichzeitig versuchte, Jespers Magie mit seiner schwarzen Fähigkeit zu stören. Doch dafür war es zu spät, und da ich auf Jespers Seite war, schenkte ich seinen Rufen keine Beachtung. Ich wollte, dass er verlor, denn Jesper musste gewinnen.

Schmotz, Nihan und ich trampelten und klatschten für Jesper, was das Zeug hielt. Ben starrte auf seine schwarzen Linien. Sie verschwanden. Verblassten, vergingen – direkt unter seinen Füßen. Der schwarze Kreis, in dem er stand, wurde leer. Ein Gong ertönte, daraus wurde ein Kinderlachen, dann ein Geräusch von jemandem, der sich erbrach.

„Der Wutträger hat gesiegt", verkündete eine düstere Stimme.

Gabriel trat gemessenen Schrittes auf den Platz und schüttelte Jesper die Hand. Der Beschützer strahlte über das ganze Gesicht, dann reckte er beide Arme in die

Höhe und brüllte seinen Triumph hinaus. Ich schüttelte verwirrt den Kopf. War das Duell zu Ende? Wieso hatte ich Jesper angefeuert?

Ben griff sich an seine rechte Wange und begann zu brüllen. Seine Zeichnung brach auf, die Linien zerrissen. Sein Muster zerstörte sich selbst und ich hatte das Gefühl, es zerfetzte auch gleichzeitig mein Herz.

Nach einem endlos langen Augenblick vergrub Ben das Gesicht in den Händen und sank auf die Knie. Ich kam taumelnd auf die Beine. Die Wirkung von Jespers magischer Fähigkeit ließ nach und ich verstand, was passiert war. Jesper hatte seine Fähigkeit zu verwirren auf die bestmögliche Art genutzt, indem er uns glauben ließ, wir wären seine Fans. Und das, obwohl Ben die Stille des Geistes angewandt hatte – eine der mächtigsten Attacken, die es gab.

In dem Moment griff sich Jesper an die Wange. Seine roten Blitze färbten sich für einen Moment schwarz und dem Beschützer entfuhr ein begeistertes Keuchen.

„Greif mich an!", verlangte Jesper und ich wusste nicht, ob er Ben damit meinte, oder ob es ihm völlig egal war, wer ihn angriff, solange er nur seine neue Fähigkeit testen konnte.

„Irgendjemand soll mich endlich angreifen!", brüllte Jesper noch einmal. Von irgendwoher kam ein grüner Energiespeer auf ihn zugeflogen und Jesper riss die Hand hoch, um sie auf seine Blitze zu pressen, die sich kurz schwarz färbten. Der grüne Speer löste sich knapp vor Jesper in Luft auf und er riss den Kopf in den Nacken und stimmte ein Triumphgeheul an, das mir in der Seele wehtat.

Gemeinsam mit den anderen stolperte ich von der Tribüne. Der Turnierplatz löste sich vor unseren Augen in bunten Rauch auf. Hektisch suchte ich die Wiese nach Ben ab, aber es sah so aus, als hätte ihn der Erdboden verschluckt.

Kapitel 9

Atemlos drängte ich mich durch die Menge, während das Blut in meinen Ohren rauschte und alles um mich herum wie in Zeitlupe passierte. Es war, als ob nichts zu mir durchdringen, als ob mich nichts wirklich erreichen konnte – als ob es in diesem Moment nur eines gab, was zählte. Eilig schob ich mich an den ausgelassen Feiernden vorbei, die das Ende des Duells zelebrierten, und ließ die Traube an grölenden Sinnträgern hinter mir, die sich um Jesper formiert hatte. Ich fühlte Jespers Blick in meinem Rücken, der sich mit der vollbusigen Freudeträgerin unterhielt, fühlte, wie Jesper mir mit seinen stahlblauen Augen folgte, aber alles in mir wollte nur zu … Ben.

Ich musste zu Ben. Aber wo war er?

Die Umgebung änderte sich in der Zwischenzeit erneut. Mit Reet gedeckte Hallenhäuser aus Flechtwerkwänden schossen rund um einen Platz in die Höhe, in dessen Mitte von einer Sekunde auf die andere ein großes Lagerfeuer loderte, dessen zügellose Flammen rote Funken in die Luft schossen. Innerhalb der letzten zwei Minuten war es dunkel geworden und die Sinnträger, die zu Jespers Fangemeinde gehörten, jubelten lautstark und prosteten sich aus mit Baumbier gefüllten Rindenbechern zu, die bei jedem Anstoßen kräftig überschwappten. Rote Feuerlampions im Zeichen der Beschützer trieben zwischen den einzelnen Holzhütten durch die Luft und verbreiteten eine feierliche Atmosphäre.

Es gab mehrere Souvenirstände, an denen man Keulen,

Äxte, Überzüge aus Fell und Wikingerhelme kaufen konnte, und melodische Musik mit folkloristischen Elementen ließ eine Art Heiterkeit aufkommen, der sich auch Bens Fangemeinde nicht entziehen konnte. In Windeseile hatte sich der Turnierplatz in ein lebendiges Wikingerdorf verwandelt, das auf einer sattgrünen Ebene lag und gerade erst angefangen hatte, das Ende des Duells zu feiern.

Aber wo war Ben? Ich blieb stehen und versuchte, ihn in der Menge ausfindig zu machen, versuchte, irgendeinen Hinweis über seinen Aufenthaltsort zu erhaschen. Der laute Gesang von Betrunkenen, deren runde Wikingerhelme schief auf ihren Köpfen saßen, drang an mein Ohr und ich fragte mich, wie sie es in so kurzer Zeit geschafft hatten, dermaßen viel Baumbier in sich hineinzuschütten. Verging hier die Zeit für jeden unterschiedlich schnell? War es Ben deshalb gelungen, so schnell zu verschwinden?

„Vielleicht nicht das vornehmste Fest, aber willst du nicht mit uns mitfeiern?", fragte Jesper, der lautlos hinter mir aufgetaucht war, durch die allgemeine Geräuschkulisse aus Lallen und Rülpsen. Ein Feuerwerk schoss über uns in den dunklen Nachthimmel und die hellroten sprühenden Funken formten Jespers Antlitz, das siegessicher grinste. Frenetischer Applaus rollte über das Gelände. Jesper strahlte bei dem Anblick seines glitzernden Gesichts über uns, senkte dann seinen Kopf und sah mir tief in die Augen.

„Lee, lass uns feiern. Jetzt musst du nicht mehr diesem elendigen Ekelträger zujubeln – das ist doch ein zusätzlicher Anlass zum Jubeln. Hätte jeder Fan seinen eigenen Platz wählen können, wäre die Tribüne des Reisenden wohl leer geblieben. Aber genug davon. Selbst

Gestalterin Sinja ist gekommen, um mir zu gratulieren." Ein selbstgefälliges Lächeln huschte über sein Gesicht.

„Ich suche Ben", sagte ich, obwohl ich wusste, dass er genau das nicht hören wollte. „Hast du ihn gesehen?" Meine Stimme klang kalt.

Ein betrunkener dicklicher Sinnträger mit einem Wikingerhelm wankte an uns vorbei und rempelte Jesper leicht an. Mit einer gekonnten Handbewegung stieß Jesper ihn von sich, sodass der schwarze Träger auf den Boden plumpste.

„Wasch war dasch, wer war dasch", lallte der Ekelträger und richtete sich schwerfällig auf, um dann die Fäuste zu ballen und gegen seinen eigenen Schatten zu boxen. „Oh dasch bin ja isch", sagte er einen Moment später und stolperte davon.

„Verdammte Ekelträger, haben sich nicht unter Kontrolle", knurrte Jesper. Seine Augen blitzten im Schein der Feuerlampions rötlich auf und die roten Blitze auf seiner Wange begannen leicht zu glimmen. Er sah mich verärgert an. „Wieso suchst du noch immer nach dem schwarzen Träger? Geht es um deinen Auftrag?", begann er und sein Kiefer spannte sich an. „Was willst du denn mit dem nutzlosen Versager? Wie soll dir dieser Verlierer bloß helfen können?" Er kräuselte die Lippen. „Morgen Abend muss ich für den Schutz der Gestalter während des mickrigen Mondlichtfestes sorgen, aber danach werde ich dich begleiten und dir helfen, deine Mission zu erfüllen. Eine Wächterin sollte nicht ihren eigenen Angelegenheiten nachgehen, sondern für Recht und Ordnung in der Sinnlichen Welt sorgen. Es ist die Aufgabe und der Charakterzug der Wächter, nach Regeln zu handeln und als Vorbild zu fungieren. Ich werde dir helfen, auf den rechten Pfad zurückzufinden."

Er sagte es auf eine Art, als wäre ich – beziehungsweise meine Charakterentwicklung – sein nächster Auftrag, und verschränkte die Arme hinter dem Rücken. Seine Haltung war korrekt wie eh und je.

„Es geht nicht um meine Mission", schnappte ich und fühlte, wie Jespers rotes Gefühl auf mich übergriff. „Und Ben ist kein Versager. Er hätte beinahe gewonnen, Jesper", sagte ich schroff und machte einen Schritt auf ihn zu, sodass wir uns ganz nahe gegenüberstanden. „Du musst mir nicht erklären, was ich zu tun habe. Ich suche nach Ben, weil ich mich um ihn sorge, weil ich wissen will, wie es ihm geht. Ich verbringe gerne meine Zeit mit ihm und hätte ich die freie Wahl gehabt, dann hätte ich als Fan genau dort gesessen, wo ich gesessen habe."

Jespers Augen verengten sich und eine Ader an seiner Stirn begann zu pulsieren. „Du hättest bei ihm gesessen?"

„Genau dort und nirgends anders", bekräftigte ich.

„Du ziehst ihn mir vor?", knurrte Jesper und sein Blick verdunkelte sich. „Und unser Kuss? Hat er dir gar nichts bedeutet?"

Ich atmete tief ein. „Es war ein Fehler, Jesper. Ich hätte niemals … ich wollte dir keine falschen Hoffnungen machen, du bist ein guter Freund für mich."

Ich sah ihm fest in die Augen. Auch wenn ich mir damals nicht über meine Gefühle im Klaren gewesen war, jetzt war ich es.

„Ein Freund? Ein Fehler?", fauchte Jesper und die Ader an seiner Stirn drohte, bald zu platzen. „Es war ein Fehler, mich zu küssen? Ich bin ein Beschützer und der Ekelträger ist nichts mehr als ein dreckiger Reisender, er ist Abschaum und eine Schande für sein Land. Er hat nicht einmal die Reisendenprüfung bestanden, die ein Klacks für mich gewesen wäre. Ich habe den schwarzen

Träger heute in den Boden gestampft und genau dort gehört er auch hin. Es ist völlig ohne Logik, dass du zu ihm willst. Wächterin, du bist ohne Logik und mit deinem Verhalten einer Wächterin unwürdig."

Ich sah Jesper an und fühlte, wie eine Ladung verschiedenartiger Gefühle in mir herumwirbelte, wie ein Orkan, der durch meinen Körper und mein Herz sauste. Solange man Jespers Werte teilte, war alles in Ordnung – wich man jedoch zu sehr von seinem Pfad der Rechtschaffenheit ab, begann Jesper, andere zu verurteilen und sich über alles zu stellen.

„Ja, du hast recht, Jesper, du hast völlig recht", sagte ich, „zumindest was eins betrifft: Ich bin bei Ben völlig ohne Logik."

Die Worte kullerten einfach so aus meinem Mund, ich hatte darüber keine Kontrolle. Da war etwas, das einfach hinausdrängte, etwas, das ich nicht aufhalten konnte und das ich mir schon viel zu lange nicht eingestanden hatte. Mein Blick war klar und meine Augen funkelten Jesper an. Ich atmete tief ein. „Das Gefühl, das ich für Ben empfinde, ist stärker als mein eigener Sinn, ich weiß nicht, ob du es verstehen kannst oder willst. Du kannst mich gerne schwach nennen, kannst mich für eine miserable Wächterin halten – was vielleicht sogar stimmt, da mich Quirin suspendiert hat – aber es ist mir egal. Ben ist keine Schande für sein Land, Ben ist vielschichtig, stark und mitfühlend. Ich fühle in meinem Innersten, dass es richtig ist, dass es für mich hier nur einen Weg gibt und den werde ich gehen, genau jetzt", sagte ich, drehte mich um und ließ Jesper einfach stehen, während das nächste Feuerwerk in den Himmel knallte.

Danach fühlte sich mein Herz frei und leicht an,

und obwohl ich gerne ein netteres Gespräch mit Jesper geführt hätte, war es richtig gewesen. Rote Funken tanzten neben mir in der Luft wie kleine Glühwürmchen und zelebrierten Jespers Sieg. Ich atmete tief durch und erkannte plötzlich im roten Schatten Ruwens Gestalt unweit von mir entfernt.

Mit schnellen Schritten näherte ich mich der Souvenirhütte, in der es jede Menge abgewetzter Waffen zu kaufen gab.

„Ruwen", sagte ich und legte ihm die Hand auf den Rücken.

Er drehte sich um und lächelte mich wissend an. „Du suchst Ben?", fragte er und sein dunkles, leicht gelocktes Haar fiel ihm ins Gesicht. Er trug einen schwarzen Wikingerumhang mit buschigem Fell und wog ein Beil in seiner Hand. Bei diesem Anblick zog ich automatisch eine Augenbraue hoch.

„Ich weiß", murmelte er verlegen und legte die Axt zurück auf den hölzernen Verkaufstresen, „es ist eine meiner Eigenheiten, ich habe ein Faible für andere Sitten und Gebräuche, und die Wikinger waren ein sehr faszinierendes Volk." Seine Augen funkelten. „Man erzählt sich, dass Odin, der Göttervater höchstpersönlich, seine Gestalt ändern konnte: Sein Körper wirkte wie tot oder schlafend, aber er war weder tot noch schlafend, sondern bereiste ferne Länder in Gestalt eines Vogels, Fisches, einer Schlange oder im Körper eines anderen Tieres. Nur mit der Kraft seiner Worte konnte er Feuer auflodern lassen, die See beruhigen oder den Wind beherrschen. Wie viel Wahres da wohl dran sein mag?", fragte Ruwen mehr sich selbst als mich und strich sich über den weichen Fellsaum seines Mantels.

Er stockte kurz. „Weißt du, Odins Charakter soll

in gleichen Teilen heimtückisch und gerecht gewesen sein – es wäre spannend zu wissen, welchen Anteil wir Sinnträger an den alten Überlieferungen haben, unsereins wird in der anderen Welt einfach nicht gesehen – aber das ist gut so." Er lächelte, und bevor ich etwas sagen konnte, deutete er in Richtung von drei mit rotbraunem Reet bedeckten Holzhütten, die etwas abseits lagen. „Ben kann deinen Beistand jetzt gut gebrauchen, Wächterin. Es ist für einen Sinnträger nicht einfach, seine Fähigkeit zu verlieren. Es erfordert Kraft und Lebensmut, damit umzugehen."

Ich schluckte bei dem Gedanken daran, wie einsam sich Ben nun fühlen musste und was es wohl für ihn bedeutete, gegen Jesper verloren zu haben.

„Danke", sagte ich zu Ruwen und lief los. Ich rannte auf die erste Hütte zu, lief die paar Stufen hinauf und riss die Holztür auf. Der Gestank nach Baumbier schlug mir entgegen und eine Gruppe betrunkener Sinnträger lag sich auf Holzbänken in den Armen und schunkelte zu einer unhörbaren Musik.

„Komm tschu unsch du Hübsche", lallte der dickliche Ekelträger, der vorhin Jesper angerempelt hatte. Sein Zustand hatte sich tatsächlich noch verschlechtert und Sabber rann ihm über das Kinn.

„Nein, danke", erwiderte ich, drehte mich um und ließ die Tür hinter mir ins Holz knallen. Schnell lief ich über die Treppe des zweiten Hallenhauses, öffnete die Tür und blickte überrascht auf einen Sandstrand mit Palmen und Hängematten. Die Magie des Erstaunenslandes war definitiv erstaunlich. Ich warf auch diese Tür zu und lief hinüber zur dritten und letzten Hütte, flog förmlich die Stufen hinauf und spürte mein Herz wie einen Vogel in meiner Brust flattern. Als ich die letzte Tür öffnete, hielt ich kurz inne. Dann trat ich über die Schwelle und schloss sie leise hinter mir.

Ben stand weit entfernt von mir auf einer Klippe – das Bild wirkte wie aus einem Gemälde von Caspar David Friedrich und vermittelte eine kalte Einsamkeit, die tief in mein Innerstes drang. Als ich durch die Tür der letzten Wikingerhütte gegangen war, hatte ich eine komplett neue Umgebung betreten, die an die schottischen Highlands erinnerte. Eine moosbedeckte Hügellandschaft breitete sich vor mir aus und wechselte sich mit schwarzen Felsmassiven ab. Weit unter uns schlugen die Wellen krachend an die Küste. Der wolkenverhangene Himmel war grau und düster und Ben stand am vordersten Rand der Klippe, von der aus die Felswand steil abfiel und in das schäumende, graublaue Wasser stürzte. In seiner Hand hielt er etwas Goldenes.

Ich lief los. Eine Bö peitschte mir eiskalt ins Gesicht und wirbelte meine dunklen Haare in die Höhe. Was hatte Ben vor? Er würde doch nicht springen, raste es durch meinen Kopf, während meine Beine über das Moos hechteten.

„Ben", schrie ich gegen den Wind, doch er schien mich nicht zu hören oder hören zu wollen. „Ben!", schrie ich erneut und der Weg zu ihm kam mir unendlich lang vor. Der Wind toste und heulte und Ben stand einfach nur starr da, als wäre er innerlich bereits gestorben.

Als ich ihn endlich erreichte, atmete ich schwer. „Ben", flüsterte ich, wagte es aber nicht, ihn zu berühren. Langsam drehte er sich zu mir um.

„Was willst du?" Seine kalte Stimme schnitt durch die eisige Luft.

„Ich … ich …", keuchte ich atemlos, „ich wollte wissen, wie es dir geht."

„Wie es mir geht?", fragte Ben frostig und zog eine Augenbraue langsam in die Höhe. „Wie soll es mir denn gehen, Wächterin? Ich habe soeben meine Fähigkeit verloren, habe mich von Jesper besiegen lassen, habe zugesehen, wie meine Fähigkeit auf ihn übergegangen ist – wie er mir genommen hat, was mir gehört. Während ihr also da draußen ein Fest feiert und Jespers Triumph zelebriert, während ihr euch betrinkt und Jesper für seinen Mut, seine Kraft und sein Geschick hochleben lasst – stehe ich hier auf der Klippe. Also, wie soll es mir damit gehen?" Seine Augen funkelten mich dunkel an, dann drehte er den Kopf weg und blickte wieder auf das stürmische Meer, dessen graublaue Wellen gegen die Steilküste donnerten.

„Ben", sagte ich leise und legte meine Hand auf seine Schulter.

Er blickte mich an und lachte bitter. „Ich brauche dein Mitleid nicht, Wächterin. Geh einfach und feiere mit den anderen." Seine dunklen Haare fielen ihm ins Gesicht und die gerissenen Linien glommen schwarz auf.

Langsam zog ich meine Hand weg. Wenngleich er noch verwegener als zuvor wirkte, schlug mir seine Einsamkeit wie ein kräftiger Windstoß entgegen. „Ich möchte nicht mit den anderen feiern, es gibt für mich nichts zu feiern", erklärte ich und strich mir eine Haarsträhne hinters Ohr.

„Wächterin, fühle dich nicht verpflichtet", sagte Ben und die Wolken am Himmel färbten sich tiefschwarz.

„Ich fühle mich dir gegenüber nicht verpflichtet", widersprach ich ihm und meine Stimme zitterte. Ich schluckte. „Ich möchte bei dir sein."

Ben wandte sich mir zu und etwas Dunkles lag in seinem Blick. „Du möchtest bei mir sein?", fragte er höhnisch. „Bei mir? Bei dem Typen, der seine Fähigkeit verloren hat und nicht einmal reisen kann? Bei dem Typen, der alles verbockt und nichts zu bieten hat?" Seine Augen verengten sich. „Geh!", sagte er und es war ein Befehl, der über die Landschaft jagte. Ich hörte das Peitschen der Wellen und das Jaulen des Windes und es entfachte sich ein Sturm, der wütend über uns hinwegrollte.

„Ich werde nicht gehen, weil ich mich dir gegenüber nicht verpflichtet fühle. Nicht so", sagte ich mit fester Stimme.

Ben blickte nach vorne, als hätte er mich nicht gehört. „Weißt du, wie sie das hier nennen?", fragte er und lächelte verletzt. „Es ist der Ort des Verlustes, er nährt sich aus dir selbst. Denn du bist der Ort des Verlustes, verstehst du, Wächterin?" Er fuhr herum und hielt mich mit beiden Händen an den Armen fest. Seine Zeichnung leuchtete tiefschwarz. „Ich bin ein Ort des Verlustes."

Der Wind zerrte an seinem Haar, und obwohl er mich festhielt und nichts als Hass, Wut und Einsamkeit in seinem Blick lag, wollte ich ihm nur noch näher sein. Ich löste meinen Arm aus seinem Griff und fuhr ihm zärtlich über die kratzige Wange. „Du bist nicht der Ort des Verlustes, Ben", sagte ich sanft, während uns der Wind tosend umhüllte. „Du bist so viel mehr." Ich nahm seine Hand und küsste sie behutsam, während mir sein unwiderstehlicher Duft in die Nase stieg. Alles an ihm fühlte sich unbeschreiblich gut an und ein warmes Kribbeln jagte durch meinen Körper, während Bens Gesichtszeichnung erlosch.

Ich fühlte etwas in seiner Hand, es war oval und glatt. Langsam öffnete ich seine Finger. „Das Medaillon? Du hast Simeons Medaillon wiedergeholt?", fragte ich überrascht und betrachtete das goldene Schmuckstück.

Ben sah mich eindringlich an, als müsste er überlegen, welchen Weg er einschlagen sollte. „Der Ausdruck in deinem Gesicht, Wächterin", erklärte er mit sanfter Stimme. „Du warst so traurig, als du es der Alten im Tausch gegen die Tränenlesung überlassen musstest."

Ich sog tief die Luft ein. Alles in mir wollte diesen Mann einfach nur festhalten und nie wieder loslassen. Ich spürte, wie mich ein Gefühl überrollte, das stärker war, als es die Acht Sinne jemals zu sein vermochten. Ben machte einen Schritt hinter mich, schob meine langen Haare im Nacken zur Seite und legte mir vorsichtig Simeons Vermächtnis um den Hals. Ich fühlte es kühl auf meiner Brust liegen und mein Herz klopfte wie verrückt.

Ben drehte mich zu sich herum und ich sah ihm in die dunklen Augen, die mich ruhig betrachteten. Sein Herz schlug kräftig und gleichmäßig, während mein eigenes Herz gegen meine Brust hämmerte und ich nur noch einen einzigen Wunsch hatte. Ben legte seine Hand sanft auf meine Hüfte, zog mich zu sich heran und ich spürte die Wärme seines Körpers, spürte, wie sein Gesicht sich meinem näherte, spürte, wie der Sturm, der um uns tobte, keine Bedeutung mehr hatte, spürte, dass nur wir zwei –

„Interessant", hörte ich plötzlich Sinjas Stimme durch den Sturm schneiden. Ben und ich fuhren auseinander. Der Sturm legte sich schlagartig, und statt peitschender Wellen und rauschender Windböen, war alles um uns herum auf einmal ruhig und friedlich. Der Himmel erstrahlte wolkenlos in hellem Blau und das Wasser unter uns funkelte türkisblau.

Sinja stand wenige Meter von uns entfernt und ließ ihre schlanken Finger spielerisch über den Himmel gleiten, so als könne sie ihre Umgebung nach ihren eigenen Vorstellungen malen. Ein paar sattgrüne Bäume schossen aus dem Boden, grün-weiße Blumen öffneten ihre Blüten und frühlingshaftes Vogelgezwitscher setzte ein. Sinjas lange blonde Haare glänzten im Sonnenschein wie Gold. Sie trug ein eng anliegendes Etuikleid aus dunkelgrünen Orchideenblüten mit hochgeschnittenem Beinschlitz, der ihre Figur noch zusätzlich betonte.

„Kam ich etwa unpassend?", fragte sie und etwas in ihrer Stimme klang merkwürdig. Ich runzelte die Stirn und versuchte zu verstehen, was gerade zwischen Ben und mir passiert war und was Sinja verdammt noch mal hier machte, als sie schon weitersprach.

„Tut mir leid, Leute", gluckste Sinja mit glockenheller Stimme. „Es war nur so ein günstiger Moment, euch beide hier alleine zu treffen."

Meine Augen verengten sich. Irgendetwas stimmte hier nicht. Diese Stimme, diese Wortwahl – das war nicht Sinja. Und wo waren ihre elfenhaften Bodyguards?

Ben schien ähnlich zu denken und stellte sich schützend vor mich.

„Was wollt Ihr?", verlangte er mit tiefer Stimme zu wissen.

Sinja lachte und tänzelte leichtfüßig auf uns zu. Ihre schlanken Beine flogen über die moosbedeckte Wiese, die von grün-weiß karierten Blumen gespickt wurde, deren Blüten wie Hasstrompeten aussahen.

„Was ich will?", fragte Sinja und wickelte eine Haarsträhne um ihren Finger. „Ich will zu euch! Schon die ganze Zeit. Aber es war zu gefährlich. Ich musste warten, bis ihr alleine seid, bis keiner uns beobachtet, bis ihr wirklich nur zu zweit seid. Einen Ort wie diesen meiden die meisten Leute, ich erwarte also keine Besucher. Ich", sie seufzte laut und verpasste den grünen Baumstämmen mit ihrem Zeigefinger gelbe Flecken, die wie Lachgesichter aussahen, „war so traurig, dass ich euch allein lassen musste. Aber ihr habt alles gut gemeistert, soweit ich es erfahren habe. Zumindest lebt ihr noch. Natürlich weiß ich nicht viel über eure Erledigungen, schließlich musste ich selbst Erkundungen anstellen und das ist nicht ganz so einfach, wenn man nicht der sein darf, der man sein möchte – versteht ihr?" Sie lachte laut und ihre eisblauen Augen leuchteten. „Aber jetzt kann ich nicht mehr länger warten, schließlich nähert sich das magische Mondlichtfest mit großen Schritten und", sie seufzte leise, „da wollen wir doch das Schlimmste verhindern, nicht wahr?" Sinja blies sich über ihre Fingerspitzen.

„Wer bist du?", knurrte Ben und schirmte mich mit seinem Körper vor der Gestalterin ab. Obwohl ich mich natürlich selbst verteidigen konnte, fand ich es unglaublich schön, dass er sich vor mich stellte, und ließ es einfach geschehen.

„Na, na", murmelte Sinja überrascht und warf ihr goldenes Haar zurück. „Wer wird denn gleich so aggressiv werden?" Sie lächelte breit und ihre perlweißen Zähne blitzten auf. „Dieser Moment, ich habe mich so lange nach ihm gesehnt, jetzt werden wir ihn doch nicht einfach so vorbeiziehen lassen, oder? Wir müssen ihn genießen. Endlich hat das Versteckspielen ein Ende, endlich können wir unsere Erkenntnisse miteinander teilen …"

Sinja kam immer näher, bis sie nur noch wenige Meter von uns entfernt stand. Ich schluckte. Es konnte nicht wahr sein, oder? Nach all der Zeit, die wir unterwegs waren, nach all dem Leid und der Gefahr, die wir erfahren mussten, konnte es einfach nicht sein.

Erregt machte ich einen Schritt nach vorne. „Sag, dass es nicht wahr ist", forderte ich und meine Stimme war voller Wut und Abscheu. „Sag, dass es nicht wahr ist."

Sinja trippelte auf uns zu und hüpfte mit einer Leichtigkeit über das grüne Moos, die mich noch mehr zur Weißglut trieb. Ich wusste nicht, was ich empfinden sollte. War es wirklich nur Wut und Abscheu – oder sollte nicht auch ein wenig Freude dabei sein?

„Hey, sachte, sachte – ich glaube, du hast schon zu viel Zeit mit ihm verbracht, sein Sinn scheint abzufärben", grinste Sinja und schüttelte ihre lange, goldblonde Mähne, als die Luft um sie herum zu flirren begann. Es sah aus, als hätte man zwei Bilder übereinandergelegt, die sich flimmernd abwechselten – einmal war es das dunkelgrüne Orchideenkleid, das Sinja trug, im nächsten Moment eine grüne Magierrobe.

Sie griff nach dem Medaillon um meinen Hals. „Danke fürs Aufpassen", sagte sie und lächelte dankbar, doch ihre Stimme klang plötzlich tiefer und männlich und verdammt nach Simeon.

Es geschah alles furchtbar schnell.

Simeons Verwandlungszauber löste sich, aus Sinjas anmutigem Anblick wurde der Magiebegabte mit den verwuschelten strohblonden Haaren, dessen hellgrüne Augen freudig blitzten, aus Sinjas zauberhaftem Orchideenkleid wurde Simeons Magierrobe, deren smaragdgrüne Flammen leise zischten und aus Bens beschützender Haltung wurden aggressive Bewegungen. Unglaublich schnell schnappte er sich den grünen Träger, zog ihn an seiner Robe bis zum Ende der Klippe, hielt ihn mit einem Arm am Kragen fest und ließ ihn so über dem Abgrund baumeln.

Das türkisgrüne Meer, das vor wenigen Atemzügen noch sanft an die Küste geschäumt war, peitschte nun in meterhohen Wellen an den Felsstrand. Der Himmel hatte sich verdunkelt, Wolken schoben sich vor die schimmernde Sonne, Simeons Blumen verdorrten und aus den sattgrünen Bäumen wurden verkrüppelte Stämme, die schwarz und verrußt aussahen.

„Du elendiger Magiebegabter!", schrie Ben voller Hass und die zerrissenen Linien an seiner Wange und seinem Hals glommen im tiefsten Schwarz. „Du hast deinen Tod vorgetäuscht? Du mieser, elendiger Feigling, hast deinen Tod einfach vorgetäuscht?"

Simeons Beine baumelten hilflos in der Luft und in seinen Augen stand die nackte Angst. Es sah so aus, als hätte er mit Umarmungen und einer freudigen Du-bist-doch-nicht-tot-wie-schön-Begrüßung gerechnet, nicht aber mit der Reaktion, die ihm nun entgegenschlug. Seine Gesichtszeichnung flackerte grün auf.

„Ich – ich wusste doch nicht, was ich machen sollte!", kreischte er. „Ben, lass mich runter!"

„Ja, ich werde dich gleich runterlassen", sagte Ben kalt und ließ Simeon kurz los. Der Magiebegabte kreischte hysterisch und Ben fasste ihn sofort wieder am Kragen.

„Du – du kannst mich nicht sterben lassen", stammelte Simeon und verzog den Mund, als würde er jeden Moment zu heulen anfangen.

„Du bist doch schon gestorben", erwiderte Ben und seine Augen funkelten voller Abscheu. Ich überlegte, ob ich eingreifen sollte, verspürte aber nicht die geringste Lust dazu. Simeon hatte uns wissentlich in die Gefahr geschickt, hatte uns belogen und betrogen. Loszulassen fühlte sich gerade ziemlich gut an, obwohl ich nicht hoffte, dass Ben es tatsächlich tat.

„Hast du überhaupt eine Ahnung, was wir deinetwegen alles durchgemacht haben?", knurrte Ben und musste sich sichtlich beherrschen, Simeon nicht sofort die Steilwand hinunterzuschicken.

„Hör mir zu", keuchte Simeon und warf immer wieder hektische Blicke zu den peitschenden Wellen unter sich, „ich war nicht untätig in der Zeit, ich habe mich auch Gefahren ausgesetzt!"

Ben lachte hart auf. „Du hast dich Gefahren ausgesetzt? Wieso nur kann ich mir das nicht vorstellen?" Seine Stimme war kalt und er fixierte Simeon eindringlich. „Wir sind deinetwegen ins beschissene Vertrauensland, Simeon", schnaubte er, „haben dort die Überreste von drei Spinnern gefunden. Der vierte ist sang- und klanglos verschwunden und jetzt wahrscheinlich auch schon tot und das Einzige, was wir fanden, war eine winzige Träne, die dahinschmolz. Eine winzige, beschissene Träne. Also – auf ins Trauerland, juche", ätzte Ben, „um dort von der dicken Bertha überfallen und nachher von der verrückten Tränenleserin über den Tisch gezogen zu werden. Aber damit nicht genug: Nein, lieber Simeon, danach sind wir noch ins Wachsamkeitsland, um im Turm der Achtsamkeit von den Totaa gefesselt und beinahe aufgeschlitzt zu werden. Dann –", Ben stockte kurz und mir war klar, dass er in der Zeit meiner Wächterprüfung seine Reisendenprüfung nicht bestanden hatte, „landeten wir wenig später im grässlichen Wutland, um dort beinahe in der Lava des Grollenden Vulkans draufzugehen und von einem dämlichen Hologramm ins Vertrauensland geschickt zu werden. Aber nicht durch ein magisches Portal, nein, das wäre zu einfach – da gehen wir doch lieber zu Fuß. Um nach einer Nacht mit zwei Berserkerbeerenmonster einem perversen Zeitendieb zu begegnen", Ben presste die Lippen aufeinander und ich wusste, dass er an meinen Kuss mit Jesper dachte, „der uns durch die beschissene Vertrauenssteppe geschickt hat, um auf dem Mystischen Markt dem Orakel zu begegnen, das nicht viel wusste, außer uns ins Ekelland zu schicken. Dort ist Lee unter größter Gefahr in die Sumpfburg eingebrochen, um aus einem Kotzekanal einen Lichtstein zu fischen. Ist das ungefähr die Gefahr, der du begegnet bist, Simeon? Ist das die Gefahr, die du erlebt hast?!"

Simeon schüttelte den Kopf. „Ben, ich musste mich verstecken, sonst hätten sie mich getötet", sagte der Magiebegabte schwach, dessen Körper wie ein nasser Sack über der Klippe hing.

„Sonst hätten sie dich getötet?!", fauchte Ben voller Sarkasmus. „Rate mal, was sie am liebsten im Erdlabyrinth der Totaa mit uns gemacht hätten, wenn sie uns erwischt hätten? Die wollten sicher nicht nur spielen, Simeon! Du hast uns, du hast Lee, die nur an das Gute in dir glauben wollte, durch die Hölle geschickt, durch die weiße, blaue, gelbe und rote Hölle. Hast du überhaupt eine Ahnung, was du uns angetan hast?"

Simeons Körper und seine Stimme zitterten. „Es tut mir leid, Leute. Ich wollte das nicht. Aber ich wusste keinen Ausweg. Dieser weißhaarige Spinner Jakob hat mich im Heckenlabyrinth einfach so überfallen, meinte, ich bin der Auserwählte, meinte, dass ich unsere neue Sinnliche Welt retten muss. Ich hatte einfach Angst, so unglaublich erstaunliche Angst, die stärker als mein Sinn war. Er wollte, dass ich ins Vertrauensland zu den zwölf Zwergfelsen käme, um mich dort mit den „übrig gebliebenen" Spinnern in ihrem Unterschlupf zu beraten. Mit den übrig gebliebenen! Was hätte ich denn tun sollen? Ich habe einen Lichtstein aus dem Sternensaal mitgehen lassen, ja, das habe ich, weil er einfach so unbeschreiblich schön und perfekt war – aber das war das Einzige, was ich verbrochen hatte. Ich, der Auserwählte?", Simeon lachte bitter. „Das glaubt ihr doch selber nicht. Aber was hätte ich tun sollen? Ich wusste, dass mich die Spinner und die Totaa nicht in Ruhe lassen würden, ich wusste, dass mich die einen in die Gefahr und die anderen in den Tod schicken würden. Also konnte ich nur verschwinden und dafür brauchte ich Zeugen. Und ihr beide …"

„Wir beide?", wiederholte Ben eisig und die Wolken am dunklen Himmel verdichteten sich. Die Sonne war einem schwarzen Mond gewichen, der sein kaltes Licht auf uns heruntersandte.

„Ihr beide wart einfach die Einzigen, denen ich vertrauen konnte."

„Denen du vertrauen konntest?" Bens Stimme troff vor Feindseligkeit. „Du hast uns so sehr vertraut, um uns den Totaa auszuliefern und uns in den Tod zu schicken?"

„So war das nicht gemeint", jammerte Simeon mit schwacher Stimme. „Ich wusste einfach, dass ihr beiden sicher fähiger seid, als ich es bin. Ich meine, Lee, du als Wächterin", er sah mich Hilfe suchend an, doch ich schüttelte nur den Kopf, „und Ben, du bist so stark und klug."

„Die Tour kannst du gleich wieder vergessen, Magiebegabter", spie ihm Ben ins Gesicht. „Dein Geschleime kannst du dir sonst wo hin stecken."

„Aber, was hätte ich denn tun sollen …", wiederholte Simeon voller Verzweiflung. „Sie hätten mich getötet."

„Ja", lachte Ben, „dann sollen sie doch lieber Lee und Ben töten, hast du dir gedacht. Das hast du ja schlau eingefädelt, Magiebegabter."

Simeon senkte den Kopf. „Es tut mir leid", schluchzte er. „Es tut mir wirklich, wirklich leid."

„Ich sollte dich einfach fallen lassen", sagte Ben unbewegt. „Das ist das Schicksal, das du verdienst."

Simeons Augen weiteten sich und Ben fixierte ihn voller Hass. „Du bist erbärmlich", sagte er, zog den Magiebegabten aus der Luft zurück und ließ ihn neben sich auf den Boden fallen.

„Danke", keuchte Simeon.

„Dank mir nicht zu früh", erwiderte Ben nüchtern. „Dass ich dich nicht sofort töte, bedeutet nicht, dass ich es nicht noch tun werde."

Ich gab Simeon ein paar Minuten, um sich zu beruhigen. Ben lehnte sich an einen der verkrüppelten Baumstämme und ließ ihn nicht aus den Augen.

„Du hast gesagt, dass du deine eigenen Erkenntnisse gesammelt hast. Was hast du herausgefunden, Simeon?", fragte ich, als sein Herz nicht mehr im schnellen Takt einer brasilianischen Trommel schlug.

„Lee", begann Simeon und richtete sich langsam auf. „Es tut mir wirklich leid. Ich habe diese ganze Sache anscheinend nicht zu Ende gedacht."

„Du hast anscheinend gar nicht gedacht, Simeon."

„Kannst du mir verzeihen? Es tut mir leid", sagte er leise und erinnerte mich an ein Kind, das die Konsequenzen seines Handelns einfach nicht einschätzen konnte.

„Wir werden sehen, Simeon", sagte ich und atmete tief ein. „Aber jetzt gibt es Wichtigeres zu besprechen. Was hast du erfahren?"

„Wir müssen hier weg", sagte Simeon und fuhr sich durch die verstrubbelten Haare. „Wir dürfen nicht zu lange an einem Ort sein. Ich habe ein Versteck, zu dem wir gehen können. Vertraut mir."

„Dir vertrauen?", wiederholte Ben und lachte abfällig. „Simeon, das ist das Letzte, was wir tun werden."

Simeon biss sich auf die Lippe. „Aber wir können nicht hierbleiben. Die Totaa. Sie sind überall und wir wissen nicht, wem wir trauen können."

„Du hast recht", sagte Ben und machte ein paar Schritte auf Simeon zu. „Wir wissen nicht, wem wir trauen können." Er funkelte Simeon an. Ein eisiger Windhauch fuhr in die Höhe und wirbelte mir die Haare ins Gesicht.

„Aber wir können auch nicht hier bleiben", sagte ich und sah Ben in die dunklen Augen, entdeckte die braunen Sprenkel in seiner Iris aufs Neue. Hätte Simeon uns nicht gestört, dann … Ich schüttelte den Kopf und versuchte, mich auf unsere jetzige Situation zu konzentrieren. Was hatte Simeon herausgefunden?

„Ja, wir können nicht hierbleiben", bekräftigte Simeon und hielt mir die offene Handfläche auffordernd hin. Er deutete auf das Medaillon um meinen Hals. „Wir müssen den Lichtstein in Sicherheit bringen."

„Das Medaillon gehört Lee", sagte Ben, und wenn ich mich nicht täuschte, sprach er die folgenden Worte mit einem Hauch Genugtuung aus. „Und deinen Lichtstein haben uns die Totaa im Turm der Achtsamkeit abgenommen, als sie uns aufschlitzen wollten."

„Ihr habt meinen Lichtstein nicht mehr?", fragte

Simeon ungläubig und schien den letzten Teil der Botschaft nicht gehört zu haben. „Ihr habt meinen Lichtstein verloren?" Der Schock und die Überraschung standen ihm ins Gesicht geschrieben und seine spiralförmige Zeichnung, die sich spielerisch über seine Wange erstreckte, begann dunkelgrün zu glimmen.

„Ja", sagte Ben voller Inbrunst und machte einen Schritt auf Simeon zu, „und ich bin verdammt froh, dass wir nur ihn und nicht unser Leben verloren haben."

Simeon schüttelte den Kopf und man sah förmlich, wie die Gedanken darin herumflogen. „Aber … aber, du hast doch noch von einem anderen Lichtstein erzählt, den Lee aus dem Kotzekanal gefischt hat", sagte er beruhigend zu sich selbst. „Wir brauchen nur einen Lichtstein, nur einen um das Schlimmste zu verhindern. Wo ist er, habt ihr ihn in meinem Medaillon versteckt?"

„Lees Medaillon", korrigierte Ben.

„Ich habe den orangefarbenen Lichtstein im Erdlabyrinth der Totaa verloren", erklärte ich beschämt.

„Verloren? Im Erdlabyrinth der Totaa?", kreischte Simeon. „Wie kann man einen Lichtstein verlieren? Und gerade dort?!"

„Hey", sagte Ben und der Ausdruck in seinem Gesicht war todernst. „Lass sie in Ruhe! Lee kann nichts dafür. Hättest du uns nicht erst in diese Situation gebracht, müssten wir darüber jetzt gar nicht sprechen."

Ich schluckte und fühlte mich noch immer schuldig, den Lichtstein verloren zu haben. Wenngleich ich durch meine Vision schon vorhergesehen hatte, dass es unausweichlich war. Hatte ich deshalb die Vision gehabt? Um zu verstehen, dass ich nichts dagegen tun hätte können?

„Ja, ja, schon gut", wiegelte Simeon ab, der sich die

weißblonden Haare raufte.

„Lass uns in dein Versteck gehen und dort unseren Wissensstand teilen", schlug ich vor. „Wir müssen ihm vertrauen", sagte ich zu Ben gewandt. „Wir müssen einfach."

Ben spannte den Kiefer an und nickte widerwillig.

„Gut", seufzte Simeon, „dass wir das nun geklärt haben. Nehmt meine Hand." Er streckte seine Arme nach uns aus.

„Übertreib es nicht", sagte Ben kalt.

Simeon zuckte mit den Schultern. „Okay, du kannst auch ihre Hand nehmen, von mir aus."

Ich hielt Ben meine Hand hin und sah ihm tief in die Augen. Obwohl ich mir wünschte, dass Simeon einen Herzschlag später erschienen wäre, war ich doch froh, dass er zu uns gekommen war. Ich weiß nicht, ob es an Bens und meiner Annäherung oder an Simeons Auftauchen lag, aber das Duell und die Niederlage waren nach hinten gerückt. Die Einsamkeit war aus Bens Gesicht verschwunden. Er fasste nach meinen Fingern und ein Kribbeln rauschte durch meinen Körper. Es tat so unglaublich gut, ihn zu berühren. Sein Mundwinkel zuckte und er lächelte sanft.

Simeon zog etwas aus seiner Robe und hielt seine Hand über den moosbewachsenen Boden. Grüner Staub rieselte von seinen Fingern und entfachte ein Feuer, das hellgrün aufloderte und sich spiralförmig in die Erde brannte.

Simeon hielt mir die Hand hin und ich griff danach. „Folgt mir", sagte er und hüpfte in das brennende Feuer. Ohne nachzudenken und nur einen Gedanken an die Hitze der Flammen zu richten, sprangen wir hinterher.

Kapitel 10

Die Reise durch das Feuer war heiß. Die Flammen peitschten uns entgegen, verletzten uns jedoch nicht. Es war, als würden wir einfach unberührt durch sie hindurchgleiten können, als würde ihre Hitze unserer Haut nichts anhaben können, obwohl wir sie spürten. Ben hielt meine Hand ganz fest und es tat gut, ihn bei mir zu wissen, als wir plötzlich auf einem dunklen Boden landeten. Sofort ließ ich Simeons Hand wieder los. Simeon richtete sich auf, strich sich die Robe glatt und grinste so breit übers ganze Gesicht, dass seine Grübchen zu sehen waren.

„Willkommen in meinem Reich", sagte er und drehte sich einmal im Kreis. Wir waren in einer kreisrunden Kammer gelandet, deren Wände grün schimmerten.

Ben sah Simeon eindringlich an.

„Okay, okay", sagte dieser und zuckte mit den Schultern. „Ich verstehe. Ihr habt keine Lust auf eine kleine Sightseeingtour. Ich habe hier Räume erschaffen, die könnt ihr euch in euren kühnsten Träumen nicht ausmalen. Ich nenne sie Träumeräume."

„Du kannst dir deine Träumeräume sonst wo hinstecken", sagte Ben kalt. „Sind wir hier sicher?"

„Na ja", entgegnete Simeon, „hier direkt noch nicht, aber wir werden es gleich sein." Er fuhr mit der rechten Hand über die grün schimmernde Wand, um sie einen Herzschlag später zu küssen.

Unwillkürlich verzog ich das Gesicht.

„Du musst ganz schön einsam sein", sagte Ben.

Simeon grinste. „Das ist ein Schutzmechanismus. Willst du auch mal? Ich habe die Wand so gestaltet, dass sich der Kuss wirklich gut anfühlt."

„Nein danke, ich verzichte", entgegnete Ben und warf mir einen kurzen Seitenblick zu, „ich bevorzuge jemand anderen."

Ich spürte, wie mir die Hitze ins Gesicht schoss.

„Jeder, wie er will", sagte Simeon und leckte nun an der Wand.

„Das ist widerlich", erklärte ich.

Simeon nickte. „Genau. Glaubst du also, dass ein Totaa das tun würde?"

Ich dachte an den weißen Meister und den Hautlappen, den er wie eine hungrige Bestie verschlungen hatte. „Ich würde es zumindest nicht ausschließen. Simeon – wo ist dieser Raum?"

„Gleich, gleich, Wächterin", entgegnete Simeon und hielt kurz noch seinen Po an die Wand. Ich atmete tief durch und auch Ben zog fragend eine Augenbraue in die Höhe. „Nicht dein Ernst, oder?"

„Mann, ich bin halt kreativ", sagte Simeon etwas beleidigt. Im nächsten Moment erschien eine kreisrunde Tür in der Wand, aus der uns Hunderte Augen anblinzelten. Sie blickten uns in den unterschiedlichsten Farben entgegen und ihr Anblick war unheimlich. Simeon kratzte sich am Kopf, als müsste er überlegen.

„Was?", fauchte ihn Ben an. „Musst du die jetzt auch einzeln küssen?"

„Nein", sagte Simeon und fuhr sich durch die Haare. „Ich verändere immer den Code. Aus Sicherheitsgründen."

„Dann sollte dir der jetzt schleunigst einfallen", entgegnete Ben kalt. „Aus Sicherheitsgründen."

„Ja, das ist nicht so einfach", murmelte Simeon und wog seinen Kopf hin und her. „Okay, ich glaube, es fällt mir wieder ein."

„Du glaubst?", fragte ich irritiert.

„Ja, ich glaube", wiederholte Simeon und stach mit seinem Zeigefinger in einen Augapfel ganz oben, dann in einen ganz unten, pikte dann in einen in der Mitte, danach folgte einer rechts, und zum Schluss bohrte er seinen Finger in den Augapfel ganz links unten. Endlich öffnete sich das runde Tor mit einem ächzenden Laut.

„Das war selbst für mich widerlich", sagte Ben und verzog das Gesicht.

Wir stiegen in eine ovale Kammer, die von Büchern übersät war. Sie stapelten sich in meterhohen Türmen, lagen wild verteilt am Boden oder hingen an einzelnen Seiten von der Decke. Einige schwebten einfach in der Luft, andere klebten an der Wand. Ich sah nichts anderes als Bücher. Es waren Bücher über die Sinnlichen Kriege, Bücher über Gartenbaukunst, über die Magie der Magie, über Frisuren aus der anderen Welt, über das Brennen von Mondschnaps ... die Materie, mit der sich Simeon während seines Untertauchens beschäftigt hatte, war anscheinend wirklich vielfältig.

„Hier seid ihr sicher", sagte Simeon und schloss die Glupschaugentür, die auch auf der Innenseite von unzähligen Augäpfeln gespickt war. „Du kannst ihre Hand jetzt loslassen."

Ben sah mich kurz an und ließ dann langsam, fast widerwillig meine Finger los. Es hatte sich so natürlich, so selbstverständlich angefühlt, dass ich gar nicht bemerkt hatte, dass er meine Hand noch immer in seiner gehalten hatte. Ich setzte mich auf einen kniehohen Bücherstapel.

„Das hast du also die ganze Zeit gemacht, als wir von

Land zu Land gereist sind?", fragte ich und sah Simeon eindringlich an. „Du hast gelesen?"

Simeon setzte sich auf eine bunte Bücheransammlung, die zu einer Art Bett gestapelt war. Er rieb sich den Nacken. „Nun ja, die geschenkten Erinnerungen sind, wie ihr wisst, ja ganz unterschiedlich ausgeprägt. Die einen wissen von Beginn an mehr als die anderen – oder sie wissen anderes als die anderen. Ich hatte den Eindruck, dass ich mit reichlichen Erinnerungen beschenkt worden war – doch als dieser weißhaarige Jakob auf mich zukam, da habe ich einfach geschnallt, dass ich zu wenig wusste, versteht ihr?"

„Was willst du uns sagen, Magiebegabter?", knurrte Ben und lehnte sich gegen einen drei Meter hohen Bücherstapel, der an der Wand stand. „Willst du uns sagen, dass du dämlich bist?" Er machte eine kurze Pause. „Das überrascht hier niemanden."

Simeon legte sich auf das Bücherbett und schlug die Beine übereinander. „Noch immer sauer? Okay, ich habe es verstanden", sagte er schmollend, „aber ich habe die Zeit bis jetzt auch genutzt. Ich habe mir Wissen angeeignet, Wissen, das uns helfen kann, das alles hier zu verstehen, die Hintergründe zu erkennen und die Drahtzieher ausfindig zu machen."

Ich nahm ein rotes Buch über die Kunst des Papierfaltens in die Hand, das an meinem Gesicht vorbeischwebte. „Wie bitteschön hat dir das geholfen?", fragte ich und öffnete das Buch, aus dem mir augenblicklich unzählige, bunte Origamikraniche entgegenflogen. Sofort schloss ich den Buchdeckel und die Papiervögel verpufften in der Luft.

Simeon richtete sich auf und räusperte sich kurz. „Ich habe einfach Wissen angesammelt. Alles Wissen, das ich finden konnte. Ich habe es aufgesaugt. Daher dieser Raum. Ich wurde büchersüchtig, ich habe nicht nur gelesen, ich habe hier geschlafen, habe versucht, selbst in meinen Schlafphasen das Wissen einzuatmen. Das mit dem Schlafen hat leider weniger geklappt, obwohl", er streckte sich und zog ein graues Buch aus einem der Büchertürme, der bedrohlich zu wackeln anfing, „hier in dem Buch von Barlur geschrieben steht, dass es sehr weisen Magiern möglich ist, Wissen auch im Schlaf zu absorbieren."

„Da hast du deine Erklärung", murrte Ben und verschränkte die Arme vor der Brust. „Du bist nicht weise."

Simeon warf Ben einen leicht gekränkten Blick zu. „Ich habe alles getan, um zu helfen."

„Ach wirklich?", schnaufte Ben und seine zerrissene Zeichnung begann schwarz zu funkeln. „Du hast gelesen, während wir uns in höchste Gefahr begeben haben. Das ist keine Hilfe, Simeon", knurrte Ben, „das ist feige."

„Aber, aber", setzte Simeon entgegen und stand auf. Er wirkte hilflos und begann mit den Armen herumzufuchteln. „Was hätte ich tun sollen? Was bei allen Sinnen hätte ich denn tun sollen?"

„Du hättest es wie ein Mann nehmen können", fauchte Ben und machte einen Schritt auf Simeon zu, der sofort den Kopf einzog. „Du hättest dich dem Ganzen stellen müssen. Du hättest vielleicht auch einfach nur nach Hilfe fragen müssen."

„Und ihr", fing Simeon an und kniff die Augen zusammen, „ihr hättet mir geholfen? Ihr hättet mir meine wilde Totaa-bedrohen-die-Welt-und-ich-muss-sie-retten-denn-ich-bin-der-Auserwählte-Geschichte abgekauft? Ihr hättet mir geholfen?"

Ben sah Simeon tief in die grünen Augen. „Ich vielleicht nicht", sagte er ernst, „aber sie." Er deutete auf mich. „Sie hätte dir definitiv geholfen."

Simeon schluckte und sah mich an. „Hättest du?"

Ich verdrehte die Augen und stand auf. „Vielleicht."

Ben wandte sich zu mir und runzelte die Stirn.

„Vielleicht?", wiederholte er amüsiert, „du stehst doch auf aussichtslose Unterfangen."

Ich machte einen Schritt auf ihn zu. „Ist das so?", fragte ich zurück und hob bezeichnend beide Augenbrauen.

Bens Mundwinkel zuckte amüsiert. Ich sah ihm tief in die dunklen Augen und mein Herzschlag setzte für einen Moment aus. Dieser Mann sah so verboten gut aus. Ich sehnte mich danach, mit meinen Fingerspitzen über seinen rebellischen Dreitagebart zu streichen und dann da weiterzumachen, wo wir vorher aufgehört hatten. Für einen Moment schien die Zeit stillzustehen.

„Halloooo?", rief Simeon und setzte sich auf sein buntes Bücherbett. „Ich bin auch noch da!"

„Leider", kommentierte Ben und sah sich in Simeons Versteck um. „Also, was hast du herausgefunden?", fragte er und nahm ein schwarzes Buch über den Ersten Sinnlichen Krieg in die Hand.

„Es ist so", begann Simeon mit gedämpfter Stimme. „Es gab diesen Magiebegabten namens Miro, der vor gar nicht langer Zeit gelebt hat. Er war ein Meister seines Faches, er konnte sich Wissen im Schlaf aneignen –", er warf Ben einen bösen Seitenblick zu und räusperte sich, „eine Fähigkeit, die auch ich übrigens bald erlernen werde. Jedenfalls, dieser Miro war ein Künstler, eine Art Genie. Er hatte umfassende Fähigkeiten, er entwarf Skulpturen, half bei der Verbesserung der magischen Portale, beschäftigte sich mit Erfindungen, die uns das Leben leichter machen sollen, designte Früchte und Kleidung." Simeon stand auf und hob ein blau glitzerndes Buch vom Boden auf, auf dem verschiedenste Elementkleider präsentiert wurden. „Damit gewann er sogar die schwarze Skarlett, das ist DIE Auszeichnung in der Modewelt. Er hat unglaublich schöne Kleider entworfen, Lee", erklärte Simeon und öffnete das Buch, um mir ein paar Kreationen zu zeigen – doch als einige Wasserperlen daraus hervorkullerten, schloss er den Buchdeckel umgehend. „Das hat wahrscheinlich Zeit", murmelte er enttäuscht, doch im nächsten Herzschlag erschien ein breites Lächeln in seinem Gesicht und er strahlte mich an. „Das, was du trägst, ist das –"

Ich nickte. „Aber darum geht es jetzt nicht, Simeon."

„Jaja, wo war ich? Ja, also dieser Miro war ein Genie. Irgendwann hat er den Dunklen Ort aufgesucht, weil ihm das alles hier nicht mehr genügte. Und danach war er besessen von seiner Prophezeiung, besessen, sein Meisterwerk zu vollenden. Es gibt Gerüchte – und ja, dafür musste ich mich in der Gestalt eines anderen aus meinem Versteck schleichen und meine Nachforschungen da draußen in höchster Gefahr anstellen –"

„Also bitte. In der Gestalt eines anderen. Nachforschungen – wo ist denn da die Gefahr?", fiel ihm Ben ins Wort und gähnte demonstrativ.

Simeon wollte gerade etwas erwidern, doch ich kam ihm zuvor. „Nicht jetzt, Jungs. Wir müssen uns fokussieren."

„Ich würde mich gerne fokussieren", sagte Ben und sein Mund zuckte anzüglich, als er mir tief in die Augen sah. Ein kurzer Stromschlag ging durch meinen Körper.

„Also, was für Gerüchte waren das?", fragte ich und

wandte mich Simeon zu. Ohne ihn anzusehen, konnte ich fühlen, wie Ben die Situation genoss.

„Nun", machte Simeon weiter und fuhr sich durch die strohblonden Haare, „es gibt Gerüchte, dass Miro in seiner Prophezeiung der Standort eines der Bücher der Macht weisgesagt wurde."

„Ein Buch aus dem Ersten Sinnlichen Krieg?", fragte ich.

„Du weißt davon?", fragte Simeon enttäuscht zurück. Wahrscheinlich hatte er gehofft, uns mit seinen gesammelten Erkenntnissen vollends überraschen und besänftigen zu können.

Ich nickte. „Die Bücher der Macht waren notwendig, um die positiven und die negativen Gefühle zu einen. Seitdem gab es nicht mehr gute oder schlechte Wut, es gab nur noch Wut."

Simeon nickte. „Genau. Die Bücher der Macht wurden damals von den allerersten Gestaltern erschaffen, sie sind voller Magie und jedes von ihnen besitzt seinen ganz eigenen Zauber. Einen Zauber, der so unglaublich groß und mächtig ist, dass die Bücher im Zweiten Sinnlichen Krieg – als es nicht mehr um positiv gegen negativ, sondern Sinn gegen Sinn ging – beinahe zur Zerstörung der Sinnlichen und der anderen Welt geführt hätten. Deswegen wurden sie versteckt, von einem Hüter, bei dem es sich anscheinend um einen Auserwählten gehandelt hat."

„Das macht Sinn", sagte Ben, „dass es sich bei IHM um einen Auserwählten gehandelt hat."

Simeon plapperte ungeniert weiter, als hätte er Bens Kommentar nicht gehört. „Der Hüter jedenfalls hat die Bücher an verschiedenen Orten versteckt. Und Miro muss in seiner Prophezeiung einen Hinweis auf den Verbleib von einem der Bücher erhalten haben. Jedenfalls hat er das Gelbe Buch, das Buch der Perfektion gefunden."

„Das Gelbe Buch? Das Buch der Wachsamkeit?", fragte ich.

Simeon nickte. „Ja, es ist aber nur das Gelbe Buch, weil es damals von der Gestalterin der Wachsamkeit erschaffen wurde, es hat nichts mit dem Sinn zu tun. Im Ersten Sinnlichen Krieg haben die Kriegsgegner jedes Landes ihren besten und klügsten Sinnträger geschickt, um den Krieg zu beenden. Das waren natürlich völlig unterschiedliche Charaktere mit unterschiedlichen Vorlieben und Eigenschaften. Aber eines hatten sie alle gemein: Sie waren sehr, sehr mächtig. Und zusammen haben sie die Bücher der Macht geschaffen, jedes von ihnen trägt ein Merkmal seines Gestalters in sich. Die gelbe Gestalterin, die aus dem Land der Wachsamkeit kam, soll ein wunderschönes Geschöpf gewesen sein, ihr Aussehen war makellos und Perfektion war ihr sehr wichtig. Daher das Buch der Perfektion."

„Und warum hat Miro genau acht perfekte Lichtsteine geschaffen?", fragte Ben und stützte sich an der Bücherwand ab.

„Keine Ahnung", antwortete Simeon, „es war anscheinend Teil seiner Prophezeiung. Außerdem – ein Lichtstein für jedes Land – das hätte mich auch gereizt."

„Aber was haben die Totaa mit den perfekten Lichtsteinen vor?", drängte ich zu wissen.

Simeon zuckte mit den Schultern. „Keinen blassen Schimmer, aber sie scheinen die Lichtsteine für irgendetwas Schreckliches benutzen zu wollen. Es gibt Gerüchte, dass es während des magischen Mondlichtfestes passieren wird. Vielleicht planen sie einen Anschlag oder etwas Ähnliches? Beim letzten Mondlichtfest ist ja auch so einiges schiefgegangen, als Gestalterin Crisula vor Angst erstarrt und gestorben ist. Angeblich ein Unfall." Er zuckte mit den Achseln.

„Okay, dass die Totaa morgen Abend etwas planen, ist so gut wie sicher. Aber den Zusammenhang mit den Prophezeiungen verstehe ich nicht. Ich meine, was sollen sie bewirken? Warum gibt es den Dunklen Ort überhaupt", fragte ich und runzelte die Stirn. „Miro hat seine Prophezeiung nur ins Verderben gestürzt und anscheinend geht eine dunkle Macht von den Lichtsteinen aus, sonst würden die Totaa sie nicht so unbedingt in ihren Besitz bringen wollen."

„Die Prophezeiungen sind Teil unserer Welt, Lee, vielleicht so unverständlich wie die Magie selbst", entgegnete Simeon und schlug die Beine übereinander. „Miro scheint jedoch die Gefahr, die von seiner magischen Kreation ausging, erkannt zu haben, denn er hat sowohl das Gelbe Buch der Macht als auch die Lichtsteine versteckt. Sieben Lichtsteine hat er jenen, mit denen er erweckt wurde, anvertraut, willkürlich, aber mit dem Versprechen, die Lichtsteine zu beschützen – einen hat er selbst versteckt. Noch vor seinem Tod, bevor ihn die Totaa ziemlich sicher ermordet haben."

„Weißt du, wo er seinen Lichtstein versteckt haben könnte?", fragte ich.

Simeon schüttelte den Kopf. „Ich weiß es nicht. Er hat niemandem vertraut, er hat am Ende nur noch unverständliches Zeug gemurmelt, von wegen, er wird die Welt retten, wird es nicht zulassen, dass die Totaa sie missbrauchen, wird nicht als Zerstörer in die Geschichte eingehen, wird es verhindern, seine Freunde werden ihm helfen, er sprach von roten Früchten und gleißendem

Licht, sprach von tanzenden Mündern, von den drei Eingängen, von Wasserperlen und lauter Musik, von drohenden Stimmen, Schattenfiguren, von Anfang trifft Ende, von weißen Maden und bla, bla, bla … Na ja, er soll ziemlich paranoid geworden sein – und wer kann es ihm verdenken?" Simeon stieß theatralisch den Atem aus. „Der arme Kerl hat unabsichtlich etwas Schreckliches getan und wollte es wiedergutmachen, er muss ein gutes Herz gehabt haben. Irgendwie fühle ich mich mit ihm verbunden."

„Jede Wette", antwortete Ben und funkelte ihn an. Etwas nagte in mir.

„Was weißt du über die Auserwählten, Simeon?"

„Ich weiß, dass sie immer dann als Neuerweckte auftauchen, wenn es um das Schicksal unserer Welt geht. Es gibt genaue Weissagungen, wann ein Auserwählter die Sinnliche Welt betritt. Die letzten beiden – von denen man zumindest weiß – waren jeweils kurz vor den Sinnlichen Kriegen erweckt worden. Man munkelt, dass einer der ersten Gestalter ein Auserwählter war, der das Ende des Ersten Sinnlichen Krieges herbeigeführt hat, und dass auch ein zweiter Auserwählter an der Beendigung des Zweiten Sinnlichen Krieges maßgeblich beteiligt war. Aber wer das genau war, kann man heute nicht mehr sagen. Ich habe mich auch gefragt, warum es nicht nur einen, also DEN Auserwählten gibt, aber anscheinend werden die Auserwählten immer nach ihrem Geschick und ihren Eigenheiten ausgewählt." Simeon schluckte. „Aber eines verbindet sie anscheinend: Sie sterben alle."

„Ich war im Ministerium des Erstaunens", sagte ich schnell. „Dort wurde mir gesagt, dass der jetzige Auserwählte seiner Berufung nicht nachgeht." Ich atmete tief ein und senkte die Stimme. „Insofern könntest du es sein, Simeon – ich nehme einmal an, dass du keine Ausbildung zum Magiebegabten absolviert hast."

„Das stimmt zwar, aber ich ein Auserwählter – wie soll ich denn bitteschön das Ende der Welt verhindern?", stammelte er und wurde kreidebleich.

Mein Blick wanderte zu Ben. Konnte es sein? Konnte es sein, dass er …?

„Vergiss es, Wächterin", sagte Ben und sah mich eindringlich an. „Vergiss es."

„Aber das würde doch Sinn machen, Ben. Deswegen bist du noch nicht in die andere Welt gereist. Deswegen hast du deine Prüfung nicht bestanden."

„Du hast deine Reisendenprüfung nicht bestanden?", fragte Simeon, sprang auf und klatschte in die Hände. „Das ist fantastisch."

Ben stieß Simeon mit einer Handbewegung wieder aufs Bett zurück, ohne den Blick zu mir zu unterbrechen. „Der Schwarze Peter landet nicht bei mir."

„Vielleicht bist du aber der Schwarze Peter", feixte Simeon, den eine plötzliche Erleichterung überfallen hatte.

„Du bist jetzt erst einmal still", knurrte Ben.

„Ich weiß nicht, ob es wahr ist, aber es wäre zumindest eine Erklärung. Zumindest besser als die Alternative", sagte ich und warf Simeon einen kurzen Seitenblick zu.

„Viel besser als die Alternative", versicherte Simeon und nickte freudig. Entspannt setzte er sich aufs Bett und grinste breit.

Ben schüttelte den Kopf. „Das glaube ich nicht."

„Das könnte auch der Grund sein, warum mich meine Prophezeiung zu dir geschickt hat. Nicht nur, weil ich mit deiner Hilfe den orangefarbenen Lichtstein im Land des Ekels gefunden habe, sondern weil du der Schlüssel zu allem bist", erklärte ich.

Ben deutete auf seine zerstörte Gesichtszeichnung. „Wie bitteschön soll ich der Schlüssel zu allem sein, Wächterin?", sagte er kalt und ein Schauer rann mir über den Rücken.

„Ich weiß es nicht", entgegnete ich, „aber mein Instinkt sagt mir, dass es stimmt."

„Dein Instinkt?", fragte Ben nüchtern und ich schluckte.

„Ja, mein Instinkt", antwortete ich. „Was hast du in der Zeit nach dem Überfall im Turm der Achtsamkeit eigentlich gemacht?"

„Ist das jetzt ein Verhör?"

„Siehst du hier etwa einen Wächterstab?", fragte ich zurück.

Ben runzelte irritiert die Stirn und Simeon riss alarmiert die Augen auf. „Wieso? Was ist mit deinem Stab passiert?"

„Ich wurde suspendiert", sagte ich so sachlich wie möglich.

„Du wurdest WAS? Du wurdest SUSPENDIERT?", schrie Simeon. „Das ist furchtbar! Das heißt, wir haben den Totaa noch viel weniger entgegenzusetzen, als ich dachte! Das heißt, wir sind vollkommen schutzlos!"

„Jetzt krieg dich wieder ein", fuhr ihm Ben über den Mund.

„Können wir jetzt zurück zum Thema kommen? Was hast du nach dem Überfall der Totaa gemacht?", wiederholte ich meine Frage an Ben, weil ich keine Lust hatte, noch länger auf meinem verlorenen Wächterstab herumzureiten.

Ben kniff die Augen zusammen. „Wenn ich dir die

Frage beantworte, habe ich aber etwas gut."

„Wirklich, Ben?", fragte ich ungläubig, während er einen Schritt auf mich zu machte und zu mir hinunterblickte.

„Wirklich", sagte er mit tiefer Stimme.

Ich schüttelte den Kopf und war fassungslos, dass er selbst aus dieser Situation noch einen Nutzen schlagen wollte. Andererseits wollte alles in mir zu ihm und ich schluckte trocken. Der Gefühlsorkan in mir brachte mich noch um.

„Gut, wenn du darauf bestehst", sagte ich gedehnt.

„Sehr gut", erwiderte Ben und schmunzelte. Dann ließ er sich zwischen mir und Simeon auf einem etwas höheren Bücherstapel nieder und streckte die Beine aus. Seine Nähe beschleunigte unwillkürlich meinen Herzschlag.

„Also, wo warst du?", fragte ich so sachlich wie möglich.

Bens Mundwinkel zuckte und ich hatte den Eindruck, dass er irgendwie wusste, was in mir vorging – ein Umstand, der mich noch unruhiger machte.

„Wo ich war?", wiederholte er meine Frage.

„Ja, wo du warst", sagte ich bestimmt und strich mir eine Haarsträhne aus dem Gesicht.

„Ich bin ins schwarze Land gereist und danach ins Land der ekelhaften Freude, um meine Reisendenprüfung anzutreten. Nachdem das missglückt ist", Ben sah mich unbewegt an, „wollte ich zurück in meine Heimat, aber die magischen Portale haben mich in das verdammte Wutland geschickt. Und dort bin ich in den einen oder anderen Straßenkampf geraten."

„Geraten?", wiederholte ich ungläubig.

Ben zuckte mit den Schultern und hob eine

Augenbraue. „Ja, geraten."

„Oh … hast du dann deinen Wutwolf gesehen?", fragte Simeon entzückt und beugte sich interessiert nach vorne.

Ben schüttelte den Kopf. „Es war kein Wolf."

„Was denn dann?", fragten der Magiebegabte und ich beinahe gleichzeitig.

Auf Bens Gesicht legte sich ein zufriedener Ausdruck. „Ein schwarzer Panther."

Ein schwarzer Panther? Es war mir gar nicht in den Sinn gekommen, dass sich die Wut der anderen sieben Sinne anders manifestieren konnte und nur die roten Träger Wölfe erschufen. Welches Tier würde wohl für mich kämpfen?

„Mit dem Gewinn aus den Kämpfen habe ich einen kleinen Abstecher ins Trauerland unternommen", unterbrach Ben meine Gedanken und ich wusste, dass er dort das goldene Medaillon für mich zurückgeholt hatte. Unwillkürlich musste ich lächeln und fasste an das Schmuckstück an meiner Brust.

„Später bin ich wieder in das eine oder andere Missverständnis geraten", erklärte Ben abschließend und lehnte sich nach hinten.

„Geraten?", wiederholte ich abermals ungläubig.

Ben nickte. „Ja, geraten."

„Ich wüsste gerne, wie mein Wuttier aussieht", bemerkte Simeon und blickte abwesend ins Nichts.

„Wahrscheinlich ein Wiesel", antworte Ben ohne eine Miene zu verziehen.

„Ha, ha – sehr witzig", sagte Simeon und schlug Ben spielerisch auf die Schulter, der diese Reaktion mit einem eiskalten Blick quittierte.

„Zu früh?", fragte Simeon leise.

„Definitiv zu früh", antworte Ben kalt.

„Okay, okay", sagte Simeon beschwichtigend. „Und was machen wir drei Hübschen jetzt? Mann, bin ich froh, dass wir drei wieder vereint sind! Zu dritt ist es doch viel schöner als alleine."

„Das bezweifle ich", murmelte Ben.

Etwas in mir machte Klick. Natürlich. Warum hatte ich es nicht schon vorher verstanden?

„Was ist?", wollte Simeon wissen und sah mich fragend an. „Mann, Lee – jetzt sag du nicht auch noch, dass es zu dritt nicht schöner ist."

„Simeon. Was hast du vorhin über Miro gesagt? Was für unverständliches Zeug hat er von sich gegeben?"

„Was genau meinst du? Dass er nicht als Zerstörer enden will, von Anfang trifft Ende, Schattenfiguren oder das mit dem roten Früchten und dem gleißenden Licht, den weißen Maden, helfenden Freunden, tanzenden Mündern, den drei Eingängen ... herrje, der Typ war wirklich nicht gut drauf."

„Die drei Eingänge", wiederholte ich und lächelte. „Natürlich." Ich machte eine kurze Pause und sah die anderen beiden triumphierend an. „Ich weiß, wo Miro den letzten Lichtstein versteckt hat."

Simeon und Ben starrten mich überrascht an und ich fühlte, dass ich richtiglag. Warum war es mir nicht schon früher aufgefallen? „Ben, kannst du dich an die drei Eingänge im Dunklen Ort erinnern?"

Ben nickte. „Die von der violetten Kammer – Moment – der Lichtstein, du glaubst, dass Miro seinen Lichtstein im Dunklen Ort versteckt hat?"

„Ja, das glaube ich", sagte ich schnell und fühlte, wie sich mein Puls beschleunigte. „Anfang trifft Ende, ich weiß, was Miro damit gemeint hat. Er hat den Lichtstein dort versteckt, wo alles angefangen hat. Am Dunklen Ort, wo er seine Prophezeiung erfahren hat. Der violette Lichtstein, der in der Grotte am Boden eingelassen ist … dabei muss es sich um den letzten perfekten Lichtstein handeln."

„Genial!", schrie Simeon und sprang begeistert auf. „Miro war wirklich ein Genie! Am Dunklen Ort. Der einzige Ort, den du nicht finden kannst, sondern er dich. Was war Miro nur für ein gerissener Kerl." Er gluckste.

„Deine Begeisterung in allen Ehren", bemerkte Ben. „Aber wie sollen wir zum Dunklen Ort kommen?"

Ich kräuselte die Stirn. Da hatte Ben leider recht.

„Wir müssen in die Schwarzweiße Stadt", sagte Simeon und tigerte zwischen seinen Büchertürmen herum. „Anders kommen wir nämlich nicht auf das Gelände beim Sternensaal. Dort treibt sich der Dunkle Ort gerne herum. Zumindest habe ich ihn einmal an der Hecke gesehen und das eine Mal, als uns dieser mürrische Templer davor gewarnt hat."

„Okay", sagte ich und straffte die Schultern. „Das hört sich zumindest nach einem Plan an. Außerdem ist uns der Dunkle Ort selbst auch noch mal auf dem Gelände begegnet." Unwillkürlich musste ich an das magische Band denken, das Ben und mich nach dem Besuch am Dunklen Ort verbunden hatte. Dann stockte ich und meine Augen verengten sich. „Simeon, hast du den Dunklen Ort eigentlich selbst aufgesucht?"

Simeon wehrte sofort mit den Händen ab. „Wo denkst du hin. Sicher nicht. Nachdem mich der weißhaarige Spinner vollgequatscht hat, hatte ich von Prophezeiungen die Nase voll, das kannst du mir glauben."

„Dann auf in die Schwarzweiße Stadt, yippie", sagte Ben ironisch, machte jedoch keine Anstalten sich gegen den Vorschlag zu wehren.

„Du hast nichts einzuwenden?", fragte ich irritiert.

„Sollte ich denn etwas einwenden?", fragte er zurück.

Ich runzelte die Stirn.

Ben rieb sich über den Dreitagebart. „Lee, jetzt habe ich den ganzen Mist schon mit dir durchgestanden, bin von einer Hölle in die nächste, jetzt werde ich dich sicher nicht alleine lassen."

„Ich brauche noch meine Pillen", unterbrach uns Simeon und hockte sich auf den Boden. „Meine blauen Pillen."

Ich legte fragend den Kopf schief.

„Für den Verwandlungszauber. Die Pillen sind zwar höchst illegal und nur sehr schwer zu bekommen, aber als Simeon gehe ich sicher nicht in die Stadt, das wäre doch viel zu auffällig", erklärte er und hob suchend ein Buch nach dem anderen hoch.

„Klar", murmelte ich und fragte mich, was es überhaupt für einen Unterschied machte, wenn er mit uns unterwegs war. Den Totaa waren wir ein Dorn im Auge und sie würden vor Simeon – egal, in wen er sich verwandeln mochte – sicher nicht haltmachen. Die Totaa töteten jeden, der sich ihnen in den Weg stellte. Aber gut, wenn es Simeon damit besser ging, dachte ich mir und sagte nichts.

Ben lehnte sich zu mir, sein unwiderstehlicher Duft nach frisch geschnittenem Gras, Zedernholz und einem Hauch Zimt drang in meine Nase und er raunte mir ins Ohr: „Sag, warum wundert es mich nicht, dass der Typ Pillen braucht?"

Kapitel 11

„Musste das sein? Musste das wirklich sein?",
schnauzte Ben Simeon am nächsten Tag kalt an und
seine zerrissene Gesichtszeichnung entfachte sich.

Der Magiebegabte zuckte mit den Schultern und
seine stahlblauen Augen blinzelten. „Hey, woher sollte
ich wissen –"

„Woher solltest du wissen?", knurrte Ben und ich
bekam Sorge, dass er Simeon gleich eine reinhauen
würde. „Von allen möglichen Verwandlungen hast
du dich für diese entschieden?" Bens Blick wandert
abfällig über Simeon, der die Gestalt eines Beschützers
angenommen hatte. Nicht irgendeines Beschützers,
selbstverständlich. Jesper stand vor uns.

„Es hat uns doch geholfen, auf dem Gelände der
Templer zu landen", entgegnete Simeon mit einer
wegwerfenden Handbewegung, als würde damit alles
gesagt sein. Jespers kantige Gesichtszüge passten so gar
nicht zu Simeons überschwänglichen Art.

„Es wird dir auch gleich helfen, mit deinem
Gesicht auf meiner Faust zu landen", antwortete Ben,
während wir dem Pfad in die Schwarzweiße Stadt
folgten. Wir hatten den ganzen Vormittag auf dem
Templergelände verbracht, waren zu den Schlafkojen,
dem Heckenlabyrinth und dem Springbrunnen
zurückgekehrt, an dem Ben und ich den Dunklen Ort
damals betreten hatten – doch weit und breit war nichts
von dem Höhleneingang zu sehen gewesen. Nachdem wir
durch Simeons Feuerzauber direkt auf dem Bergplateau

neben der Silberhecke gelandet waren, hatte uns sofort eine dickliche Templerin abgefangen, die nach Simeons knappen Erklärungen einer „wichtigen und geheimen Mission" darauf bestanden hatte, uns zu begleiten.

Ich weiß nicht, ob es daran lag, dass sie uns misstraute oder dass ihr der Anblick von Jesper und Ben gefiel – denn sie konnte sich an den beiden nicht sattsehen. Das erlaubte mir zumindest, mich gründlich umzusehen – aber dennoch fehlte von dem Dunklen Ort jede Spur.

Wie sollte man etwas finden, das einen normalerweise findet?, dachte ich, als der Nebel den Blick auf die Schwarzweiße Stadt freigab. Die skurrilen Formen der weißen und schwarzen Häuser waren wie jedes Mal faszinierend.

Unerwartet flogen mir die Erinnerungen an meinen letzten Ausflug in die Schwarzweiße Stadt zu, ich dachte an Ben und das magische Band, dachte an den Markt und Ottos magischen Laden. Wie unbeschwert unser Leben damals gewesen war – im Vergleich zu jetzt. Ich wusste, dass wir die Totaa aufhalten mussten, ich wusste, dass wir auf dem richtigen Weg waren. Und ich würde den letzten Lichtstein vor den Totaa in Sicherheit bringen, egal was es kostete.

„Ich weiß nicht, ob uns der Dunkle Ort in der Schwarzweißen Stadt begegnen wird", erklärte ich und blieb stehen.

„Er wurde hier schon öfter gesichtet", bemerkte Jesper-Simeon und fuhr sich durchs akkurat gekämmte Haar. Es war merkwürdig, Jesper hier vor mir stehen zu haben, und ich mochte mir nicht ausmalen, was er mit uns machen würde, wenn er von Simeons Verwandlung erfuhr. Aber momentan erschien mir das als unser kleinstes Problem.

„Wir könnten hier zu Mittag essen. Außerdem sollten wir in Ottos Laden vorbeischauen", sagte Jesper-Simeon unsicher und sah auf den Boden.

„Warum?", fragte ich.

„Ich hatte nur noch eine blaue Pille und ihre Wirkung lässt bald nach."

„Na dann wirst du eben als Simeon die Stadt besuchen", entgegnete Ben nüchtern und kickte einen kleinen Stein über den Boden.

„Als Simeon?", fragte Jesper-Simeon erschrocken und riss die Augen auf. Es war seltsam, Jesper so zu sehen – denn solche Gefühle hatte ich bei ihm noch nie erlebt.

„Ich kann dein Entsetzen verstehen", sagte Ben, „beides hier", er deutete auf Jespers Gestalt, „keine schöne Alternative."

„Ich brauche meine Pillen", flehte Jesper-Simeon und ich zuckte mit den Schultern. Ich hatte keine Lust, ihn den ganzen Weg lang heulend zu erleben – abgesehen davon hatte ich Hunger und sowieso keinen Plan, wohin wir als Nächstes gehen sollten.

„Von mir aus lasst uns eine Kleinigkeit essen und danach in den magischen Laden. Aber ich dachte, die Pillen wären höchst illegal. Heißt das, dass Otto …?"

„Das weißt du nicht von mir, Wächterin", sagte Jesper-Simeon schnell und verschloss seinen Mund mit einem unsichtbaren Schlüssel.

„Ein echter Schlüssel wäre mir lieber", bemerkte Ben. „Was hast du nur für ein Glück, das sie dabei ist." Im Vorbeigehen rempelte er Jesper-Simeon an.

Wir folgten dem schwarz-weißen Pfad in die Stadt. Damals kam mir das alles hier wie das reinste Labyrinth vor, aber jetzt konnte ich mich problemlos an den Weg zum magischen Laden erinnern und genoss es ein wenig, zurückgekehrt zu sein.

„Ich kenne eine Abkürzung", sagte Jesper-Simeon, „ich weiß, wo wir lang müssen."

Ben räusperte sich. „Habe ich jetzt ein Déjà-vu, Magiebegabter? Lockst du uns jetzt wieder in eine Falle?"

Jesper-Simeon schüttelte den Kopf. „Nein, versprochen. Ich weiß wirklich den Weg. Ihr müsst mir vertrauen."

„Vertrauen? Dir?", entgegnete Ben scharf.

Jesper-Simeon zuckte mit den Schultern. „Ich weiß, Vertrauen ist nicht so dein Sinn, Ben. Aber – hey, gibt es nicht für alles ein erstes Mal?" Er lächelte schief und in Bens Gesicht lag einfach nur triefende Abscheu.

„Lasst uns gehen", sagte ich schnell, da ich nicht wollte, dass Ben das allererste Mal jemanden umbrachte.

Simeon hatte recht. Er kannte tatsächlich eine Abkürzung, auf deren Weg wir noch bei einer kleinen Imbissbude haltmachten – und es dauerte diesmal keine Ewigkeit, bis wir den magischen Laden fanden. Wenn Simeon etwas wollte, konnte er ziemlich ehrgeizig und hartnäckig sein, dachte ich mir und schüttelte den Kopf. Er war der wohl egoistischste Sinnträger, der mir bislang begegnet war – aber ich konnte auch verstehen, dass ihn die Spinner und die Aussicht, der Auserwählte zu sein, verschreckt hatten.

Vor uns lag dieses Mal kein bauchiges Gebäude, das an eine Weinflasche erinnerte, sondern ein sternenförmiges weißes Haus, das mit farbenfrohen Kreisen verziert war. Über dem ovalen Eingang hing das Schild „Magischer Laden", dessen grell leuchtende Buchstaben sich kontinuierlich drehten, bis daraus wieder der „Mag-ich Laden" wurde.

Ben stieß ein leises Ächzen aus.

„Otto hat immer wieder die tollsten Ideen", strahlte Jesper-Simeon mit seinen stahlblauen Augen und straffte den Rücken. Sein blauschwarzes Haar glänzte im Licht der Mittagssonne und war noch immer perfekt nach hinten gekämmt. „Kommt, lasst uns das Innere erkunden", frohlockte er und zwängte sich durch den schmalen Eingang, der wie ein mannshohes Ei aussah. Wir folgten ihm durch die weiße Oberfläche hindurch und die Schale krachte und knackte, als wir uns hindurchzwängten.

Nichts im Inneren des Ladens erinnerte mehr an Ottos Wein-Achts-Thema. Wir befanden uns mit einundzwanzig anderen Sinnträgern auf einer riesigen Wiese. Das grüne Gras kitzelte unter meinen Füßen und die Sonne schien mir ins Gesicht. Violette, gelbe und hellblaue Blüten schwebten auf den sanften Strömen des Windes anmutig durch die Luft, drehten sich dabei sachte um sich selbst und wiegten sich zart in der milden Brise. Ich berührte eine vorbeifliegende gelbe Blüte, die einen lieblichen Glockengesang von sich gab. Einige der Blumenblüten sanken zu Boden und breiteten sich wie ein bunter Teppich über dem Gras aus, während andere sich um die schlanken Baumstämme zarter Beruhigungsbirken rankten, deren grüne Äste ein O formten, durch das ein Schwarm Blütenblätter wie Schmetterlinge in der Luft hindurchtanzte.

Der Eingang, durch den wir gekommen waren, stellte von innen ebenfalls ein mannshohes Ei dar, dessen helle Schale wieder intakt war, obwohl wir sie bei unserem Eintritt zerbrochen hatten. Der ovale Eingang befand sich inmitten der Wiese, die weit entfernt von grünem Nebel begrenzt wurde. Überall auf dem Rasen waren kleine Grasnester verstreut, in denen bunte Phiolen, Lichtsteine, Stäbe, Bücher und sonstige magische Gegenstände steckten. In der Mitte der Grünfläche befand sich ein großes Nest aus Gras, in dem ein massiver, goldener Stern lag, auf dem ein leuchtendes „O" prangte.

„Nicht sein Ernst, Oh", knurrte Ben. „Macht Otto jetzt einen auf Ostern, Oh?"

„Oh, Oh?", wiederholte ich und traute meiner eigenen Stimme nicht.

„Faszinierend, oder, Oh?", murmelte Jesper-Simeon verblüfft und hielt sich sofort die Hand vor den Mund. Seine grüne Gesichtszeichnung begann zu glimmen. „Ein Endsatzzauber, wie großartig", lachte er hinter hervorgehaltener Hand und sprang aufgeregt von einem Bein auf das andere, „was für eine tolle Idee, Oh!"

„Was für eine beschissene Idee, Oh", murrte Ben und schnippte ein hellblaues Blütenblatt weg, das ihm vors Gesicht flog. „Zum Kotzen, Oh. Simeon, hol schnell deine blauen Pillen und dann hauen wir hier wieder ab, Oh", sagte Ben und verzog angewidert das Gesicht.

Jesper-Simeon nickte fröhlich – ein Gesichtsausdruck, der überhaupt nicht zu Jesper passte – und spazierte über die Wiese zu dem überdimensionalen Nest, in dem Otto stand und das große weiße O mit dem Saum seines roten Elvis-Presley-Shirts polierte.

Ich sah mich in dem magischen Laden um, und obwohl ich kein Riesenfan von Ostern war, fand ich es doch eine nette Idee und genoss die friedlich-idyllische Atmosphäre des Ladens. Bis auf das Oh.

„Ich hoffe, wir sind ihn bald los, Oh", raunte mir Ben ins Ohr.

Ich lachte. Das Oh hörte sich wirklich saudämlich an,

selbst wenn es aus Bens Mund kam.

Ben machte einen Schritt zurück. „Was für ein beschissener Zauber, Oh."

Ich nickte. Otto kam auf uns zu und seine buschigen Augenbrauen, die wie Dächer auf seinen Augen saßen, wackelten.

„Reisender, tut mir leid wegen des Duells, Oh. Es war nicht schön anzusehen, Oh", murmelte er und nickte Ben zu. „Du hast dich tapfer geschlagen, Oh." Otto schien tatsächlich so etwas wie Mitgefühl zu empfinden. Ben nickte und ich sah, wie sich bei der Erinnerung an das Duell sein ganzer Körper anspannte.

„Wie viel kostet das, Oh?", fragte Jesper-Simeon im nächsten Moment und fuchtelte mit einem grünen Buch über die Zubereitung von Schmorosch und einem rosafarbenen Buch über Schminktipps aus der anderen Welt vor Ottos Nase herum.

Ich zog eine Augenbraue hoch und war mir sicher, dass seine Büchersucht bereits krankhafte Züge angenommen hatte.

Otto strich sich über seinen dicken Bauch und rümpfte die knollige Nase.

„Von allen möglichen Gestalten hast du dir diese ausgesucht, Oh?", zischte er Jesper-Simeon zu.

„Nicht lustig, Oh?", fragte Jesper-Simeon und verzog den Mund.

Otto schüttelte den Kopf. „Deine …", er räusperte sich vernehmlich, „musst du dir in Zukunft woanders besorgen, Oh. Und die hier sind nicht zu verkaufen, Oh", sagte er und entriss Jesper-Simeon beide Bücher.

„Aber, aber, Oh", stammelte Jesper-Simeon und schob die Unterlippe nach vorne. Ein Schwarm violetter Blütenblätter flog an ihm vorbei.

„Hier, ein Geschenk, Oh", murmelte Otto und drückte Ben die zwei Bücher in die Hand. Ich glaubte, ein Lächeln in Bens Gesicht entdecken zu können. Otto warf einen grimmigen Blick in die Runde.

„Und was ihr anfasst, müsst ihr kaufen, nicht vergessen, Oh", murrte er, hob drohend seinen Zeigefinger in die Höhe und eilte beim nächsten Herzschlag zu einer weißen Trägerin, die eine Phiole aus einem der Grasnester gezogen hatte.

Ein glockenhelles Klingeln ertönte, das mich an die Melodie eines Kinderliedes erinnerte, bevor drei schmale Gestalten durch die Eierschalentür brachen. Es krachte kurz, dann schälten sich Gestalterin Sinja und ihre zwei Elfenbodyguards aus dem Eingang. Sinja trug ein rückenfreies glitzerndes Kleid aus goldenen Blättern, die sich elegant um ihre Figur rankten. Ihr goldblondes Haar fiel ihr sanft auf die Schultern und ihre blassblauen Augen durchdrangen den Raum genau wie ihre Anwesenheit. Es war, als ob alle Sinnträger in Ottos Laden für einen Moment den Atem anhielten und Sinja sowie ihre schönen Bodyguards bewundernd anstarrten.

Auch ich blickte in das Antlitz der zwei elfenzarten Wesen, deren violettblaue Augen wie funkelnde Edelsteine strahlten, schöner als ein Hoffnungsschimmer am Horizont und verlockender als die tiefe See, die nach mir rief – ich verfolgte den Schwung dieser elendslangen, perfekt geformten Wimpern, die jedes Blinzeln zum Ereignis machten … Stopp.

Ich räusperte mich und straffte die Schultern. Dieser Blendzauber war nicht nur unglaublich stark, er war auch unglaublich anstrengend. Kopfschüttelnd betrachtete ich Jesper-Simeon, dessen Mund weit offen stand. Gleich neben ihm lehnte Ben an einem weißen Baumstamm und ein anzügliches Grinsen lag auf seinen Lippen.

Was waren Männer nur für Idioten. Hatte Ben jemals daran gedacht, dass die zwei Bodyguards vielleicht in Wirklichkeit so aussahen wie die bulligen Kerle, als denen sie uns in dem Totaa-Labyrinth begegnet waren? Ich schluckte. Was machte Sinja überhaupt hier? Konnte ihre Anwesenheit ein Zufall sein?

„Wächterin", schob sich Sinja mit ihrer kalten Stimme in meine Gedanken, „ich hatte nicht damit gerechnet, dich so schnell wiederzusehen."

Ich nickte und beneidete Sinja darum, dass bei ihr der Endsatzzauber nicht wirkte. „Ich bin wegen des mannigfaltigen Mondlichtfestes in der Schwarzweißen Stadt, Oh", sagte ich schnell, weil ich das Gefühl hatte, mich für meine Anwesenheit rechtfertigen zu müssen. Aus einem Reflex heraus griff ich nach einem Herz aus Plüsch, das sich in dem Grasnest links neben mir befand. „Und da wollte ich einen Abstecher in den magischen Laden machen, um das hier nachzukaufen, Oh", erklärte ich.

„Ein Liebestattoo, interessant", entgegnete Sinja und blickte das handgroße Herz für einen Moment irritiert an. Sie räusperte sich. „Nun, Geschmäcker sind verschieden", sagte sie mehr zu sich selbst als zu mir.

Schnell legte ich das Plüschherz auf meinen linken Knöchel. Einen Herzschlag später versank das weiche Material in meiner Haut und ließ nur noch ein kitschig pinkfarbenes Tattoo auf meinem Fußgelenk zurück. In dem Moment hatte ich Mitgefühl mit jedem, der sich in seinen Jugendjahren zu solch einer Sünde hatte hinreißen lassen. „Und Ihr, Oh?", fragte ich und betrachtete das

Ding an meinem Knöchel so stolz wie möglich.

Sinja hob eine schmale Augenbraue. „Meine beiden Begleiterinnen benötigen Nachschub eines besonderen Elixiers."

Warum bloß konnte ich mir denken, um welches Elixier es sich dabei handelte? Innerlich hoffte ich, dass Otto keinen Blendzauber mehr vorrätig hätte. Wie würden Ben und Simeon wohl dann auf die beiden Bodyguards reagieren?

Sinja räusperte sich und ihr Blick blieb an Ben und Jesper-Simeon hängen, die sich zu ihren Elfenbodyguards gesellt hatten, die den Eingang bewachten. „Nicht, dass ich mich erklären müsste", fügte sie hinzu und ihr goldenes Haar glänzte im Sonnenschein. „Es wundert mich, dass sich der Reisende und der Beschützer in ein und demselben Raum aufhalten können, ohne aufeinander loszugehen", sagte die Gestalterin der Wut und verengte die Augen. „Das hätte ich ihnen nicht zugetraut."

„Habt ihr denn seit unserem letzten Treffen schon etwas Neues in Erfahrung bringen können, Oh?", setzte ich an, um ihre Aufmerksamkeit von Jesper-Simeon wegzulenken, doch Sinja winkte ab.

„Nicht hier, Wächterin. Ich weiß von deiner Suspendierung und dass du Dinge für die Sinnliche Welt getan hast, die Quirin nicht erkennt. Aber ich weiß noch immer nicht wer", sie warf Otto einen seltsamen Blick zu, „alles in diese Sache verstrickt ist. Sobald ich mir sicher sein kann, schicke ich jemanden zu dir." Sie nickte mir zu und ging dann Richtung Otto, der gerade zwei Freudeträger darüber aufklärte, dass sie die magischen Artefakte, die sie berührt hatten, auch bezahlen mussten.

Mir war klar, dass uns der Dunkle Ort hier kaum begegnen würde, also ging ich auf Ben und Jesper-Simeon zu, um so schnell wie möglich weiterzuziehen.

„Wenn sie euch gefallen, könnt ihr sie gerne haben, Oh", hörte ich Ben charmant sagen. Im nächsten Moment übergab er dem elfenhaften Bodyguard links das grüne Buch über die Zubereitung von Schmorosch und dem elfenhaften Bodyguard rechts das pinkfarbene Buch über Schminktipps aus der anderen Welt.

Ich verdrehte die Augen. War das sein Ernst?

Jesper-Simeon verkrampfte sich und ich sah, wie es ihn innerlich schmerzte, dass Ben die Bücher, die er sich ausgesucht hatte, verschenkte. Ben fuhr sich durch seine zerzausten Haare und seine dunklen Augen funkelten triumphierend.

„Los. Wir gehen", sagte Sinja, die hinter mir aufgetaucht war an ihre Leibwächter gewandt. „Wächterin. Reisender. Beschützer." Sie nickte uns zu und verschwand mit ihren beiden Bodyguards durch das krachende Ei.

„Wieso hast du meine Bücher hergeschenkt, Oh?", fragte Jesper-Simeon aufgeregt.

„Deine Bücher, Oh?", entgegnete Ben kühl. „Soweit ich mich erinnern kann, waren sie ein Geschenk von Otto ... an mich, Oh."

„Aber du wolltest sie doch gar nicht, Oh!" Simeon verschränkte beleidigt die Arme vor der Brust.

„Aber du wolltest sie, Oh." Ben lächelte, stockte aber im nächsten Moment „Was ist denn das, Oh?", fragte er amüsiert und deutete auf mein kitschiges Herztattoo an meinem Fußgelenk. „Ein Statement, Wächterin, Oh?"

Schnell ließ ich die Wasserperlen die Stelle verhüllen. „Was soll damit sein, Oh?", fragte ich unbewegt zurück.

Ben runzelte die Stirn. „Hätte nicht gedacht, dass du so etwas notwendig hättest, Oh. Oder, dass es deinem Geschmack entspricht, Oh."

„Tja, ich hätte auch nicht gedacht, dass es meinem Geschmack entspricht, Oh", entgegnete ich und sah Ben eindringlich an.

„Wir sprechen noch immer von deinem neuen Herztattoo, Oh?", fragte er und erwiderte meinen Blick hartnäckig.

Ich lächelte schulterzuckend. Dann ging ich zu Otto und bezahlte schnell für das pinke Ding an meinem Fußgelenk.

„Wollen wir, Oh?", fragte ich, als ich zu Ben zurückgekehrt war. Er lehnte noch immer an dem weißen Baumstamm und gelbe Blütenblätter schwirrten um seinen Kopf. Seine dunklen Augen beobachteten mich und ich fühlte Hitze in mir aufsteigen. Der Typ sah aber auch wirklich umwerfend aus in seinem Anzug, der sich perfekt um seinen Körper legte.

„Wo ist Simeon, Oh?", fragte ich so sachlich wie möglich und sah mich um.

„Der schmollt dort hinten, Oh", antwortete Ben. „Gib ihm noch ein bisschen Zeit, Oh."

Simeon saß am Ende der Wiese und beobachtete die Blütenblätter, die sich auf das Gras fallen ließen. Ich deutete ihm, dass wir aufbrechen wollten. Er stand auf und nickte.

„Lass uns schon mal rausgehen, Oh", sagte Ben und stieg durch das mannshohe weiße Ei, das ihn krachend durchließ.

Ich folgte ihm nach draußen. „Du solltest wieder netter zu ihm sein", sagte ich zu Ben, als wir auf der weißen Straße standen. Schwarz-weiß gestreifte Häuserfronten lagen vor uns.

„Ich sollte netter zu ihm sein? Hast du vergessen, wo er uns reingeritten hat?"

„Vielleicht ist es sowieso unser Schicksal und unausweichlich", entgegnete ich.

„Das melancholische Mondlichtfest ist tatsächlich unausweichlich", flüsterte ein vorbeikommender Trauerträger mit einem Bauchladen. „Alle kommen zum Fest ins Zentrum der Stadt." Er sah aus, als würde er jeden Moment in Tränen ausbrechen und zog eine gelbe Kugel in der Größe einer Murmel aus seinem Bauchladen. „Hier, ich schenk dir einen Mondknaller, damit könnt ihr heute Abend ein bisschen Krach machen. Kaufen möchte die Dinger ohnehin keiner mehr, nachdem die orangefarbenen Träger am Marktplatz ihre Knaller alle verschenken."

„Danke", sagte ich überrumpelt und nahm den gelben Mondknaller entgegen.

„Dir schenk ich auch einen", sagte der blaue Träger und drückte Ben eine schwarze Kugel in die Hand. „Heute ist schließlich ein Freudentag." Seine Worte trieften vor Sarkasmus und er ging mit hängendem Kopf weiter.

Ben und ich tauschten einen leicht verwirrten Blick, als sich aus einem schwarzen Mauerstreifen ein dunkler Punkt erhob, der sich rasch vergrößerte, bis er Form und Aussehen eines verwitterten alten Höhleneinganges angenommen hatte. Mein Puls raste.

„Langsam und vorsichtig oder schnell und stürmisch?", fragte Ben mit hochgezogener Augenbraue.

„Schnell und stürmisch", antwortete ich, und dann stürzten wir uns gemeinsam in den Dunklen Ort.

Ben und ich bewegten uns so schnell wie möglich durch die Dunkelheit, die uns im Stollen entgegenschlug. Wortlos tasteten wir uns an den kühlen Steinwänden entlang und ich hörte nur Bens Atem und das Knirschen, das unsere Schritte verursachten.

„Das letzte Mal, als wir hier waren, sind wir gemeinsam rausgeflogen", sagte Ben irgendwann und es tat gut, seine Stimme zu hören.

„Du meinst, als du mir damals gefolgt bist?", fragte ich und dachte an die spinnenhaften Fäden, die uns überfallen und zu Casimir gezerrt hatten.

„Da verwechselst du etwas. Du hast doch in der Höhle auf mich gewartet", erklärte Ben monoton.

Ich schnaubte belustigt. „Das hättest du wohl gerne."

„Gib es einfach zu."

Ich lächelte. „Was? Dass du mir gefolgt bist? Dass du mich von Anfang an gestalkt hast?"

Es war jetzt das dritte Mal, dass ich mich am Dunklen Ort aufhielt, und jedes Mal war ich auf der Suche nach etwas gewesen – bei meinen ersten beiden Besuchen war Ben aufgetaucht – das erste Mal real, das zweite Mal als Teil meiner Prophezeiung. Was war, wenn er tatsächlich der Auserwählte sein sollte? Ein mulmiges Gefühl beschlich mich. Der Gedanke, dass Ben das Ende unserer Welt verhindern sollte, dass er sich in Gefahr begeben sollte, dass er vielleicht dabei sterben würde, bereitete mir eine Übelkeit, die sich in meinem ganzen Körper ausbreitete.

„Du bist verwirrt. Ich verstehe, dass meine Abwesenheit das bei dir auslöst. Ich wollte damals meine Prophezeiung erfahren – und wer weiß, vielleicht ist heute der richtige Zeitpunkt dafür", sagte Ben, „um dir zu beweisen, dass ich nicht der Auserwählte bin."

„Solange ich in der Höhle bin, wirst du deine Prophezeiung nicht erfahren", erklärte ich und schluckte.

„Vielleicht musst du dann einfach wieder gehen?" Ich konnte den belustigten Unterton in seiner Stimme deutlich hören.

„Haben wir gerade ein Déjà-vu?", fragte ich zurück und schmunzelte.

Schwaches violettes Licht schien uns entgegen. Wir hatten die kreisrunde Grotte erreicht. Der im Boden eingelassene Lichtstein sandte sein kaltes Licht aus und beleuchtete die drei Eingänge, dessen mittlerer zum Raum der Prophezeiung führte. Ich kniete mich nieder und tastete über die glatte Oberfläche des Lichtsteins. Er fühlte sich perfekt an.

„Tja, und jetzt?", fragte Ben.

Ich presste die Lippen aufeinander. So weit hatte ich nicht gedacht, ich war so sehr mit den Verschwörungstheorien und Simeons Rückkehr beschäftigt gewesen, dass ich nicht überlegt hatte, wie wir den Lichtstein hier herauslösen sollten.

Ben zog etwas Silbernes aus seinem Anzug.

„Was ist das?", fragte ich.

Ben hielt den Magieschneider hoch, dessen Klinge im violetten Licht gefährlich aufblitzte.

„Jetzt bist du beeindruckt, oder?" Er machte eine kurze Pause. „Ich meine, ich verstehe das schon", sagte er amüsiert. „Du musstest dir im magischen Laden ein total geschmackvolles Tattoo besorgen – da vergisst man solche Dinge schon mal."

Ich richtete mich auf. „Danke, Ben", murmelte ich erleichtert, als mich ein Geräusch herumfahren ließ. Was war das? Hörte ich Schritte? Mein Puls beschleunigte sich und ich wünschte, ich hätte meinen Wächterstab noch gehabt. „Ben, wir müssen schnell weg", hauchte ich und fasste ihn an der Hand.

„Zu szpät", ertönte eine Stimme hinter uns. Fünf weiße Kapuzengestalten schälten sich aus der Dunkelheit. „Wie schön, dassz ihr den letzten Lichtsztein für mich gefunden habt – nachdem ihr den vorletzten schon in unszerer Höhle verloren habt, dasz iszt wirklich szehr zuvorkommend von euch", zischte Ilkus und seine blassgrauen Augen funkelten uns triumphierend an. „Und du, Ekelträger, verabschiede dich schnell von dem Gedanken, den Magieschneider zu benutzen", sagte er und griff unter seinen weißen Umhang. Dann warf er funkelnden Staub in unsere Richtung und das Letzte, was ich sah, war sein diabolisches Grinsen.

Kapitel 12

Bens Gebrüll holte mich ins Hier und Jetzt zurück und zerriss mir das Herz. Was machten sie mit ihm? Wo waren wir? Ich stöhnte auf und fühlte einen brennenden Schmerz in meinen Händen. Meine Lider waren geschlossen und ich hörte diese markerschütternden Schreie, die durch mich hindurchschnitten, wie ein Messer durch weiches Fleisch.

Schmerzverzerrt öffnete ich die Augen, versuchte, mich zu orientieren, versuchte, meinen Körper zu bewegen, aber meine Hände taten so unglaublich weh. Ein brennendes Stechen raste von den Handinnenflächen in meine Brust, rauschte durch meine Adern hindurch und für einen Moment glaubte ich, nicht mehr richtig atmen zu können. Ich blinzelte und sog vorsichtig ein wenig Luft durch meine Lippen, während mein Herzschlag in meinen Ohren pulsierte und zu einem schrecklich dröhnenden Geräusch geworden war.

Es dauerte einen Moment, bis sich meine Augen an die Dunkelheit gewöhnt hatten. Mein gelbes Licht war entfacht und warf seinen Schein an die schwarze Höhlendecke, von der ein dunkler Tropfen fiel und zischend neben meinem Gesicht landete. Ich biss die Zähne zusammen und konzentrierte mich, um Eindrücke zu sammeln. Die Luft roch modrig und feucht. Ich kannte diesen Geruch. Die Totaa hatten uns in ihr Erdlabyrinth zurückgebracht.

Ich lag mit dem Rücken auf einer Art Tisch. Langsam drehte ich meinen Kopf zur Seite und erkannte, dass meine Hände mit Nägeln am Tisch fixiert waren. Die Totaa hatten die spitzen Metallstifte durch meine Haut und durch mein Fleisch gebohrt, um mich ruhigzustellen. Ich presste die Lippen aufeinander und versuchte, den Schmerz wegzuatmen, doch er war in mir wie ein Virus, der sich mit jedem Atemzug ausbreitete. Wie ein brennender Virus, der sich von meinen Handinnenflächen durch den Rest fraß. Was hatten die Totaa mit uns vor?

Neben mir erkannte ich einen weiteren Tisch, auf dem ein Vertrauensträger lag. Er hatte lange weiße Haare und war blutüberströmt. Seine grünen Augen standen offen und blickten starr durch mich hindurch. Seine Kleidung war zerrissen und in seinem Gesicht lag eine Kraftlosigkeit, die mir die Hoffnung nahm. Es war Jakob, aber war er überhaupt noch am Leben? Hatten die Totaa ihn die ganze Zeit über gefangen gehalten?

„Jakob", stöhnte ich, „kannst du mich hören?"

Sein linkes Auge blinzelte und ich sah, wie er tief schluckte. „Meinen Namen habe ich lange nicht mehr gehört", sagte er mit schwacher Stimme. „Wer bist du?"

„Ich habe versucht, den grünen perfekten Lichtstein zu beschützen", antwortete ich. „Simeon hat mich darum gebeten."

Jakob hustete und Blut troff aus seinem Mund. „Der Auserwählte hat versagt. Sie haben alle Steine gefunden. Die Welt wird untergehen."

„Was haben sie vor?", fragte ich und fühlte ein Stechen in meiner Brust, das mich die Zähne zusammenbeißen ließ.

Jakob wand sich auf seinem Tisch und keuchte. „Sie werden die Menschverbundenen auslöschen und mit den Lichtsteinen eine zweite Sonne erschaffen. Miro", presste er hervor, „wollte es verhindern, als er erkannt hatte, was er erschaffen hat. Er ist umsonst gestorben. Genau wie Crisula und Thilo. Und all die anderen, die sich dem Schutz der Lichtsteine verpflichtet hatten." Er japste auf und redete mehr zu sich selbst als zu mir weiter. „Die Totaa haben uns in unserem Baumunterschlupf überfallen. Der weiße Meister persönlich ist gekommen. Seine Macht ist groß … so unglaublich groß. Er hat Boris gefoltert und ihm das Blut aus den Adern gequetscht, Serafina und Astrid haben sich das Leben genommen, um ihr Versprechen nicht zu brechen und ich, ich war zu feige dafür. Die Totaa haben mich mitgenommen, haben mir das Leben zur Hölle gemacht und ich habe irgendwie standgehalten. Ich weiß selbst nicht, wie. Aber … was hat es genutzt? Die Totaa haben die acht Lichtsteine aufgespürt. Der Kreis der acht Spinner hat versagt."

„Eine zweite Sonne", hauchte ich und die Konsequenz einer solchen Schöpfung sandte unheilvolle Bilder in meinen Kopf. Eine zweite Sonne würde verhindern, dass es je wieder Nacht wurde, ohne Nächte würden die Menschverbundenen nicht reisen können und das Gleichgewicht zwischen den Welten wäre gestört, es würde kippen. Das Elixier des Lebens, die Magie, die den Menschverbundenen das Leben spendete, würde zugrunde gehen. Und mit ihr alle Menschverbundenen. Ein kalter Schauer lief mir über den Rücken.

„So viele. Wir haben so viele verloren", stöhnte Jakob und sein Gesicht war schmerzverzerrt. „Nur mein Freund Conrad, ein vorsichtiger gelber Wächter, konnte entkommen, aber ihn werden sie auch längst getötet haben."

„Er lebt noch", sagte ich schnell, um ihn zu beruhigen.

„Aber wann – wann wollen die Totaa die zweite Sonne auferstehen lassen? Stimmt es, dass es während des mannigfaltigen Mondlichtfestes geschehen soll?", drängte ich zu wissen. Es musste einen Weg geben, die Zeremonie zu verhindern. Wir konnten doch nicht … wir konnten nicht zulassen, dass die Totaa ihren Plan erfüllten, wir durften nicht so viele Sinnträger sterben lassen.

„Ja, sie werden das meisterhafte Mondlichtfest nutzen, um unbemerkt ihr Vorhaben zu realisieren. Denn viel Zeit bleibt ihnen nicht mehr, es muss noch in dieser besonderen Nacht geschehen, wenn die acht Monde in einer Reihe stehen", erklärte Jakob mit schwacher Stimme. „Als Miro damals in seiner Obsession die acht perfekten Lichtsteine schuf, standen die acht Monde ebenfalls in einer Reihe. Zu spät erkannte er, welche Macht diese Steine besaßen – ihr Licht ist tausendmal stärker als das eines normalen Lichtsteines." Er fuhr sich mit der Zunge über die rissigen Lippen und sah mich eindringlich an. „Verstehst du nun? Als Miro die Lichtsteine erschuf, war jeder für sich bereits unglaublich mächtig. Ihretwegen fielen damals die magischen Portale aus, denn die Steine störten ihre Magie, sie waren zu kraftvoll; es hatte nichts mit irgendwelchen Mondgeistern zu tun. Als Miro erkannte, was er mit seinen perfekten Lichtsteinen heraufbeschworen hatte – und welche Dämonen Interesse an seiner Schöpfung fanden und die Einigung der Lichtsteine verfolgten –, da wusste er, dass er die gefährlichen Steine schnell trennen musste. Denn sie waren unzerstörbar."

Jakob holte keuchend Luft und ich sah, wie sich sein Körper vor Schmerzen krümmte. Gleichzeitig funkelte eine ungebrochene Entschlossenheit in seinen Augen, die mir seltsamerweise Kraft gab.

„Miro bat den Kreis seiner Neuerweckten um Hilfe und jeder von uns nahm einen Lichtstein an sich, um ihn zu beschützen. Wir schworen auf unser Leben, dass wir eher sterben würden, als das Versteck unseres Steines preiszugeben. Es hat nichts gebracht", röchelte er, „nachdem sie Miro getötet hatten, versuchte Crisula, mit dem meisterhaften Mondlichtfest alles zu vertuschen. Doch die Totaa waren uns Spinnern schon auf der Fährte. Wir zogen uns zurück und unsere Angst wurde immer größer, als auch Crisula durch ihre Hand den Tod fand. Sie werden das kommende Mondlichtfest dazu nutzen, um im Herzen der Schwarzweißen Stadt die tödliche Sonne aufsteigen zu lassen."

Ich fühlte, wie eine eisige Kälte über meinen ganzen Körper kroch. Ich musste hier raus, ich musste verhindern, dass das passieren würde. Und ich musste Ben finden. „Was haben sie mit uns vor?", fragte ich direkt. „Warum töten sie uns nicht einfach?"

Jakob wandte mir den Kopf mit den langen weißen Haaren zu, die ihm blutig und verklebt ins Gesicht hingen. „Die Totaa beschreiten mehrere dunkle Pfade, um ihre Ziele zu erreichen", antwortete er flüsternd und sog die Luft ein. „Sie stellen Experimente an. Sehen, ob man aus einem Menschverbundenen einen Tierverbundenen machen kann, prüfen, ob es möglich ist, die Sinne zu verändern. Sie haben mich bislang nur gefoltert, um den Aufenthaltsort meines Lichtsteines zu erfahren und Informationen aus mir herauszupressen. Ich habe geschwiegen, aber jetzt, da sie den letzten Lichtstein gefunden haben, habe ich keinen Wert mehr für sie … und deshalb werden sie mich nun töten."

Ich schluckte trocken und hörte das Knarzen einer

Tür, die geöffnet wurde. Schwaches Licht durchströmte den Raum und Angst kroch in mir hoch. Jakob wusste anscheinend, wer da kam, denn er sah mich aus schreckensgeweiteten Augen an und drehte dann wimmernd den Kopf zur Seite.

„Wie ich szehe, haszt du esz dir bequem gemacht", zischte Ilkus und ich versuchte schwerfällig, meine Beine zu bewegen. Sie waren nicht festgenagelt worden, doch sie waren wie betäubt und ich konnte sie kaum spüren.

„Esz hat lange gedauert, aber nun ist es szo weit. Du haszt mich in Schwierigkeiten gebracht, Wächterin, aber nun hat szich der Kreisz der perfekten Lichtszteine endlich geschlossen. Der Meiszter war szehr sztolz auf mich." Ilkus reckte freudig die Brust heraus. „Endlich befindet szich der letzte Sztein in unseren Händen, endlich nach szo langer Zeit. Iszt dir zur Feier des Tagesz vielleicht nach einem anderen Szinn?" Er keuchte auf und ich drehte den Kopf in seine Richtung. Seine blassgrauen Augen funkelten gierig im Schein der schwarzen Lichtkugel, die neben ihm schwebte.

„Der Szinn der Wachszamkeit iszt doch szo ansztrengend, davon werde ich dich erlöszen. Bald werde ich viele davon erlöszen, aber dasz", er machte eine nachdenkliche Pause und kratzte sich unterhalb des Schlüssels, der um seinen Hals hing, „iszt nur der zweite Schritt. Der erszte Schritt wird heute passzieren. Und nachdem wir schon szo viel miteinander erlebt haben, Wächterin, nachdem du mir mein Leben szo dermaßzen schwer gemacht haszt, werde ich dich von deinem Szinn erlöszen oder esz zumindeszt probieren – und es wird mir eine Freude szein." Er hechelte böse und schritt genüsslich einmal um meinen Tisch herum. Sein Atem ging schnell, während er sich an meinem Anblick ergötzte. „Dein Freund hat szich alsz widerszpensztig erwieszen, aber wir werden gleich szehen, wie esz bei dir läuft."

„Was hast du mit ihm gemacht?!", presste ich hervor und spürte die Wut in mir hochkochen. „Was hast du mit ihm gemacht?!"

Ilkus ignorierte mich. Er schritt an die dunkle Felswand, an der dreiunddreißig spitze Gegenstände hingen. Wie ein Künstler, der sich schwertat, sich für die richtige Farbe zu entscheiden, studierte Ilkus die Auswahl seiner Folterinstrumente. An dunklen Haken hingen schwarze Messer, Stricke, Knebel, funkelnde Zackenbänder und weitere Dinge, an denen getrocknetes Blut klebte.

Ich wollte mir nicht vorstellen, welche Qualen man mit ihnen verursachen konnte. Meine Hände schmerzten so sehr und die Wunden, die die spitzen Nägel verursacht hatten, brannten sich tiefer in mich hinein. Es war, als würden sie sich ausdehnen wie ein Feuer, das in meinen Handinnenflächen loderte und sich durch meine Haut und mein Fleisch fraß.

„Wasz ich mit ihm gemacht habe?", wiederholte Ilkus gedankenverloren und erst jetzt entdeckte ich die Blutspritzer auf seinem weißen Umhang. „Dasz musz dich nicht mehr interesszieren, Wächterin. Wasz dich interesszieren szollte iszt, dassz du dasz Ende der Menschverbundenen nicht mehr erleben wirszt. Nur dein eigenesz Ende wirszt du erleben." Er lachte böse, streifte einen schwarzen Krallenhandschuh über seinen Arm und wandte sich mir zu.

War das Blut an seiner Kutte von Ben? Mein Herz blieb stehen.

„Du musszt wisszen, biszlang szind meine

Experimente von wenig Erfolg gekrönt worden, szo viele Tote, szo viele tote Szinne, aber vielleicht klappt es dieszmal?", fragte Ilkus gehässig und seine orangefarbene Gesichtszeichnung, die an einen Totenkopf erinnerte, entfachte sich. Die Krallen seines Folterhandschuhs blitzten gefährlich.

Ich hielt die Luft an. Ilkus troff der Speichel aus dem Mund und seine spitze Nase, die blassgrauen Augen, sein Geruch, der an Fäulnis und Tod erinnerte, die blitzenden Klauen seines Handschuhs, das alles kam immer näher, immer näher zu mir. Ich drehte den Kopf weg, presste die Lippen zusammen und versuchte, mich zu bewegen, versuchte, mich aus der Starre zu lösen, doch das Einzige, was ich erreichte, waren noch mehr Schmerzen – und dann spürte ich es.

„Deine Geszichtszzeichnung, ich werde szie nicht entfernen, nur ändern", zischte Ilkus wie ein Chirurg, der jeden Schnitt seiner Operation kommentierte, „und ich werde dir den Szinn der Trauer einpflanzen. Wie gefällt dir dasz?", fragte er ohne eine Antwort abzuwarten.

Ich spürte, wie die messerscharfen Krallen des schwarzen Handschuhs in meine Wange stachen, wie sich das kalte Metall in meine Haut schob, sich durch mein Fleisch bohrte und um meine Gesichtszeichnung krallte. Ich schrie auf, schrie, weil ich es nicht kontrollieren konnte, weil ich nichts mehr kontrollieren konnte. Unendlicher Schmerz raste durch mich hindurch. Ich fühlte den Ruck, den die Krallen auslösten, fühlte das brennende Stechen in meiner Wange, fühlte, wie Ilkus an meiner Oberfläche, meinem Fleisch, meiner Selbst zerrte, wie sich die kalten Klauen durch mich hindurcharbeiteten, wie Ilkus meine Haut hochhob und mir mit der anderen Hand blaues Pulver auf die blutende Wunde streute.

„Der Extrakt der Blauschlingpflanze", informierte er mich hämisch. „Ich habe gehört, esz tut ein bisszchen weh."

Ich stöhnte auf, mein Körper verkrampfte und meine Beine zuckten. Ein tierischer Schrei brach aus mir heraus, und zu dem Schmerz, der durch meinen Körper jagte, breitete sich eine Kälte in mir aus, als hätte Ilkus mich in eine Wanne voller Eiswürfel geworfen. Die Kälte krachte durch mich hindurch wie eine Eisschicht, die bereit war, alles zu nehmen. Kristalle legten sich über meine tauben Lippen, und ich spürte, wie meine Adern zu frieren begannen, wie meine Haut erstarrte, spürte, wie dieser schwere, kalte Schmerz mein Herz erreichte, und ich fühlte eine Traurigkeit in mir aufsteigen, die mich wissen ließ, dass ich nun alles für immer verlor.

Die Trauer überrollte mich wie eine Welle aus Eis, die bereit war, alles wegzuspülen, alles zu vernichten, was ihr in den Weg kam. Die Trauer rüttelte an meinem alten Leben und dem Schmerz, den ich dort erfahren hatte, die Trauer ließ mich an meine Erweckung und an Ben denken, ließ mich alles verlieren … Eine Träne rann über die offene Wunde meines Gesichtsmusters und gefror darauf zu Eis.

Ilkus lachte vergnügt auf und seine orangefarbene Zeichnung leuchtete hell. „Esz funktioniert, esz erreicht das Herz", hauchte er und seine Stimme klang weit entfernt, wie durch eine dicke Eisschicht hindurch.

Mit letzter Kraft ließ ich die Wasserperlen an meinem Fußgelenk lautlos nach oben wandern. Ich bewegte meine Füße millimeterweise, rieb sie aneinander, hoffte, dass die Reibung genügen würde, hoffe, dass mein letztes bisschen Kraft genügen würde, um mich zu erlösen. Ich spürte die Kälte sich durch mein Herz fressen, spürte den eisigen Schmerz und gerade, als ich dachte, mein Herz höre nun für immer auf zu schlagen, sah ich – wie aus weiter Ferne, als wäre ich gar nicht richtig da –, wie sich pinkfarbene Fäden um Ilkus' schmächtige Figur schlangen.

Sein diabolischer Gesichtsausdruck verschwand, seine Augen weiteten sich und betrachteten mich sanft. Die pinkfarbenen Fäden des Liebestattoos umspielten seinen Körper und wogen ihn zärtlich. Genauso liebevoll strich er mir über den Arm.

„Lass meine Hände frei", hauchte ich, „lass sie frei."

„Allesz, wasz du willszt", säuselte Ilkus, ließ seinen Folterhandschuh fallen und zog die beiden Silbernägel aus meinen Händen.

Hitze und Kälte, beides schoss durch meinen Körper wie zwei kämpfende Gestalten und ich musste mich konzentrieren, um nicht das Bewusstsein zu verlieren. Der Liebeszauber war vielleicht durch die Magie des Raumes verstärkt worden, aber er würde dennoch nicht lange halten, nicht bei jemandem wie Ilkus. Ich versuchte, mich aufzurappeln, versuchte, mich mit meinen blutenden Händen aufzustützen, doch ich hatte keine Kraft.

Nein, so durfte es nicht zu Ende gehen, nicht so! Ich musste zu Ben, ich musste doch zu Ben. War er noch am Leben? Ich holte tief Luft, drängte das Pochen in meinen Händen und die Kälte in mir weg, stützte mich auf, hoffte, dass das Gefühl schnell in meine Glieder zurückkehren würde, und rollte mich über den schwarzen Spinnentisch, auf dem ich lag. Wackelig kam ich auf die Beine, während mein Blut auf den Boden tropfte und Ilkus mich verträumt beobachtete. „Gib mir den Schlüssel", verlangte ich, „und dann lass Jakob frei."

Ilkus riss sich die Kette vom Hals und händigte mir den silberfarbenen Schlüssel aus. Dann hastete er zu dem anderen Spinnentisch und zog die Nägel aus dem Körper des weißen Trägers, der sich vor Schmerz krümmte.

Ich schleppte mich zu Jakob. „Wir müssen es verhindern", sagte ich eindringlich.

Er stützte sich auf mir ab und mit schweren Schritten näherten wir uns der Eisentür und öffneten sie vorsichtig. Dahinter verbarg sich die Höhle, in der Ben und ich die zwei Totaa geknebelt liegen gelassen hatten. Nun kannte ich das Geheimnis der acht Eisentore, dachte ich qualvoll und war froh, dass das Gewölbe leer war. Ilkus kam hinter uns her und sein Blick flackerte. Die pinkfarbenen Fäden des Liebestattoos lösten sich nacheinander auf, viel Zeit hatte ich nicht mehr.

„Stell dich in die Ecke", befahl ich Ilkus und er gehorchte widerwillig. Als ich die Eisentür hinter uns schloss, sah ich, wie ein Ruck durch seinen Körper ging. Ich knallte die Tür zu und hörte sein gefährliches Zischen.

„Bleibt sztehen!", kreischte Ilkus und mit fliegenden Fingern steckte ich den Schlüssel ins Loch und sperrte zu. Ilkus hämmerte gegen die Tür, brüllte sich die Seele aus dem Leib und das einzig Gute in diesem beschissenen Höhlenlabyrinth war, das die Totaa das Brüllen gewohnt waren.

Jakob stützte sich an der steinernen Wand ab und sah aus, als ob er sich kaum noch auf den Beinen halten konnte. Sein ganzer Körper war mit Wunden übersät. Das viele eingetrocknete Blut machte es mir schwer, festzustellen, wie viele es tatsächlich waren und ich biss mir auf die Lippen, als ich an die immer wiederkehrende

Folter dachte, die der weiße Träger hatte erleiden müssen.

„Bevor wir hier verschwinden, muss ich noch jemanden finden", sagte ich, während ich mich hektisch in dem Gewölbe mit den acht Türen umsah. „Ohne ihn gehe ich hier nicht weg."

„Ich vertraue darauf, dass du das Richtige tust", stöhnte Jakob und sein blutverschmiertes Gesicht verzog sich vor Schmerz. „Aber beeil dich. Die Totaa werden bald wieder hier sein. Sie sind niemals lange weg."

Seine Worte sandten einen Adrenalinschub durch meinen Körper und ich fühlte, wie mein Herz gegen die Rippen wummerte. Eilig suchte ich die schmucklosen Türen ab. Aus welcher Entfernung hatte ich Bens Schreie vernommen? Wo hatten sie ihn gefoltert? Einem Gefühl tief in meinem Inneren folgend entschied ich mich für die dritte Tür, und als ich sie aufschließen wollte, veränderte sich Ilkus' Schlüssel in meiner Hand, passte sich dem Schloss perfekt an, bis es Klick machte und ich Zugang bekam.

Der Raum dahinter sah genauso aus wie der, den wir gerade verlassen hatten, nur war ein Spinnentisch leer, auf dem anderen lag Ben. „Ben", hauchte ich und humpelte zu ihm. Er reagierte nicht. War er ... war er tot? Ich beugte mich über ihn und forschte in seinem blutüberströmten, reglosen Gesicht nach irgendeinem Zeichen, dass er noch lebte.

„Ben, du kannst nicht – du kannst doch nicht –", schrie ich. Ich brachte die Worte nicht über meine Lippen und es war mir egal, ob die Totaa mich nun töten würden. Ich fühlte, wie ein neuer Schmerz, ein Schmerz, der das, was vorhin passiert war, noch übertraf, über mich hinwegrollte. Ein Schmerz, der nicht mehr tiefer gehen konnte, der mich selbst zerriss und mir alles nahm, was mir wichtig war.

„Was, was kann ich denn nicht, Wächterin?", stöhnte Ben voller Schmerzen und öffnete langsam seine Augen.

So schnell ich konnte entfernte ich die Silbernägel aus seinen Händen. „Du lebst", flüsterte ich und strich ihm zitternd über die Stirn. „Du lebst." Im Moment war das alles, was zählte. Mein Herz begann wieder zu schlagen.

„Wir müssen hier schnell raus, wer weiß, wann jemand kommt."

„Ihr müsst direkt in die Schwarzweiße Stadt", stieß Jakob hinter mir hervor und presste sich die Hand gegen den Bauch, aus dem nun wieder frisches Blut tropfte.

„Ich weiß, wo ein Ausgang ist", sagte ich und dachte an den Weg, durch den uns Sinja geführt hatte, „aber er führt uns nur ins rote Land." Ich legte Ben meine Arme um den Körper und versuchte, ihn in eine sitzende Position zu ziehen.

„Ihr dürft keine Zeit verlieren. Ihr müsst da durch", japste Jakob und es war offensichtlich, dass seine Kraft schwand. Er zeigte auf die massive schwarze Felswand hinter uns, die absolut undurchdringlich aussah. „Ihr müsst da durch, weiter hinten verläuft ein stillgelegter Tunnel zur Schwarzweißen Stadt. Ich habe sie einmal darüber sprechen gehört."

Ich dachte daran, wie lange sie Jakob gefangen gehalten hatten und wie lange er sein Geheimnis unter der Folter für sich behalten hatte.

„Wie sollen wir da durch?", murrte Ben und ächzte, als ich ihn auf die Beine zog.

Auf dem Tisch neben uns entdeckte ich unsere persönlichen Sachen und steckte die Blätter und Mondknaller rasch ein.

„Durch mich", erklärte Jakob. „Ich werde mich in die

Luft sprengen." Seine Stimme wurde immer schwächer. „Für mich ist es sowieso zu spät. Ich werde sterben. Aber ich werde euch mit meinen letzten Atemzügen noch behilflich sein. Ich habe lange auf den Moment gewartet, den einen Moment, wo mein Tod noch etwas bewirken kann. Dafür habe ich gelebt. Um jetzt zu sterben und meinen Brüdern und Schwestern zu folgen."

Er lächelte beinahe und ich nahm seine Hand. „Wir können gemeinsam fliehen", sagte ich. „Es wird einen anderen Weg geben."

„Rette unsere Welt", verlangte Jakob und seine grünen Augen waren klar. „Damit die acht Spinner nicht umsonst gestorben sind."

„Aber", setzte ich an, doch Jakob schüttelte den Kopf. „Lass es mich machen, bitte", flehte er und die Willenskraft in seinen Augen berührte mich.

Ich nickte und er drückte ein letztes Mal meine Hand. Dann humpelte ich mit Ben so weit wie möglich von der schwarzen Felswand weg, während ich Jakobs schlurfende, entschlossene Schritte hörte. Ich schaffte es nicht hinzusehen, sondern vergrub mein Gesicht in Bens Brust.

Sekundenlang wartete ich mit angehaltenem Atem, dann traf mich eine Druckwelle zum Klang einer ohrenbetäubenden Explosion.

Kapitel 13

Ich verbot mir, den Blutspritzern Beachtung zu schenken, verbot mir, darüber nachzudenken, was eben passiert war. Ich richtete meine Aufmerksamkeit allein auf die Aufgabe, die vor mir lag – und die war, Ben und mich hier lebend herauszubringen.

„Danke, Jakob", flüsterte ich leise, als wir durch das Loch in der Felswand schlüpften und uns in einem feuchten, düsteren Tunnel wiederfanden. Wasser tropfte von der Decke und der Gang war so niedrig, dass wir die Köpfe einziehen mussten, um vorwärtszukommen. Ich spürte, wie mich die Anstrengung des gebückten Gehens schon nach wenigen Schritten außer Atem geraten ließ und hoffte, dass es unseren Verfolgern ebenso ergehen würde. Ben stützte sich schwer auf mich, und obwohl er die Zähne zusammenbiss, wusste ich, dass er Schmerzen hatte.

„Geht es?", flüsterte ich, obwohl ich nach dem Krach, den wir eben veranstaltet hatten, eigentlich in normaler Lautstärke hätte sprechen können. Die Totaa hätten taub sein müssen, um Jakobs Explosion nicht zu hören, und blind obendrein, um unseren Fluchtweg nicht zu entdecken. Ich bildete mir ein, hinter uns schon die ersten aufgeregten Befehle zu hören, und beschleunigte meine Schritte.

„Mir ging es nie besser", presste Ben flach atmend hervor und stolperte im nächsten Augenblick über eine Unebenheit im Boden.

Mir entfuhr ein erschrockener Laut und ich warf

einen gehetzten Blick über die Schulter. Die aufgeregten Schreie waren jetzt schon besser zu verstehen und ich wusste, dass uns nicht viel Zeit blieb. „Wir müssen weiter", wisperte ich und zerrte Ben in die Höhe. Er stöhnte, beschleunigte aber seine Schritte und schaffte es sogar, mir ein schiefes Lächeln zu schenken.

„Schon wieder schnell und stürmisch, Wächterin. Wenn das hier vorbei ist, probieren wir zwei es mal mit langsam und vorsichtig."

Ich lächelte. „Ich nehm dich beim Wort", keuchte ich heiser und versuchte, nicht daran zu denken, für wie unwahrscheinlich ich es hielt, dass wir diesen Albtraum überlebten. Selbst wenn uns die Totaa nicht in wenigen Minuten eingeholt hatten – wie sollten wir die drohende Apokalypse abwenden? Jakob hatte gesagt, dass die Totaa im Herzen der Schwarzweißen Stadt eine tödliche Sonne erschaffen wollten. Sollten im Herzen der Stadt nicht auch die Festivitäten stattfinden? Aber wie sollten wir es in unserem Zustand dort hinschaffen? Würden wir es überhaupt noch so weit schaffen, fragte ich mich und presste die Lippen aneinander.

„Komm", flüsterte ich Ben zu, um mich von meinen düsteren Gedanken abzulenken, „wir sind bald hier raus. Spürst du, wie der Boden ansteigt? Es geht aufwärts, nur noch ein Stückchen, dann sind wir da."

„Nur noch ein Stückchen", röchelte Ben und knickte ein, während ich ihn neben mir durch den schmalen Tunnel zerrte.

„Ja, nur noch ein Stückchen", schnaufte ich und stieß im nächsten Moment einen Schrei aus. Irgendetwas hatte sich lautlos um meinen Knöchel gewickelt, und als ich nach unten sah, blickte ich direkt in ein Paar hellroter Augen, das mich ohne zu blinzeln anstarrte. Die Augen hatten keine erkennbaren Pupillen und saßen in einem schmutzig weißen Fell, das zu einer Kreatur gehörte, die mich an eine fette Kanalratte aus der anderen Welt erinnerte. Nur dass dieses Ding ungleich widerlicher war. Es roch nach Exkrementen und die spitze Schnauze mit der rötlichen Nase schnupperte hektisch an meinem Bein. Durch die Wasserperlen hindurch spürte ich die zitternde Berührung seiner borstigen Barthaare.

„Was zum … Shit", fluchte Ben und ließ sich schwer atmend gegen die feuchte Tunnelwand sinken.

Ich folgte seinem Blick und mein Herz sackte mir in die Hose. Auf dem Weg vor uns gab es kein Durchkommen, denn der rotäugige Nager hatte stille Begleitung mitgebracht.

„Was ist das?!", flüsterte ich gepresst und starrte auf die wimmelnde Masse an schmutzig-weißen Nagern, die den weiteren Weg verstopfen. Rund fünfhundert rattenähnliche Tiere krabbelten und scharrten lautlos vor uns – sie waren überall, an den felsigen Wänden, dem Boden und sogar an der Decke. Sie mussten aus den Ritzen in der Felswand gekrochen sein.

„Das sind Vertrauensnager", flüsterte Ben und stützte sich mit schmerzverzerrtem Gesicht an der noch freien Wand ab. „Sie sind blind und nähern sich einem lautlos." Er holte schwerfällig Atem. „Wir haben keine andere Wahl … wir müssen weitergehen." Er streckte die Hand nach mir aus und ich ergriff sie dankbar. Dann schoben wir uns langsam, Zentimeter für Zentimeter, dem Meer aus roten Augen entgegen, das angestrengt in unsere Richtung starrte.

„Wie gefährlich sind sie?", stieß ich hervor, während mein Sinn durch meine schmerzende Gesichtszeichnung pulsierte und flackerndes gelbes Licht an die nass glänzenden Tunnelwände warf. Vorsichtig schüttelte ich mein Bein, um den weißen Nager darauf loszuwerden. Das Ding ließ ein hohes Fiepen vernehmen und krallte sich noch stärker fest.

„Sie sind zutraulich", murmelte Ben und ich hatte das Gefühl, er konnte sich kaum noch auf den Beinen halten. „Sie kennen keine Angst. Deshalb Vertrauensnager. Sie trinken Blut und können uns zu Tode beißen."

„Gibt es eine Möglichkeit, sie loszuwerden?", hauchte ich und schluckte eine Welle von Panik und Ekel hinunter, als sich der nackte Schwanz meines Nagers hektisch um meinen Knöchel wand.

„Ich weiß es nicht", schnaufte Ben kraftlos und versuchte, die Geschöpfe abzuwehren, die an ihm hochzuklettern begannen.

Vier weitere Nager hatten sich uns in der Zwischenzeit mit zitternden Barthaaren genähert. Sie waren blind – was hatte sie angelockt? War es unser Geruch? Unser Blut? Die Geräusche, die wir machten? Oder spürten sie unsere Angst? Hinter uns im Gang hörte ich wieder die Schreie der Totaa. Mein Puls begann zu rasen. Sie klangen viel näher als zuvor und würden uns in weniger als einer Minute eingeholt haben.

„Lee." Ben schluckte schwer. „Du musst alleine weiter. Ich versuche, sie irgendwie aufzuhalten."

„Sicher nicht", fauchte ich und spürte im selben Moment, wie mich der Vertrauensnager so fest in die Wade biss, dass warmes Blut an meinem Bein herablief. Ich wimmerte erschrocken und sofort flitzten drei weitere Nager heran, die hektisch das Blut von meinem Knöchel ableckten. Ich fürchtete, dass sie auch jeden Moment zubeißen würden, und wagte kaum zu atmen, während ich auf die pelzige Masse an schmutzigen weißen Leibern vor uns starrte, die lautlos hin- und herkrabbelte. Einige Nager hatten sich auf die Hinterbeine gesetzt und schnupperten interessiert in der Luft. Die Schritte und Rufe der Totaa kamen in der Zwischenzeit immer näher. Mein Herz raste.

„Entweder die Vertrauensnager reagieren auf Blut", flüsterte ich Ben zu, „oder auf Geräusche."

„Hast du noch die beiden Mondknaller?", fragte mich Ben mit schwacher Stimme. Ich nickte und zog die murmelgroßen Kugeln aus meinem Anzug. Die Vertrauensnager auf meinem Bein bissen noch ein weiteres Mal kräftig zu und ich knickte mit einem erschrockenen Laut ein. Noch mehr Vertrauensnager krabbelten auf mich zu und ich wusste, dass uns nur noch wenig Zeit blieb. Ben sackte immer wieder ein Stückchen mehr zusammen und versuchte krampfhaft, bei Bewusstsein zu bleiben.

„Lass uns hoffen, dass die Nager von den Geräuschen angezogen werden", hauchte ich und schmiss die beiden Mondknaller, die uns der Trauerträger vor Ottos Laden geschenkt hatte, so weit ich konnte in den Korridor hinter uns. Ben und ich hielten uns die Ohren zu und dennoch war der explosionsartige Lärm so laut, dass wir zusammenzuckten.

Ein ohrenbetäubender Knall nach dem anderen ertönte und schwarze und gelbe Funken schossen aus dem dunklen Tunnel hinter uns. Die Totaa fluchten erschrocken, alle fünfhundert Vertrauensnager richteten sich auf und schnupperten, als hätte man ihnen ein riesiges Festmahl in Aussicht gestellt.

Dann brach die Hölle los.

Ein nicht enden wollender Strom an Vertrauensnagern

stürmte auf die keifenden und brüllenden Totaa zu, als hätten die Kreaturen schon eine Ewigkeit kein Blut mehr zu trinken bekommen. Selbst die Nager an meinem Bein ließen von mir ab und folgten der Masse in den Tunnel hinter uns, aus dem noch immer markerschütternder Krach klang – denn auch die Mondknaller hatten noch einiges zu bieten. Glühende Funken sprühten und verursachten hämmernde, polternde und knallende Geräusche.

„Schnell!", flüsterte ich. „Lass uns verschwinden." Ich rüttelte Ben sanft an der Schulter und sah, wie er darum kämpfte, die Augen aufzubekommen.

Angst packte mich. Was sollte ich tun, wenn Ben jetzt ohnmächtig wurde? Ich rüttelte ihn fester, während mein Herz schmerzhaft gegen meinen Brustkorb hämmerte.

Mit einer gewaltigen Kraftanstrengung riss er die Augen auf und stemmte sich stöhnend hoch. Ich schlang meinen Arm um seine Hüfte und versuchte, nicht hinzuhören, während die Totaa hinter uns auf eine Weise brüllten, die mich vermuten ließ, dass die Vertrauensnager nun tatsächlich mit dem Nagen begonnen hatten.

Der Tunnel stieg inzwischen deutlich an und ich fühlte eine frische Brise, die mir kühlend über die verletzte Haut strich. Ben wurde immer wieder halb ohnmächtig in meinen Armen, doch ich weigerte mich, daran zu denken, was passieren würde, wenn er aufhörte, mechanisch einen Schritt vor den anderen zu setzen. Die meiste Zeit stolperte er neben mir her, und wenn er in sich zusammensackte, lehnte ich ihn gegen die Felswand, um gleichzeitig selbst etwas Atem zu schöpfen. Sobald ich das Gefühl hatte, wieder genug Kraft gesammelt zu haben, schleppte ich uns weiter. Meine Gedanken reichten irgendwann nur noch bis zum nächsten Schritt. Nur noch einen, sagte ich mir selbst vor. Nur noch einen und ich konnte vielleicht schon den Ausgang und die Lichter der Stadt sehen. Meine Sorgen um Ben legten sich dabei wie eine dunkle Wolke über meine Gedanken. Ich merkte, wie alles andere in den Hintergrund rückte: die Totaa, die uns auf den Fersen gewesen waren, die drohende Vereinigung der acht perfekten Lichtsteine, das Schicksal der Welt … das alles fühlte sich so weit weg an.

Ich warf einen Blick auf Ben, dessen Haut unter dem dunklen Bartschatten fahl und bleich wirkte. Ein feiner Schweißfilm bedeckte seine Stirn und seine Haare fielen ihm verschwitzt ins Gesicht.

„Ben", flüsterte ich, in der Hoffnung, ihm eine Reaktion zu entlocken, „wir haben es fast geschafft. Fühlst du den Luftzug? Das ist der Ausgang. Wir sind fast da."

Er stöhnte leise, während er sich schwer auf mich stützte und mit hängendem Kopf weiterschleppte. Ich wusste, dass er seine ganze Kraft darauf verwendete, nicht umzukippen, und fühlte eine Welle der Hoffnungslosigkeit über mich hinwegrollen. Dennoch gingen wir weiter, einfach weil wir es mussten, bis irgendwann die leisen Klänge von zarter Flötenmusik an mein Ohr wehten.

Adrenalin rauschte durch meinen Körper und schenkte mir neue Kraft. Meine Augen suchten fieberhaft das Ende des Tunnels ab und bestätigten meine Hoffnung. Ein schwaches grünliches Licht fiel durch eine vergitterte Luke in den unterirdischen Gang. Wir hatten den Ausgang erreicht.

Kapitel 14

Das Scharnier des Gitters war eingerostet und ich rüttelte verzweifelt an der Verriegelung, während das Trappeln gehetzter Schritte aus dem dunklen Tunnel hinter uns drang; einige Totaa hatten offenbar überlebt – oder es waren andere, die die Verfolgung aufgenommen hatten. Eine eiskalte Faust griff nach meinem Herzen. Den Geräuschen nach zu urteilen hatten sie uns beinahe eingeholt – und diesmal gab es keine Horde von Vertrauensnagern, die wir ihnen auf den Hals hetzen konnten.

Wieder rüttelte ich mit aller Kraft an dem Riegel und diesmal öffnete sich die vergitterte Tür mit einem ohrenbetäubenden Quietschen. „Wach auf, Ben, sie werden gleich hier sein!", keuchte ich gehetzt und zog an seinem Arm. Er kam stöhnend zu sich und krabbelte mit mir durch die niedrige Luke in eine mondbeschienene Gasse. Der Zugang zum Erdlabyrinth lag versteckt unter einem wuchernden Teppich aus Efeu verborgen. Wir zogen die Köpfe ein, während wir durch den Pflanzenvorhang auf die schmale Straße krochen.

Ich zerrte Ben in die Höhe und erstarrte, als ich unsere Umgebung erkannte. Wir waren in derselben Sackgasse gelandet, in der uns die Totaa zum ersten Mal angegriffen und Simeon seinen Tod vorgetäuscht hatte. Die Erinnerung an die Angst, die ich damals empfunden hatte, mischte sich mit meiner jetzigen Furcht und für einen Moment fühlte ich mich wie gelähmt.

Dann gab ich mir einen Ruck und stolperte

mit Ben auf das Ende der Gasse zu, wo ein Strom ausgelassener Sinnträger in Richtung Zentrum zog, um das mannigfaltige Mondlichtfest zu feiern. Die Menschverbundenen hatten sich alle in schwarze und die Tierverbundenen in weiße Umhänge gehüllt – wodurch sie sich kein bisschen von den Totaa unterschieden.

Rasch mischten wir uns unter die Feiernden und versuchten, in der Masse unterzutauchen. Obwohl es Nacht war, gab es keine dunklen Ecken zum Verstecken, da jeder Straßenzug mit leuchtenden Mondlampions in allen acht Sinnesfarben geschmückt war, die die ganze Stadt erleuchteten. Ich warf einen flüchtigen Blick in den Himmel. Alle acht Monde standen noch immer in einer Reihe und ich wollte mir nicht ausmalen, was passierte, wenn die Totaa ihr Ziel erreichten.

Die vorbeiziehenden Sinnträger warfen uns interessierte bis skeptische Blicke zu und mir wurde bewusst, dass Ben und ich in unserem ramponierten Zustand stark auffielen. Wir brauchten unbedingt zwei von diesen Festtagsumhängen. Ich umschloss Bens Hand fester, als ich hinter uns einen hektischen Ruf hörte und mich instinktiv umdrehte.

„Da! Da sind sie!", brüllte einer der Totaa irgendwo hinter uns und ich fühlte, wie sich mir die Nackenhaare aufstellten. Es war unmöglich zu sagen, welcher Sinnträger hinter uns gerufen hatte. Überall waren Tierverbundene in weißen Kapuzenumhängen, überall hatte ich das Gefühl, seltsam forschenden Blicken zu begegnen. Ohne mich umzudrehen, zischte ich Ben zu, er solle sich ducken und schleppte ihn im Zickzackkurs durch die Menge an Leibern.

Als ich am Straßenrand einen Stand mit schwarzen und weißen Umhängen entdeckte, riss ich einen davon herunter und legte ihn Ben um die Schultern. Er schwankte bedenklich unter dem dünnen Stoff, doch ich musste ihn kurz loslassen, um mir selbst einen schwarzen Umhang umzulegen.

„Schwarz steht Ihnen wunderbar, Gnädigste", dröhnte der orangefarbene, massige Träger, dem der Stand gehörte.

Ich widerstand der Versuchung, einen ängstlichen Blick über die Schulter zu werfen, und legte ihm rasch die Blätter hin. „Lass uns gehen, Ben", flüsterte ich.

„Geht es Ihrem Freund nicht gut?", fragte der Freudeträger stirnrunzelnd. „Dafür, dass heute das muntere Mondlichtfest stattfindet, sieht er ja nicht allzu munter aus."

„Er hat nur ein bisschen zu viel Mondschnaps erwischt", antwortete ich schnell und zog Ben gleichzeitig die schwarze Kapuze tiefer ins Gesicht, um die schlimmsten Verletzungen zu verbergen.

„Da ist er heute wohl nicht der Einzige", erwiderte der orangefarbene Träger und lachte dröhnend.

„Anführer, wir haben die Frau", schnarrte in dem Moment eine tiefe Stimme hinter mir und mein ganzer Körper erstarrte zu Eis. Während ich fieberhaft überlegte, was ich nun tun sollte, wurde ich hart angerempelt. Ich wich zur Seite aus, doch der Totaa schaute mich gar nicht an, sondern fixierte eine dunkelhaarige Sinnträgerin mit langen, glatten Haaren, die sich mit dem Strom zum Fest bewegte. In dem Moment wandte sie lachend den Kopf und ich sah ein grünes Muster auf ihrer linken Wange aufblitzen.

„Falscher Alarm", knurrte der Totaa in einen Kommunikationskristall und verschwand in der Menge.

Vor Erleichterung und Erschöpfung sackten mir

beinahe die Beine weg und ich zog Ben in einen dunklen Hauseingang. Aus der Ferne musste es wirken, als seien wir einfach nur ein verliebtes Pärchen, das einen Mondschnaps zu viel getrunken hatte. Mein Blick traf den von Ben und der glasige Ausdruck in seinen Augen sagte mir, dass ich ihn schleunigst zu einem Heiler bringen musste. Noch immer sickerte Blut aus den Wunden, die sie ihm zugefügt hatten, und seine Haut hatte einen Farbton angenommen, den ich nur noch als leichenblass bezeichnen konnte.

„Du ... musst ohne mich weiter", flüsterte Ben und schloss gequält die Augen, als er sich gegen die schwarzweiß gepunktete Mauer sinken ließ.

Ich sah den Schmerz auf seinen Zügen und spürte, wie mir die Tränen in die Augen stiegen. Unsere Flucht war so anstrengend gewesen, dass meine Knie zitterten, und am liebsten hätte ich mich hier einfach auf den Boden gesetzt und wäre nie wieder aufgestanden. Meine Handinnenflächen brannten noch immer und ich fühlte den Schmerz in jedem einzelnen Körperteil. Eine tiefe Hoffnungslosigkeit machte sich in mir breit. Ben und ich waren am Ende. Wir konnten uns kaum noch auf den Beinen halten, während eine ganze Horde Totaa nach uns suchte und uns im besten Fall schnell töten würde. Meine Kehle schnürte sich bei dem Gedanken zusammen, dass sie Ben abermals foltern könnten, aber ich schob die Angst zur Seite. Ich musste jetzt stark sein.

„Ohne dich gehe ich nirgendwohin", erwiderte ich bestimmt und griff nach Bens Hand, die sich trotz allem fest um meine schloss. Sein Händedruck erfüllte mich mit mehr Zuversicht, als vermutlich angebracht war, aber ich war an einem Punkt, an dem ich nach jedem Strohhalm griff.

„Es ist nicht mehr weit", flüsterte ich, obwohl das nicht stimmte.

Ben lächelte schmerzverzerrt, während das Blut aus seiner Wange an seinem Hals hinablief und den Kragen seines schwarzen Umhangs tränkte. „Du hast ein Talent, dich in Schwierigkeiten bringen, Wächterin – aber du bist eine beschissene Lügnerin."

„Komm jetzt", murmelte ich und blickte mich gehetzt um. Jeder hier konnte ein Totaa sein, und die Angst, jeden Moment eine schwere Hand auf der Schulter zu spüren, trieb mich unerbittlich weiter.

„Schnell und stürmisch oder langsam und vorsichtig?", fragte Ben mit bitterem Sarkasmus. Wir wussten beide, dass Ben in seinem Zustand nicht mehr schnell sein konnte, selbst wenn unser Leben davon abhing. Ich traute meiner Stimme nicht, also legte ich mir wortlos seinen Arm um die Schultern und erwiderte nichts.

Bei unserem ersten Besuch in der Stadt war mir das Symbol der heilenden Hand auf einem weißen Backsteinhaus in der Nähe des Marktplatzes aufgefallen – und nun richtete ich meine ganze Hoffnung auf den dazugehörigen Heiler, als ich mich mit Ben in den Strom derer einreihte, die zum Zentrum pilgerten. Die bunten Lichter der Lampions verbreiteten gemeinsam mit den beschwingten Flötenklängen eine freundliche und ausgelassene Atmosphäre.

Und mittendrin waren wir. Unendlich langsam näherten wir uns unserem Ziel. Wegen Bens Verletzungen mussten wir alle paar Meter eine Pause einlegen und ich bemühte mich, ruhig zu bleiben, obwohl mein Gefühl, beobachtet zu werden, ständig wuchs. Meinen eigenen Schmerz versuchte ich zu ignorieren, und als ich sicher war, jeden Moment den bellenden Ruf eines Totaa hinter uns zu hören, entdeckte ich endlich das Symbol der heilenden Hand auf einem Haus vor uns.

„Lee. Hör auf. Er ist nicht da", presste Ben hervor, während er sich schwer an der weißen Backsteinmauer abstützte. Ich hämmerte ein letztes Mal verzweifelt gegen die schwarze Tür unter dem grünen Schild mit der heilenden Hand, obwohl ich wusste, dass er recht hatte.

„Wozu gibt es Heiler, wenn sie bei der erstbesten Gelegenheit auf ein Fest verschwinden, statt Leute zu heilen", fauchte ich verzweifelt und schlang meinen Arm um Bens Hüfte, um ihn zu stützen.

„Lass mich hier", stöhnte Ben zum wiederholten Mal. „Du musst zu den … Gestaltern … und ihnen von dem Plan … der Totaa erzählen." Ich bemerkte, dass die Pausen, die er zwischen den Wörtern ließ, immer länger wurden, und biss mir verzweifelt auf die Lippen. Das Reden strengte ihn zu sehr an.

„Nein. Wir werden zuerst einen Heiler für dich finden und danach die Apokalypse verhindern", sagte ich stur, während ich spürte, wie Ben in meinen Armen immer schwerer wurde. „Hey", schnaufte ich verzweifelt, „nur noch ein Stückchen, bitte mach jetzt nicht schlapp."

Ben schleppte sich noch zwei Schritte weiter, dann sackte er völlig in sich zusammen. Er wurde von einer Sekunde auf die andere ohnmächtig und ich war so erschrocken, dass ich im ersten Moment nicht wusste, wie ich reagieren sollte. Mit meinen letzten Reserven ließ ich ihn gegen eine Hausmauer sinken, dann brach ich daneben zusammen. Ich war am Ende.

„Ben", murmelte ich kraftlos. „Ben, du musst aufwachen. Lass mich nicht allein." Verzweifelt lehnte ich meinen Kopf gegen die weiße Hauswand und fühlte mich völlig erschöpft. Ich wusste nicht, was ich tun sollte. Hierbleiben konnten wir nicht, weil jeder Totaa in der Stadt nach uns suchte – weiter konnten wir aber auch nicht, weil Ben nicht mehr bei Bewusstsein war.

Als ein großer Schatten auf mich fiel, hatte ich kaum genug Energie, um den Kopf zu heben. Eine Gestalt in einem weißen Kapuzenumhang war genau neben uns stehen geblieben und starrte auf uns herunter, während ich nach oben blinzelte.

Es war der wohl größte Totaa, den ich je gesehen hatte, und ich fühlte, wie meine Hand zu kribbeln begann. Mühevoll richtete ich mich etwas auf, um unter die Kapuze des Sinnträgers zu schauen und spürte, wie mir vor Erleichterung beinahe schwindelig wurde.

„Gabriel!", keuchte ich. „Ich bin so froh, dich zu sehen."

Gabriel betrachtete mich mit gerunzelter Stirn.

„Wächterin Lee", sagte er langsam. „Es ist auch mir eine Freude, dich zu sehen. Allerdings geziemt es sich nicht für eine Wächterin, einfach so im Staub zu sitzen. Es sei denn", er machte eine kurze Pause, in der er sich einmal gründlich umblickte, „du beschattest jemanden und es ist Teil deiner Tarnung. Beschattest du jemanden, Wächterin Lee?"

Ich schüttelte erschöpft den Kopf. „Ben ist schwer verletzt und braucht dringend einen Heiler. Ich kann ihn nicht alleine tragen."

Gabriel betrachtete uns eingehend und seine buschigen Augenbrauen wanderten ein Stückchen zueinander. „Ben", wiederholte er langsam. „Ist das dieser Reisende, der nicht reist?"

Ich nickte, da es keinen Sinn hatte, ihn anzulügen.

„Bitte, Gabriel, wir brauchen deine Hilfe", fügte ich schnell hinzu. „Kannst du mich und meinen Freund zu einem Heiler bringen?"

Gabriel schien eine Ewigkeit zu überlegen, bis er sich endlich zu einem Entschluss durchrang. „Gut, ich werde dir helfen, denn du siehst aus, als könntest du Hilfe gebrauchen. Wächter helfen anderen Wächtern, selbst wenn diese keine Wächter mehr sind." Bedächtig legte er den Kopf schief. „Warum bist du keine Wächterin mehr, Wächterin?"

Ich schluckte trocken. „Es dauert zu lange, das jetzt zu erklären. Ich bitte dich, mir einfach zu vertrauen. Wir müssen schnellstmöglich zu einem Heiler", presste ich hervor.

Gabriels Wange mit der gezackten Feder begann, weiß zu leuchten und er nickte kurz, bevor er sich wortlos hinunterbückte und seinen kräftigen Arm um den bewusstlosen Ben schlang. Dann warf er ihn sich über die Schulter und nickte mir zu. „Folge mir."

Ich folgte Gabriel durch mehrere enge Gassen zu einem weißen Häuschen, dessen weiße Tür mit einer orangefarbenen Hand gekennzeichnet war. Er stellte keine Fragen und ich sagte auch nichts. Ich wankte einfach hinter ihm her und war dankbar, die Verantwortung in diesem Moment ihm und seinen breiten Schultern überlassen zu dürfen.

Der riesenhafte Wächter klopfte gegen die weiße Tür. Ich zählte Bens Herzschläge, die von Minute zu Minute schwächer wurden, und versuchte, die aufkeimende Panik niederzudrängen, als von drinnen keine Antwort kam.

„Ich klopfe noch einmal. Sie scheint uns nicht gehört

zu haben", sagte Gabriel in seiner ruhigen, bedächtigen Art und ich nickte nur stumm, während ich mich nervös in der Gasse umsah. Gabriel bückte sich ein wenig und klopfte lauter gegen die Tür. Nach vier angespannten Atemzügen hörte ich eine sanfte Frauenstimme „Komm herein!" rufen und schloss erleichtert die Augen. Gabriel ließ den noch immer bewusstlosen Ben mühelos von seiner Schulter gleiten und trug ihn durch die Tür ins Innere.

Ich folgte ihm und betrat einen kühlen, nach Kräutern duftenden Raum, der von orangefarbenen Lichtsteinen in den Wänden sanft erhellt wurde. Als wir eintraten, schob sich ein leise klimpernder Vorhang zur Seite und heraus trat Nihan. Die Heilerin mit den langen dunklen Haaren sah uns für eine Sekunde überrascht an, reagierte dann aber blitzschnell und half Gabriel, Ben auf eine Liege zu wuchten. Obwohl der hünenhafte Wächter Ben die ganze Zeit über geschleppt hatte, wirkte er kein bisschen erschöpft.

Ganz im Gegensatz zu mir. Plötzlich hatte ich das Gefühl, keinen Moment länger stehen zu können, und ließ mich auf einen freien Stuhl daneben sinken. Nihan wandte sich den deckenhohen Wandregalen mit Heilkräutern zu und wählte mit sicherer Hand die unterschiedlichsten Tinkturen und Schalen aus, die sie konzentriert auf einem stabilen Eichentisch abstellte.

„Ihr seid hier in guten Händen", sagte Gabriel zu mir. „Nihan hat mich schon oft geheilt, wenn meine Sandadler nicht artig waren. Sie kratzen gerne. Ich lasse euch hier, denn ich muss jetzt zum meisterhaften Mondlichtfest. Ich darf meinen Auftritt nicht verpassen." Er drehte sich langsam um und durchschritt leicht gebückt den Türrahmen.

Ich hörte, wie die Tür hinter ihm leise ins Schloss fiel, während ich nach Bens Hand griff.

„Lee, ich kümmere mich um ihn", sagte Nihan und lächelte mich an. Es tat gut, ihre Herzenswärme und endlich etwas Hoffnung aufkeimen zu spüren. „Und ich kümmere mich um dich", sagte sie und legte mir die Hand auf den Arm.

„Danke", hauchte ich matt und strich über Bens Hand, die sich viel zu kalt in meiner anfühlte. „Wie schlimm ist es?"

„Seit wann ist er ohnmächtig?", entgegnete Nihan ohne auf meine Frage zu antworten und mixte einige Tinkturen zu einer wohlriechenden Paste zusammen.

Ich runzelte die Stirn, da mir mein Zeitgefühl abhandengekommen war. Es fiel mir schwer, meine Augen noch offen zu halten. „Ich bin mir nicht sicher. Ungefähr fünfzehn Minuten. Und davor auch schon immer wieder", murmelte ich.

Nihan trug die Paste sanft auf Bens Verletzungen auf. Hoffentlich geht es ihm bald wieder gut, dachte ich und starrte auf sein Gesicht, starrte auf seine geschlossenen Lider, seine zerrissene Zeichnung und seinen geschwungenen Mund. In meinem Kopf lächelte er mich spöttisch an und ich dachte an die Art, wie er mich Wächterin nannte und an den Ausdruck in seinen Augen, als wir nach dem Duell auf der Klippe gestanden hatten. Wir hatten schon so viel miteinander erlebt, hatten wahrscheinlich mehr gestritten als irgendjemand sonst, und obwohl es mir anfangs nicht richtig bewusst gewesen war, war Ben immer für mich da gewesen.

Der Schmerz stach in mein Herz. Ben musste wieder gesund werden. Ich wünschte, es würde die Totaa nicht geben, wünschte, wir hätten mehr Zeit, Zeit, um das

zu sagen, was schon so lange gesagt werden musste …
dann begann sich der Raum um mich zu drehen und im
nächsten Moment wurde mir schwarz vor Augen.

*„Wächterin, warum glaubst du, bist du mit dem
Ekelträger unterwegs", murmelte das Orakel. Ich kräuselte
die Stirn. „Er kann dich zum nächsten Stein führen",
hauchte der Alte, „lass dich von ihm führen." Er beugte
sich nach vorne. „Vertraue deinen Visionen, Wächterin. Sie
sind keine Bürde, sie sind ein Geschenk", flüsterte er mir
ins Ohr. Die gelben Augen hinter der Eulenmaske schlossen
sich, die schweren Schritte hinter mir kamen immer
näher und ich fühlte, wie ungestüme Verzweiflung meine
Selbstbeherrschung hinter sich ließ.*

*„Nein!", rief ich und meine Wachsamkeitslinien
erglühten. „Sag mir wenigstens noch – ahhh!" Ich keuchte
auf. Der Lichtstein in meiner Hand flackerte, als meine
Gesichtszeichnung zu leuchten begann. Ich versuchte,
meinen Sinn zu bändigen, doch die magische Energie war
zu stark und heizte den Stein weiter auf. Das Flackern
wurde immer heller und ich schrie gequält auf, als sich der
Stein in meiner Haut festbrannte. Ben reagierte blitzschnell,
er stieß mit seinem Ellbogen gegen den Lichtstein, der sich
mit einem Schmatzen von meiner Hand löste und einen
Herzschlag später in der Luft zersprang. Die Druckwelle
schleuderte mich gegen Ben und ich fühlte, wie er schützend
seine Arme um mich legte …*

Als ich zu mir kam, hielt mir Nihan etwas an die
Lippen.

„Trink", sagte sie mit sanfter Stimme.

Ich schluckte die lauwarme Flüssigkeit, die mich an
silberne Seen denken ließ.

„Trink alles aus", sagte Nihan und ich folgte ihrer Anweisung, spürte mit jedem Schluck die Lebensgeister in mich zurückkehren. Langsam richtete ich mich auf. Meine Erschöpfung war einer inneren Ruhe gewichen.

„Du bist eine Hexe, eine gute", sagte ich lächelnd.

Nihan lachte. Dabei erstrahlten die orangefarbenen Linien auf ihrer Wange und sie blickte mich aus freundlichen Augen an. „Ich habe meine Berufung gefunden, das ist alles."

Prüfend betrachtete ich meine Hände. Die Wunden, die die Silbernägel der Totaa hinterlassen hatten, waren verheilt. Nur schwache helle Narben zeugten davon, dass sie überhaupt existiert hatten. „Wie lange war ich bewusstlos?", fragte ich beunruhigt und warf einen Blick zur Tür. Irgendwo da draußen warteten die Totaa auf uns.

„Nicht lange, nur ein paar Minuten", sagte Nihan und ging zu Ben hinüber, um ihm prüfend die Hand auf die Stirn zu legen. „Es geht ihm übrigens schon viel besser."

Ich stand auf und ging zu ihm. Er lag mit geschlossenen Augen auf der Liege, doch sein Zustand hatte sich entscheidend gebessert. Sein Herz schlug wieder kräftig und gleichmäßig, seine Züge waren entspannt und seine Wunden heilten.

„Keine Sorge, er wird wieder", sagte Nihan. „Seine Wunden waren schwerer als deine, aber meine Kräuter aus den Gärten der Gefahr werden ihm helfen."

Ich griff nach seiner Hand und drückte sie. Auch seine Wunden der Silbernägel waren verheilt, doch was noch viel wichtiger war: Seine zerrissenen Linien hatten endlich aufgehört zu bluten. Nihan hatte das Unmögliche vollbracht und die Auswirkungen der

Sinnänderungsfolter verschwinden lassen.

„Ich weiß nicht, wie ich dir danken kann", flüsterte ich an sie gewandt.

„Ich helfe euch gerne", antwortete sie lächelnd und zog sich zu ihren Regalen mit den Wunderkräutern zurück.

Ben schlug die Augen auf und sah mich an. „Hey", murmelte er.

„Hey", antwortete ich und drückte seine Hand. Ich war so unglaublich froh und dankbar, dass es ihm wieder besser ging.

„Nur nicht zerquetschten. Die brauche ich noch", sagte er trocken und in seinem Blick lag ein spöttisches Funkeln, das mir sagte, dass er wieder ganz er selbst war.

„Hast du gut geschlafen, Dornröschen?", fragte ich.

Er grinste. „Du stehst also doch auf Rollenspiele?"

Ich verdrehte die Augen und versuchte, ihm meine Hand zu entziehen, aber er hielt sie fest und führte sie langsam an seine Lippen. Dann drückte er mir einen sanften Kuss auf die Handinnenfläche, der einen prickelnden Schauer über meine Haut sandte. Mir stockte der Atem und ich genoss für eine Sekunde diesen Moment, denn ich wusste, dass uns nicht mehr viel Zeit blieb, um das Ende der Welt zu verhindern.

Kapitel 15

Wachsam ließ ich meinen Blick über den gigantischen Marktplatz streifen, der sich ausgeweitet hatte und dessen Boden nicht mehr von Sand, sondern von goldenen Kieselsteinen bedeckt wurde, die im Schein der acht Monde wunderschön glänzten und funkelten. Bunte Mondlampions schwebten durch die nächtliche Stadt. Ihre Lichter erstrahlten abwechselnd in den acht Sinnesfarben und sie schaukelten zu den zarten Tönen einer frühlingshaften Musik im Wind. Die Verkaufsstände des Marktplatzes waren verschwunden und in der Mitte war ein kreisrunder Bereich aus Sand aufgeschüttet worden, in dessen Zentrum eine riesige aus Sand geformte Skulptur in den Himmel ragte.

Die Züge der Statue waren sanft und ihre Lider waren geschlossen. Sie kniete am Boden und in ihren Händen hielt sie ehrfürchtig eine gedrehte Acht, das Zeichen der Unendlichkeit. Ich musste bei dem Anblick schlucken.

Im Herzen der Stadt werden die Totaa eine tödliche Sonne erschaffen … Würde es hier geschehen? Vor aller Augen? Und falls ja – wie konnten wir es verhindern?

Rings um uns drängelten sich Tausende von Sinnträgern, um die Festivitäten zu beobachten. Dutzende Nachrichtenwürfel surrten über unseren Köpfen durch die Luft und zeichneten das Ereignis aus allen Blickwinkeln auf, um es bis in die entferntesten Ecken der Sinnlichen Welt zu übertragen.

„Hier noch ein paar Lichtsteine zur Feier des mordsteuren Mondlichtfestes", donnerte eine Ekelträgerin, die an uns vorbeidrängte. Sie war dünn und groß und drückte Ben ohne zu fragen einen schwarzen Lichtstein in die Hand. „Es gibt viel zu wenig Schwarz in unserer Welt", wisperte sie und zog davon. Ich sah ihr nach und konnte einige Meter entfernt Jespers Gesicht unter einer schwarzen Kapuze ausmachen – er biss sich nervös auf die Lippen und ich erkannte sofort, dass es sich in Wirklichkeit um den verwandelten Simeon handelte. Ich bemühte mich jedoch, keinen Blickkontakt herzustellen, sondern drehte mich rasch zur Seite. Ben und ich versuchten, unsere Köpfe gesenkt zu halten. Wir durften jetzt keine Aufmerksamkeit erregen.

„Verdammt, wie sollen wir hier die Totaa erkennen", murmelte Ben. „Jeder Tierverbundene trägt einen weißen Umhang. Die könnten überall sein."

Ich nickte und lehnte mich etwas nach rechts, um durch die Menge an Sinnträgern zu spähen. Hinter der gigantischen Sandskulptur thronten in einem Halbkreis die acht Gestalter auf erhöhten Sitzen, deren Sockel abwechselnd schwarz und weiß waren. Ganz außen saßen Ekelgestalter Arkadius und Vertrauensgestalter Joost, während ich auf den Plätzen dazwischen Panica, Sinja, Coel, Gemma, Quirin und Philomena ausmachen konnte. Jeder Gestalter trug einen langen Umhang in der Farbe seines Landes.

Der Bereich rund um die Gestalter wurde von den Beschützern abgesperrt. Ich presste die Lippen aufeinander, als ich den echten Jesper unweit von Panica erblickte. Mit konzentriertem Blick fixierte er die Zuschauermasse um sich herum, als rechnete er jederzeit mit einem Angriff. Unwillkürlich zog ich mir meine Kapuze tiefer ins Gesicht.

„So kommen wir nicht zu den Gestaltern", flüsterte

ich Ben zu. „Die Beschützer werden uns niemals zu ihnen lassen."

Ben nickte. „Wir müssen eine andere Lösung finden."

Plötzlich erloschen die Mondlampions und ein leiser Trommelwirbel löste die beschwingte Musik ab. Eine ehrfurchtsvolle Stille senkte sich über den Platz und ich spürte, wie die Spannung auch auf mich übergriff. Dann nahm ich eine dunkle Bewegung am Nachthimmel wahr und hielt unwillkürlich den Atem an.

Was war das?

Einige Sinnträger um uns herum johlten begeistert, andere fluchten und wieder andere schrien vor Angst, während sie ihre Köpfe in den Nacken legten. Wieder flitzte ein Schemen über uns hinweg und ich wurde immer unruhiger. Der Trommelwirbel steigerte sich und ein einzelner Lichtstrahl fiel auf eine breitschultrige Gestalt, die sich mit langsamen Bewegungen auf die Sandskulptur zubewegte.

Es war Gabriel.

Einzelne schwarze Lampions erglühten in der Dunkelheit und tauchten die Szene in ein geheimnisvolles Licht. Gabriel blieb konzentriert stehen. Die weiße gezackte Feder auf seiner Wange leuchtete, während er den Blick auf den Sand zu seinen Füßen richtete. Der Trommelwirbel schwoll wieder ab, bis er einem leisen, drängenden Beben glich. Langsam streckte Gabriel seine großen Hände mit den Handflächen nach unten aus. Die Trommeln verstummten und ich hatte das Gefühl, dass jeder hier auf dem Platz den Atem anhielt.

Dann gab es einen Paukenschlag und hoch über unseren Köpfen stießen zwei riesige Greifvögel nacheinander einen schrillen Schrei aus. Immer mehr schwarze Mondlampions erstrahlten und beschienen die mächtigen Vögel bei ihrem Flug über den Marktplatz. Ein Adler trug ein weißes Federkleid, während der zweite pechschwarz war. Gabriel bewegte noch immer mit einem Ausdruck höchster Konzentration seine Hände über den Sand und schleuderte schließlich eine Ladung davon Kraft seiner Gedanken in die Höhe.

Unter den entzückten bis erschrockenen Rufen der Zuschauer formte sich der Sand in der Luft zu einem dritten Greifvogel, der kräftig mit den Flügeln schlug, um zu seinen beiden Gefährten am Himmel zu gelangen. Dabei rieselten glitzernde Sandkörner von seinem gelbgoldenen Federkleid. Der majestätische Vogel schrie und reihte sich in die Formation der fliegenden Adler ein.

Ein Freudeträger neben mir klatschte begeistert und hüpfte auf der Stelle, als Gabriel in rascher Abfolge fünf weitere Adler in den verbliebenen Sinnesfarben in die Lüfte steigen ließ. Die Trommeln untermalten seine leidenschaftlichen Bewegungen, mit denen er den Sand in die Höhe spritzen ließ. Fasziniert verfolgte ich das atemberaubende Schauspiel.

Als alle Adler am Himmel kreisten, wurden die Trommeln von zarten Klängen ersetzt, zu denen die Tiere lautlos durch den nächtlichen Himmel glitten. Sie folgten dabei ihrer eigenen Choreografie, deren Anmut und Eleganz nicht nur die grünen Träger zum Staunen brachten. Schließlich hob Gabriel einen seiner starken Arme, woraufhin die wunderschönen Tiere zum Sturzflug ansetzten. Mit eng angelegten Flügeln rasten sie an den Köpfen der Gestalter vorbei auf die Menge zu und fingen ihren Flug im letzten Moment ab. Ich sah, wie einige violette Träger sich auf den Boden kauerten, als die breiten Schwingen sie beinahe streiften. Gabriel streckte den linken Arm aus und die mächtigen Vögel landeten nacheinander darauf, um im nächsten Moment vor den Augen der Zuschauer wieder zu Sand zu zerfallen.

Als auch der letzte Adler vom Wind verweht worden war, verbeugte sich Gabriel und jubelnder Applaus, unterbrochen von herzzerreißenden Schluchzern, brandete auf.

Gestalterin Panica erhob sich in ihrem violetten Umhang von ihrem weißen Hochsitz und klatschte ebenfalls, während ihre Augen gleichzeitig unruhig über die Menge wanderten. „Bravo! Bravo! Applaus für unseren Sandbändiger Gabriel mit seinem fulminanten Adlertanz! Ich hatte Gänsehaut!" Panica fuhr sich durchs aufgetürmte schwarze Haar und lächelte verzerrt.

Ich sah, wie ihre violette Zeichnung ein wenig funkelte, und glaubte ihr aufs Wort. Die Gestalterin hatte Angst. Aber wovor? Fürchtete sie, dass bei dem Fest etwas schiefging, oder wusste sie von den Plänen der Totaa?

„Wie ihr alle wisst, werden die Erinnerungen an das letzte mutige Mondlichtfest von Angst, Schmerz und Trauer überschattet", fuhr Panica fort. Ihre magisch verstärkte Stimme hallte getragen über den Platz und ich sah, wie einigen blauen Trägern Tränen in die Augen traten. „Meine Vorgängerin Crisula war eine herausragende Persönlichkeit und eine wunderbare Mentorin. Ihr ist es zu verdanken, dass die magischen Portale in unserer Welt wieder funktioniert haben, als die acht Monde das letzte Mal in einer Linie standen. Auch wenn es viele Jahre her ist, werden ihre Dienste an der Sinnlichen Welt niemals vergessen werden."

Panica schöpfte Atem und richtete ihren Blick gen Himmel. „Crisula, wo immer du jetzt auch bist: Dein Wirken und deine Weitsicht werden uns immer als Vorbild dienen. Das folgende Lied wurde dir zu Ehren komponiert. Möge es die Mondgeister besänftigen und uns den Frieden und die Stabilität zurückbringen." Damit schwieg die Gestalterin und nach einem kurzen Moment der Stille begann die Menge zu klatschen.

Eine einzelne schlanke Gestalt trat unter dem Applaus auf den kreisförmigen Sandplatz rund um die Sandskulptur. Ich nahm es nur aus dem Augenwinkel wahr, weil ich meinen Blick auf die Gestalter gerichtet hatte. Quirin, der einen gelben Umhang trug, verfolgte das Spektakel mit höchster Wachsamkeit, während Arkadius gelangweilt in seinem Hochsitz gähnte.

„Da", flüsterte ich und deutete auf zwei elfenhafte Wesen am anderen Ende des Platzes, deren helles gewelltes Haar über ihren weißen Umhang fiel. „Sinjas Bodyguards. Wenn es uns gelingt, zu ihnen zu gelangen, könnten wir Sinja eine Botschaft zukommen lassen."

„Ja. Das ist eine gute Idee", wisperte Ben. „Zumindest unsere einzige." Er nahm meine Hand und versuchte, sich so unauffällig wie möglich mit mir durch die Menge zu drängen. Es war nicht leicht, denn es waren so viele Sinnträger, die dem Spektakel folgten.

Mein Herz hämmerte gegen meinen Brustkorb. Würden wir die Gestalter noch rechtzeitig warnen können? Und was würde passieren, wenn einer von ihnen sich als weißer Meister entpuppte? Ich schluckte den Gedanken weg und stieß gegen einen weißen Kapuzenträger, der missbilligend herumfuhr. Als mich der Blick aus den stechenden schwarzen Augen traf, blieb kurz mein Herz stehen.

Casimir. Er starrte mich ausdruckslos an und spielte mit einem weißen Schmuckstück in seiner Hand, das wie die Hälfte eines zerbrochenen Baumes aussah. Sofort musste ich daran denken, wie Ben im Erdlabyrinth behauptet hatte, den Templer dort gesehen zu haben. Stimmte das? War Casimir wirklich einer der Totaa? Falls ja, würde ich ihm jetzt keine Zeit zum Reagieren geben. Rasch senkte ich den Kopf und folgte Ben weiter durch die Menge.

Eine einzelne kristallklare Stimme erhob sich in den Nachthimmel und lenkte die Aufmerksamkeit des Publikums auf eine schlanke Sinnträgerin vor der riesigen Sandstatue. Ich wandte ebenfalls den Kopf und sah, dass es sich dabei um Thaya handelte. Ben bahnte sich unbeirrt seinen Weg durch das Gedränge und ich folgte ihm so dicht wie möglich. Dabei bemerkte ich auf den Gesichtern einiger weiß gewandeter Sinnträger ein erwartungsvolles Lächeln. Ein erneuter Schub des Unwohlseins griff nach meinem Innersten. Was würde passieren, wenn die Totaa hier, im Zentrum – in der Statue selbst – die acht perfekten Lichtsteine zusammenführten?

Bislang konnte ich nichts Ungewöhnliches an der Sandstatue, den Gestaltern oder der blauen Trägerin, mit der ich erweckt worden war, erkennen. Thaya trug ein wunderschönes Kleid aus Mondsplittern, das sich um ihren anmutigen Körper schmiegte. Sie stimmte ein Lied zur Besänftigung der Mondgeister an und ich sah, wie Quirin sich auf seinem weißen Hochsitz nach vorne beugte und die Finger auf seine leuchtende Zeichnung presste, die an zwei übereinanderliegende Dreiecke erinnerte.

Hatte er mich entdeckt? Hatte Casimir ihm ein

Zeichen gegeben? Oder bildete ich mir das alles nur ein? Unter Quirins magischer Fähigkeit wuchs die Sandskulptur um einige Meter an, sie streckte sich in die Höhe, als würde sie aufstehen. Als sie sich zu voller Größe aufgerichtet hatte, löste sich der Sand von ihr. Zuerst rieselte er nur sanft von den Lidern und es machte den Anschein, als würde die Statue ihre Augen öffnen. Darunter kamen jede Menge Lichtsteine zum Vorschein, was den Anschein erweckte, als würde uns die Skulptur aus ihren riesigen Lichtsteinaugen anstarren. Thaya sang unbeirrt weiter, als auch der letzte Sand fiel und unter seiner Schicht Tausende von erloschenen Lichtsteinen zum Vorschein kamen, die so aufeinandergeschichtet worden waren, dass sie auch jetzt noch die Form der Statue behielten.

Da das Publikum in eine andachtsvolle Stille verfallen war, konnten wir uns nicht weiter durch die Menge schieben, ohne Aufmerksamkeit zu erregen. Wir blieben stehen und ich erkannte, dass wir ausgerechnet neben Jesper-Simeon gelandet waren, der mit offenem Mund nach oben glotzte.

Thaya sang mit ihrer klaren Stimme über Abschied und Verlust. Die Melodie berührte mich zutiefst und ich spürte eine tief von innen kommende Traurigkeit in mir aufsteigen. Wenn es uns nicht gelang, die Macht der Acht zu warnen, würde diese ganze reiche, bunte Sinnliche Welt, wie wir sie kannten, einfach verschwinden. Doch schlimmer als diese Vorstellung war für mich der Gedanke, Ben zu verlieren.

Thaya hob singend die schlanken Arme graziös in den Himmel. Ich sah das Symbol der Naturverbundenen, die Pflanzenranke, auf ihrem Handgelenk aufblitzen, als zarte grüne Triebe aus dem Sand zu Thayas Füßen brachen. Das Lied nahm eine andere Färbung an, es handelte nun von Wachstum und Neubeginn. Und genauso, wie Thayas Stimme anschwoll, wucherten auch die neu entstandenen Triebe in die Höhe und verwoben sich zu einem biegsamen Pflanzengeflecht, das sich zärtlich um die Skulptur aus Lichtsteinen wand.

Thayas Augen waren geschlossen und ich hatte den Eindruck, dass sie das Bild, das sie innerlich sah, der Pflanze vermittelte, die nach ihren Wünschen in die Höhe wuchs. Die grünen Triebe griffen wie Finger auf die Lichtsteinfigur, wickelten sich um einzelne Steine und zogen sie mit in die Höhe, sodass sich das Aussehen der Skulptur mit jedem Augenblick weiter veränderte. Der Gesang wurde so kraftvoll und mitreißend, dass nicht nur die Pflanze im Sandkreis in die Höhe schoss; alles Grüne ringsum begann zu blühen und zu wachsen. Ein unwiderstehlich zarter Blütenduft zog über den Platz und ich betrachtete staunend, wie die Pflanzen-Lichtstein-Statue die liegende Acht in die Höhe warf, die in der Luft zu einem Blütenmeer explodierte, das sanft über die Zuseher rieselte.

Eine atemlose Ergriffenheit lag in der Luft. Thayas Stimme wurde leiser und gefühlvoller. Ihre Finger malten zarte Linien in die Luft und ich sah, wie aus dem Rücken der Skulptur dünne Stängel wuchsen, die sich zu wunderschönen Flügeln formten. Mit dem letzten Ton ihrer Darbietung explodierte abermals ein Blütenmeer auf den Schwingen und einen Moment später entzündeten sich alle tausend Lichtsteine zur gleichen Zeit. Es sah aus, als würde die Statue von innen heraus strahlen und die Helligkeit war so blendend, dass ich blinzeln musste. Einen Augenblick lang herrschte überwältigte Stille, dann brach ein begeisterter Jubel los, der über den ganzen Platz schallte.

Thaya errötete und strahlte unter Tränen, Panicas Augen huschten unruhig über die Menge und Quirin legte die Hände aneinander, während er mit unergründlicher Miene auf die grüne Lichtsteinstatue starrte, deren Finger direkt nach oben in den Himmel wiesen.

Würde es dort passieren? Ich schluckte und plötzlich fiel mir wieder der Zentrale Raum der Macht der Acht ein, den Simeon erwähnt hatte. Der unsichtbare Raum, der weit über dem Zentrum schwebte und der nur den Gestaltern zugänglich war.

Kapitel 16

Ben nutzte die neue Erregung des Publikums, um sich weiter durch die Menge zu kämpfen. Als er losging, rempelte er noch einmal an Jesper-Simeon an, und es sah aus, als wäre es pure Absicht. Der Magiebegabte stand mit offenem Mund da und bekam nichts von unserer Anwesenheit mit.

Als wir uns etwas entfernt hatten, warf Ben einen Blick zurück und grinste.

„Was?", fragte ich irritiert.

„Unser Erstaunens-Jesper hier wird bald noch eine Überraschung erleben", antwortete Ben und ein abfälliger Zug zeichnete sich um seine Lippen ab. „Ein Jesper in unserer Welt ist schon einer zu viel. Zwei sind unerträglich."

Erst jetzt erkannte ich, dass er Simeons blaue Pillen in der Hand hielt – er musste sie ihm soeben abgenommen haben.

„Ben", schnaufte ich, „dafür haben wir doch keine Zeit. Kannst du dich noch an den Zentralen Raum der Macht der Acht erinnern? Könnte es sein, dass die Totaa die perfekten Lichtsteine dort zu einer zweiten Sonne vereinen wollen? Das wäre zumindest direkt im Zentrum", flüsterte ich und Ben nickte mir zu.

„Du hast recht, das macht Sinn. Denn dort kommen wir nicht hin, außer wir fliegen", meinte er zynisch. „Wir müssen die Gestalter informieren."

Wir rückten langsam zu Sinjas Bodyguards auf, die sich umdrehten und in eine Seitengasse verschwanden.

So schnell wir konnten, folgten wir ihnen, doch als wir die Straße erreichten, war niemand zu sehen.

„Sie müssen schon weitergegangen sein", sagte Ben und warf mir einen fragenden Blick zu. „Stürmisch und schnell oder langsam und vorsichtig?"

„Stürmisch und schnell, Ben, wir haben keine Zeit", erwiderte ich und wir hetzten die Gasse entlang, bis sie sich in zwei Richtungen gabelte. „Sollen wir uns aufteilen?", fragte ich und Ben schüttelte den Kopf. Er hielt meine Hand noch immer fest in seiner.

„Nein. Das werden wir garantiert nicht tun", knurrte er mit Bestimmtheit und ich lächelte, bevor ich aus dem Augenwinkel etwas Weißes aufblitzen sah.

Erschrocken fuhr ich herum. Auf der Wand neben uns bildete sich ein weißes Totaa-Zeichen, das sich mit immenser Geschwindigkeit ausdehnte. Ben und ich zögerten keinen Moment. Wir warteten nicht, bis die ersten Totaa daraus hervorsprangen, sondern rannten los, so schnell wir konnten.

Mein Puls raste und meine Lungen brannten. Eine grauenhafte, bekannte Stimme drang an mein Ohr und ich warf einen schnellen Blick über die Schulter. Ilkus war nur knapp hinter uns und brüllte seine Befehle. Insgesamt zwanzig weiße Kapuzengestalten waren aus dem Zeichen an der Wand gesprungen und machten sich an unsere Verfolgung.

Sollten wir versuchen, zurück zum Marktplatz zu laufen? Würden wir es überhaupt dorthin schaffen? Die Totaa waren uns um das Zehnfache überlegen, dachte ich hoffnungslos, als sich uns eine groß gewachsene Gestalt in den Weg stellte.

„Wächterin Lee, du warst verletzt, du solltest deine Kräfte schonen", sagte Gabriel mit gerunzelter Stirn.

„Gabriel, du musst Verstärkung rufen!", keuchte ich und Gabriel blickte auf unsere Verfolger in den weißen Kapuzenumhängen, die nun auch von der anderen Seite kamen und sich in einem weiten Kreis um uns auffächerten. Es dauerte nicht lange, bis sie uns eingekesselt hatten.

„Lee, versuch zu verschwinden, ich halte sie auf", sagte Ben und ballte die Hände zu Fäusten.

„Vergiss es", sagte ich leise. „Ich geh hier nicht weg."

„Verdammt, Lee." Bens Blick brannte sich in meinen. Doch bevor ich noch etwas sagen konnte, gab Ilkus den Befehl zum Angriff.

„Tötet die zwei Menschverbundenen!", schrie er. „Aber passzt auf den Tierverbundenen auf – der Meiszter möchte nicht, dassz unszere Brüder und Schwesztern fallen."

„Ich habe Verstärkung angefordert", informierte uns Gabriel ruhig, während die erste Angriffswelle auf uns zurollte, „aber ich fürchte, es könnte etwas dauern, bis sie eintrifft."

„Wieso?", frage ich, ohne den Blick von den herannahenden Totaa zu wenden.

„Weil die Wasserreisen seit ein paar Stunden nicht mehr funktionieren. Und bei den Massen an Sinnträgern auf den Straßen gibt es kein Durchkommen", erwiderte Gabriel und schwenkte seinen Stab. Er schuf in rascher Folge fünf Wächterkugeln um die vordersten Kapuzenträger, doch die nachkommenden ließen sich davon nicht im Geringsten beeindrucken. Präzise füllten sie die Lücken auf, während in ihren zielgerichteten Bewegungen der lautlose Wunsch zu töten stand. Ich fühlte, wie meine Linien zu brennen begannen, und presste die Hand auf meine leuchtende Zeichnung.

257

Zwei Kapuzenträger lösten sich aus der Formation und stürmten auf mich zu. Ben sprang den beiden entgegen und suchte den Nahkampf, während ich mich mit meiner magischen Fähigkeit verband. Ein gelber Schleier senkte sich über meine Welt. Überall auf den Straßen lag feiner Sand – doch es war nicht genug, um eine Mauer emporsteigen zu lassen oder die Totaa auf andere Art effektiv zu bekämpfen. Also beschränkte ich mich auf die weniger elegante Methode und schleuderte ihnen einfach nur so viel Sand in die Augen, wie ich konnte.

Das bremste sie zwar ein wenig, aber es war bei Weitem nicht genug. Gabriel ließ seinen Wächterstab tanzen und erschuf ständig neue Energiehüllen um die heranstürmenden Kapuzenträger. Aktuell waren es elf vor Energie summende Wächterkugeln und ich sah, dass er nicht mehr lange so weitermachen konnte. Ihm stand der Schweiß auf der Stirn und er hatte sichtlich Mühe, die Angreifer in Schach zu halten.

„Gabriel", rief ich, „gib mir deinen Stab! Ich übernehme die Kontrolle der Kugeln – versuch du, deine Tiere aus dem Sand zu beschwören!"

Gabriels Blick irrte zu mir, woraufhin zwei seiner bestehenden Wächterkugeln zerplatzten. „Ich kann nicht!", schrie er zurück. „Dafür ist hier zu wenig Sand!"

Die beiden Totaa aus den geplatzten Energiehüllen rappelten sich in diesem Augenblick auf und sprinteten auf Gabriel und mich zu. Ich sah, wie Ben einen Ausfallschritt machte und einen der beiden mit einem Kinnhaken niederstreckte. Gleich darauf wurde er von einem weißen Träger der Totaa in die Knie gezwungen, der die Marionettenspieler-Fähigkeit beherrschte.

Wütend sammelte ich den Sand aus allen Ecken und

Ritzen und formte daraus einen Pfeil, den ich mit all meiner mentalen Kraft auf den Marionettenspieler schleuderte. Er traf ihn direkt an der Schläfe und der weiße Träger sackte bewusstlos zusammen. Ben sprang sofort wieder auf die Beine und stürzte sich brüllend auf den nächsten Angreifer.

Gabriel tropfte Blut von der Schläfe. Einer der Totaa hatte es geschafft, ihn in einen Nahkampf zu verwickeln, und nun zitterten die Energiehüllen der verbliebenen neun Wächterkugeln ganz gewaltig. Sollte Gabriels Aufmerksamkeit weiter nachlassen, würden die Kugeln platzen und die gefangenen Totaa wären wieder frei. Neun weiteren Angreifern konnten wir jedoch nicht standhalten – ich musste etwas unternehmen.

Ich schloss die Augen und konzentrierte mich auf den Sand, der rund um die riesige Skulptur am Marktplatz aufgeschüttet worden war. Wenn ich es schaffte, ihn hierher zu rufen, hatten wir eine Chance. Die magische Energie floss ungestüm durch meine Zeichnung und prickelte in meinen Fingerspitzen, ich fühlte die Ansammlung der feinen Körner – sie reagierten auf mich, hüpften ein wenig in die Höhe und begannen sich Kraft meiner Gedanken träge im Kreis zu drehen. Doch sie waren zu weit weg. Ich öffnete die Augen und schluckte. Ich schaffte es nicht. Ben und Gabriel kämpften wie die Berserker, um die Totaa von mir fernzuhalten, aber es waren einfach zu viele. Ich erkannte, dass wir unsere Taktik ändern mussten, wenn wir eine Chance haben wollten, und lief los.

Für einen Augenblick funktionierte es: Die Totaa waren von der Tatsache, dass ich fliehen wollte, so überrascht, dass einige von ihnen den Kampf gegen Ben und Gabriel einstellten und stattdessen mich verfolgten.

„Lasszt die Wächterin nicht entkommen, szie gehört mir!", kreischte Ilkus und ich rannte auf das Ende der Gasse zu, während ich bei jedem Schritt hoffte, nah genug an den Marktplatz zu kommen, dass mir der Sand gehorchte. Ich raste im Zickzack an den Kapuzenträgern vorbei, tauchte unter zupackenden Händen hindurch, und endlich – endlich klappte es. Der Sand auf dem Marktplatz erhob sich. Obwohl ich ihn nicht sehen konnte, spürte ich, wie er sich mir unterwarf. Ich blieb keuchend stehen und konzentrierte all meine Gedanken auf den wirbelnden Sand, der wie ein Tornado in die Höhe schoss und auf uns zuraste. Je näher er mir kam, desto stärker wurde er und ich fühlte die Magie durch mich hindurchpeitschen, fühlte, wie sie meinen ganzen Körper erfüllte und durchströmte, bis ich selbst das Gefühl hatte zu fliegen.

Zwei Totaa stürzten sich von verschiedenen Seiten auf mich und zerrten meine Hand von meiner Zeichnung. Doch da war der Sandtornado schon über uns.

„Jetzt, Gabriel!", brüllte ich aus Leibeskräften und sah, wie der hünenhafte Wächter den Kopf hob. Seine Wange erstrahlte in blendendem Weiß und er ließ seinen Stab fallen. Die mühsam aufrechterhaltenen Wächterkugeln zerplatzten, doch Gabriel kümmerte sich nicht darum. Die Augen unter seinen buschigen Brauen waren einzig auf den tosenden Tornado über unseren Köpfen gerichtet. Er riss die Arme hoch und der wirbelnde Sand ballte sich zu einer Form zusammen. Ich sah, wie mehrere Totaa beunruhigte Blicke nach oben warfen, sah die Anstrengung und Entschlossenheit auf Gabriels Zügen, sah Bens ungebrochenen Kampfgeist, mit dem er sich auf jeden Kapuzenträger stürzte, den er zu fassen kriegen konnte, und erkannte endlich, was es für ein Tier war, das Gabriel erschuf.

Das Erste, das mir ins Auge stach, waren seine gigantischen Flügel und todbringenden Klauen. Dann sah ich einen langen, gebogenen Hals, der in einen kräftigen Körper mit einem spitz zulaufenden Schwanz mündete. Der gehörnte Kopf riss hungrig das Maul auf und entblößte zwei Reihen messerscharfer Zähne. Gabriel fiel auf die Knie und ein Windstoß fegte den Sand vom weiß glänzenden Schuppenpanzer des geflügelten Ungetüms. Sein Rückenkamm funkelte im Mondlicht und es stieß ein Brüllen aus, das mein Herz zum Stocken brachte. Ehrfürchtig blickte ich in den nächtlichen Himmel.

So viel war sicher: Es war kein Adler.

Für einen Atemzug stand die Zeit still. Die Totaa glotzten geschlossen in den Himmel, wo Gabriels Drache abermals brüllte und dann zum Sturzflug ansetzte. Ich sah, wie sich die Angriffstruppe der Totaa in einen panischen Haufen Sinnträger verwandelte, und fühlte eine neue Welle der Zuversicht durch meinen Körper strömen.

Wir hatten einen Drachen.

Doch Gabriel war noch nicht fertig. Während der Drache zwei Totaa mit den Klauen packte und sich mit ihnen in die Höhe schraubte, bewegte Gabriel seine Hände in der Luft und formte aus dem verbliebenen Sand drei Adler, die sich mit ihren spitzen Schnäbeln auf die Totaa stürzten.

Im nächsten Moment spürte ich, wie mich zwei sehnige Arme von hinten umschlangen und so kräftig zudrückten, als ob sie das Leben hier und jetzt aus mir herauspressen wollten. Ich keuchte erstickt auf und suchte den Blick von Ben, der einen Totaa mit einem brutalen Stoß von sich wegschleuderte und auf mich zurannte. Der faulige Atem meines Angreifers schlug mir in den Nacken.

„Jetzt gleich wirszt du szehen, wie deine Welt zu exisztieren aufhört. Esz wird mir eine Freude sein, dich zu vernichten, bevor mein Meiszter euch alle im nächszten Herzschlag vernichten wird", wisperte Ilkus, bevor ich ihm meinen Ellbogen tief in die Brust rammte. Ilkus stöhnte auf und ich nutzte den Moment, um mich aus seiner Umklammerung zu lösen und ihm einen kräftigen Tritt in den Magen zu verpassen.

Die Worte des Totaa rasten wie ein Feuer durch meinen Körper. Der weiße Meister musste knapp vor der Vollendung seines teuflischen Plans stehen.

Uns blieb nicht mehr viel Zeit. Das war mein letzter Gedanke, als der brüllende Drache vom Himmel geschossen kam und sich auf den Totaa neben mir stürzte.

Mit einem kräftigen Satz sprang ich auf den schuppigen Rücken des Drachen. Eine Mischung aus Verzweiflung und letzter Hoffnung tobte in mir und ich vertraute einfach meinem Gefühl, obwohl ich Ben nur ungern zurückließ. Aber das war unsere letzte Chance. Und wenn wir den Plan der Totaa nicht aufhalten würden, gab es bald keine Welt mehr mit uns Menschverbundenen und Ben und ich würden sterben. Ich wollte mir keine Welt ohne Ben vorstellen.

Als sich der Drache steil in die Lüfte erhob, presste ich meine Schenkel gegen den schuppigen Körper und versuchte, ihn mithilfe meiner magischen Fähigkeit zum Zentrum des Marktplatzes zu lenken. Doch es erwies sich als riesiger Unterschied, ob man einzelne Körner oder eine wilde Kreatur aus Sand befehligen wollte. Nur mit Mühe gelang es mir, mich an seinem kräftigen Körper festzuklammern.

Auf der Straße hörte ich Ilkus brüllen und sah neben mir weiße Blitze durch die Luft zucken. Ich warf einen hektischen Blick über die Schulter. Ilkus hatte die rechte Hand erhoben und zielte damit auf mich. Ein weißer Blitz nach dem anderen brach aus seiner Handinnenfläche und schoss mit rasender Geschwindigkeit auf mich zu.

Ich fühlte, wie der Drache getroffen wurde, hörte den knisternden Einschlag des Energieblitzes und sah, wie sich der Sand von dem schuppigen Körper zu lösen begann. Gabriels Kreatur brüllte gequält auf und raste durch die Luft. Ihr Flugweg glich einer Achterbahn; ich rutschte zur Seite und hielt mich mehrmals mit letzter Kraft fest, um nicht hinunterzufallen. Der Wind schüttelte mich heftig durch, als der Drache in einer Steilspirale nach unten stürzte. Ich sammelte all meine Kräfte, all meine Energie, um ihn wieder nach oben zu bringen. Ich musste … ich musste es einfach schaffen – und gerade als es aussah, als würde der Drache gemeinsam mit mir auf den Boden knallen, erhob sich die riesige Kreatur in die Luft und flog durch die Nacht Richtung Marktplatz.

Mit schweißnassen Fingern klammerte ich mich an dem schuppigen Hals fest. Ich wusste, dass mir die Zeit davonlief, als eine weiße Plattform zwischen den Wolken sichtbar wurde, die schwerelos hoch über der Schwarzweißen Stadt am Nachthimmel hing. In ihrer Mitte erhob sich ein kreisrundes schwarzes Gebäude. Ich befahl dem Drachen, dorthin zu fliegen, und spürte im selben Moment, wie der Sand von seinem Körper zu rieseln begann. Seine Lebensdauer neigte sich dem Ende zu und mir war klar, dass ich nur einen einzigen Versuch hatte, um länger als der Drache zu leben. Gleich würde ich ohne Sanddrache Hunderte Meter Richtung Erde fallen, wenn ich nicht sprang …, und zwar JETZT. Mein Herz hämmerte wild in meiner Brust. Die mächtigen Schwingen der Sandkreatur pflügten durch die Luft, der Wind peitschte mein langes Haar in die Höhe und ich setzte zum Sprung an. Die weiße Brüstung der Plattform befand sich auf derselben Höhe mit uns und war zwei Meter entfernt. Jetzt oder nie.

Ich stieß mich ab, brauste durch die Luft und gerade, als ich dachte, für immer zu fallen, schlossen sich meine Finger um die weiße Brüstung. Mit enormer Kraftanstrengung zog ich mich nach oben und rollte mich über das Geländer. Der Wind pfiff mir um die Ohren und ich schnappte nach Luft. Einige Meter vor mir erkannte ich einen Eingang, der an eine Acht erinnerte. Ich war unbewaffnet und außer Atem, aber ich wusste, was ich zu tun hatte.

Kaum war ich über die Schwelle getreten, überrollte mich eine Welle des Ekels, als ich den weißen Meister in der Mitte des kreisrunden Raumes erkannte. Die acht Monde schienen durch die geöffnete Decke und tauchten den Anführer der Totaa in ein düsteres Licht. Er stand mit dem Rücken zu mir in seiner weißen, von hellen Würmern besetzten Kutte und starrte hinauf in den Nachthimmel.

„Ich hätte nicht gedacht, dass du es so weit schaffst, kleine Wächterin. Oder sollte ich Ex-Wächterin sagen?", erklang seine dunkle Stimme. Die farbigen Banner der acht Ministerien hingen an den Wänden und ich erkannte am Boden vor jedem Banner eine Einlassung.

In zwei der Vertiefungen hatte der Anführer der Totaa bereits perfekte Lichtsteine eingesetzt.

Der weiße Meister war dabei, sie zu vereinen.

Die Gestalt in dem weißen Kapuzenumhang war groß und schlank. Als sie sich langsam zu mir umdrehte, bereitete ich mich innerlich darauf vor, Quirin gegenüberzutreten. Er war einer der Macht der Acht; für ihn war es ein Leichtes, diesen Saal für seine ganz persönlichen Ziele zu missbrauchen. Außerdem hatte ich von Anfang an kein gutes Gefühl bei ihm gehabt.

Trotzig hob ich den Kopf, um dem Anführer der Totaa direkt in die Augen zu blicken. Doch es war nicht Quirin, der sich zu mir umdrehte.

„Knie nieder", herrschte mich der groß gewachsene Mann an, dessen eiskalter Blick mir den Atem raubte. Ich konnte nicht glauben, dass dies der Mann sein sollte, der vorhatte, die Menschverbundenen auszulöschen. Derselbe Mann, der uns stets mit Freundlichkeit begegnet war und der Ben für sein Duell trainiert hatte. Der Mann, der mir von Anfang an so sympathisch gewesen war, mit seinem offenen Lächeln und den lebhaften Augen.

„Ruwen", stammelte ich erschüttert.

„Bitte etwas weniger Pathos", entgegnete er mit einem zynischen Lächeln. „Erstaunen ist *mein* Sinn, schon vergessen? Du hast Wachsamkeit. Auch wenn ich nicht gerade finde, dass du deinem Sinn Ehre gemacht hast. Ich wette, du hattest den bösen, bösen Quirin im Verdacht, habe ich recht?" Sein Mundwinkel zuckte. „Die Kunst der Sandmalerei ist nicht zu unterschätzen."

Ich schwieg entsetzt und Ruwen warf mir einen Blick zu, mit dem man ein lästiges Insekt betrachtet.

Dann machte er eine beiläufige Handbewegung. Sofort brachen schwarze Arme aus dem weißen Marmorboden, die grob nach meinen Gliedern packten. Sie rissen mich an den Haaren, zerrten meine Handgelenke nach unten und zwangen mich in die Knie. Das alles ging so schnell und mit solch einer Brutalität vonstatten, dass ich vor Angst und Schmerz aufschrie. Augenblicklich legte sich eine schwarze Hand auf meinen Mund und erstickte meine Schreie.

„Du kannst gerne zusehen", erklärte Ruwen und blickte mich auf eine Art und Weise an, die mir das Blut in den Adern gefrieren ließ. „Oder besser gesagt: Ich werde dir zusehen, wie du langsam vor meinen Augen zugrunde gehst. Als die erste Menschverbundene, die durch die zweite Sonne zerstört wird. Miro hat ein wahres Meisterwerk erschaffen." Ruwen, der auf der im Zentrum eingelassenen schwarzen Acht stand, blickte auf die beiden perfekten Lichtsteine im Boden, die unter dem violetten und dem orangefarbenen Banner eingelassen waren. In seiner Hand erkannte ich ein weißes Schmuckstück, das wie der Teil eines Baumes aussah, und runzelte unwillkürlich die Stirn. Casimir hatte ebenso einen Anhänger in der Hand gehalten.

Ruwen sah meinen verwirrten Blick.

„Sie, Sienna", sagte er sanft und führte das weiß glänzende Schmuckstück an seinen Mund, um es zu küssen, „Sienna wird nicht mehr zurückkommen, aber sie wird endlich gesühnt werden. Ihr widerwärtigen Menschverbundenen glaubt, euch alles nehmen zu können, alles und jeden, ohne Rücksicht auf die anderen. Es ist interessant", sprach er mehr zu sich selbst, als zu mir, „wie sich das Schicksal zu wiederholen vermag."

Er presste das Schmuckstück fest an sich. „Damals

warben Casimir und ich um ihre Gunst. Natürlich hat sie sich für mich entschieden, aber ihr Herz war gut und rein, sodass Casimir zu ihrem Freund wurde. Ein Freund, der sie bei dem Überfall durch die Menschverbundenen nicht beschützen konnte. Aber ich werde sie beschützen. Für jetzt und für alle Ewigkeit. Ich werde", seine Stimme schwoll an und hallte durch den Raum, „ich werde euch unglaublich niederträchtige Menschverbundenen leiden lassen. Ihr werdet sterben, wie ihr es verdient. Noch heute Nacht, bevor sich die Konstellation der Monde auflöst, wird es so weit sein."

Die schwarzen Finger, die mich festhielten, pressten sich in mein Fleisch und ich konnte kaum noch atmen. Erstickt stöhnte ich auf. Ruwen bückte sich zu einer schwarz glänzenden Schatulle, die neben ihm stand, und hob sie auf.

„Ich weiß, du kannst nicht sprechen wegen dieser Hand auf deinem Mund", sagte er. „Doch das macht nichts. Es ist mir lieber so. Euer Geschwafel musste ich lange genug ertragen." Er klappte die Schatulle auf und holte einen perfekten gelben Lichtstein daraus hervor.

Der Lichtstein summte und vibrierte in seiner Hand, als könne er es kaum erwarten, für die Vernichtung der Welt eingesetzt zu werden. Ruwen aktivierte ihn mit einem Wort und ließ ihn dann in die Einlassung vor dem gelben Banner, welches das Symbol der Wächter trug, gleiten. Dann griff er nach dem nächsten Stein, dem grünen diesmal, und wiederholte die Prozedur. Dabei schlich sich ein beinahe freundliches Lächeln auf seine Züge, das mich an den sympathischen Magiebegabten erinnerte, den ich zu kennen geglaubt hatte.

„Ach, Lee, jetzt schau doch nicht so erschrocken", sagte er, als wären wir zwei alte Bekannte, die sich einfach unterhielten. „Was hattest du erwartet? Große Gesten? Dunkle Beschwörungen?" Ruwen holte den schwarzen Lichtstein aus der Schatulle, brachte ihn zum Leuchten und legte ihn dann in die Öffnung vor dem schwarzen Banner mit dem Symbol der Templer.

Der Lichtstein vibrierte und ich spürte seine Energie in meinen Fingerspitzen.

„Magie ist die meiste Zeit über sehr viel weniger magisch, als es den Anschein hat. Nimm zum Beispiel den Blutzauber." Ruwen wog den perfekten roten Lichtstein in seiner Hand und betrachtete ihn einen Moment. „Das Ergebnis ist spektakulär, keine Frage. Aber die Magie selbst? Ein Klacks. Man muss sich einfach nur seiner dunklen Seite zuwenden. Sehr hilfreich, um ungeliebte Sinnträger loszuwerden. Was sagst du dazu?"

Ich konnte nichts dazu sagen, weil mein Mund noch immer von der schwarzen Hand verschlossen wurde, die mich bei jeder Bewegung etwas tiefer hinab in den aufgebrochenen weißen Marmorboden zog. Aber ich erinnerte mich an die Bäche von Blut, die im Land des Vertrauens aus dem Haus der Spinner geflossen waren, ich erinnerte mich an die Reisen, die ich mit Ben unternommen hatte, um die Welt zu retten. Und jetzt, so knapp vor dem Ziel, hatte ich versagt.

„Ich spüre Trauer", sagte Ruwen und fischte nach dem blauen Lichtstein in der Schatulle. „Ein schöner Sinn. Nicht ganz so schön wie Erstaunen, aber ich schätze die Trauer. Sie ist meistens ehrlich. Und sie wird in großem Maße über diese Welt kommen."

Wieder griff seine Hand in die Schatulle und ich schloss die Augen, weil ich nicht sehen wollte, wie der letzte leuchtende Lichtstein in der Bodeneinlassung verschwand. Wenn Ruwen so weitermachte, dauerte es keine Minute mehr, bis die zweite Sonne in den Himmel stieg und das Leben der Menschverbundenen in der Sinneswelt für immer ausgelöscht wurde. Als die schwarzen Finger sich noch enger um meinen Brustkorb schlangen, dachte ich, dass ich das Ende meiner Welt gar nicht mehr miterleben würde und mein Herzschlag wurde immer schwächer.

„Ah, wir bekommen Besuch", sagte Ruwen plötzlich nüchtern.

Ich bekam durch den Druck der schwarzen Hände kaum noch Luft, wandte aber dennoch schwach den Kopf in Richtung des Eingangs. Zwei Totaa waren dort aufgetaucht, die ich beide kannte. Einer davon war der knochige Templer Casimir, der den geknebelten Ilkus mit einer harschen Bewegung über die Schwelle stieß.

„Was willst du?", fauchte Ruwen Casimir an, als dieser hinter Ilkus den Zentralen Raum der Macht der Acht betrat.

„Er hat uns verraten", zischte Casimir und seine Augen weiteten sich kurz, als er mich sah.

„Verraten? Ilkus soll mich verraten haben?", schnaubte Ruwen kopfschüttelnd und blickte von Ilkus zu den strahlenden Lichtsteinen, die nun alle im Boden eingelassen waren. Dann sah er wieder Casimir an und runzelte die Stirn. „Also, Ben. Habe ich dir denn gar nichts beigebracht? Deinen Feind zu täuschen ist eine hohe Kunst", bemerkte Ruwen lakonisch und schleuderte Casimir mit einer einzigen Handbewegung gegen den schwarzen Banner. Stöhnend fiel er von dort zu Boden und blieb reglos liegen. Meine Augen verengten sich und mein Herz begann, wieder schneller zu schlagen. Konnte es sein, konnte es tatsächlich sein, dass es sich bei Casimir um Ben handelte? Ich sah dem hageren

Templer intensiv in die Augen, während die schwarzen Finger mich noch ein Stück tiefer in den Boden zerrten. Casimir erwiderte voller Schmerz meinen Blick und ich wusste, dass Ruwen recht hatte. Es war Ben.

„Verschwinde", wandte sich Ruwen an Ilkus. „Deine Inkompetenz erstaunt mich immer wieder aufs Neue. Bringst ihn durch das Totaa-Zeichen direkt hierher." Mit einer einfachen Handbewegung fegte er Ilkus durch die Tür. Wenig später erklang ein langer, qualvoller Schrei und ich war mir sicher, dass der unsägliche Freudeträger von der Plattform geschleudert worden war.

„Warum ... warum machst du das? Warum hast du mir bei dem Duell überhaupt geholfen", keuchte Ben, der gekrümmt neben dem strahlenden schwarzen Lichtstein am Boden lag und offensichtlich starke Schmerzen hatte.

Ich schluckte.

„Bitte Ben, erspare uns das", antwortete Ruwen und wischte einmal mit der Hand durch die Luft, als würde er eine Scheibe vom Schmutz reinigen. Sofort begann Casimirs Gestalt von Ben abzubröckeln wie der Putz von einem Haus. „Solltest du nicht lieber um deine Liebste bangen? Ich meine, ich werde sie ... ich korrigiere mich: Ich werde *euch* gleich töten. Endlich habt ihr zueinandergefunden und jetzt sterbt ihr sogar gemeinsam. Wie romantisch."

Ich sah über uns am Himmel einen weißen Schemen vorbeiflitzen und spürte, wie in mir die dumme, sinnlose Hoffnung aufkeimte, dass doch noch alles gut werden konnte.

„Wie wär's, wenn ich deinen beschissenen Plan vereitle, bevor ich dich töte", sagte Ben voller Abscheu und richtete sich auf. Seine zerrissenen schwarzen

Linien funkelten, als er demonstrativ nach oben in den nächtlichen Himmel blickte.

„Interessant, Ben. Und was willst du machen? Mir die Sterne vom Himmel holen?", fragte Ruwen amüsiert.

„Du hast nichts gelernt. Und du sollst der Auserwählte sein?" Er lachte laut. „Bereits nach kurzer Zeit unseres Trainings wusste ich, dass du nicht der Auserwählte sein kannst. Aber es wird mir ein Vergnügen sein, euch beiden hier beim Sterben zuzusehen." Ruwen setzte den letzten leuchtenden Lichtstein in den Boden und ein erwartungsvoller Ausdruck legte sich auf sein Gesicht.

Sogleich würde die zweite Sonne in den Nachthimmel steigen und uns Menschverbundene für immer auslöschen, dachte ich und sah ein letztes Mal zu Ben, dessen Blick mir Hoffnung gab.

„Du täuschst dich, Ruwen. Ich bin der Auserwählte, deswegen kannst du dir deine zweite Sonne sonst wo hinschieben", sagte Ben hart und Ruwens überheblicher Gesichtsausdruck fiel in sich zusammen, als ihm Ben den schwarzen perfekten Lichtstein in seiner Hand präsentierte.

Ich blickte zu der Einlassung unter dem schwarzen Banner. Ben musste den perfekten Lichtstein durch den einfachen ersetzt haben, den er während des mannigfaltigen Mondlichtfestes von der Ekelträgerin erhalten hatte.

„Fang!", brüllte Ben in den Himmel und einer von Gabriels Sandadlern stürzte in dem Moment mit eng angelegten Schwingen durch das offene Dach in den Sternensaal.

Ich schnappte nach Luft und mein Sinn ließ mich die Szene wie im Zeitraffer erleben. Ben schleuderte den strahlenden Lichtstein in seiner Hand in Richtung des

Adlers, der bereits seine Klauen danach ausfuhr.

Ruwen riss erstaunt die Augen auf und folgte der Flugbahn des leuchtenden Steines. Der Vogel näherte sich dem Stein mit einer unglaublichen Geschwindigkeit, aber Ruwen stand viel näher. Er sprang in die Höhe, streckte den Arm nach dem Stein aus und fing ihn in der Luft. Seine grünen Linien strahlten und im ersten Moment breitete sich ein ebenso strahlendes Lächeln auf seinem Gesicht aus, das im nächsten Augenblick aber in Entsetzen umschlug.

Ich sah, wie der tausendfach verstärkte Lichtstein in seiner Hand zu flackern begann. Ruwen schrie auf. Er schüttelte den Arm, aber der Lichtstein hatte sich an seiner Hand festgesaugt. Die magische Energie in Ruwens Gesichtszeichnung heizte den Stein immer weiter auf und das Flackern wurde heller und heller. Ich hörte ein schrilles Geräusch und sah, wie der als unzerstörbar geltende Lichtstein einen langen, hässlichen Sprung bekam.

Und dann zerfetzte die immense Kraft des tausendfach verstärkten Lichtsteins Ruwens Körper mit einem gewaltigen Knall.

Kapitel 17

„Lee!", schrie Ben und der Knall der Explosion dröhnte in meinen Ohren. Alles klang dumpf in mir und die Welt versank in eine langsame Stille, die sich über den Zentralen Raum der Acht der Macht und meine Wahrnehmung legte. Rote Glut und schwarze Aschewolken tanzten in der Luft, als ob es etwas zu feiern gäbe, und es roch nach verbranntem Fleisch und schwerem Rauch. Unzählige Partikel von Ruwens Existenz klebten an den Wänden und dem weißen Boden. Sein Körper war brutal auseinandergerissen worden.

Das Blut in meinen Adern pulsierte. Ich keuchte auf, denn die schwarzen Finger hatten meinen Körper so stark zusammengepresst, dass jede Bewegung schmerzte. Doch das hatte keine Bedeutung, denn ich fühlte Bens Nähe, atmete seinen Geruch und spürte seine schützende Kraft. Ich war Ben so nah wie damals im Sternensaal, als wir gemeinsam die Barriere durchbrochen hatten, damals, als alles angefangen hatte. Ich war ihm so nah, dass ich die Anzahl seiner Wimpern und die braunen Sprenkel in seiner Iris zählen konnte, so nah, dass ich seine harten Brustmuskeln auf mir fühlen konnte, so nah, dass ich die geschwungene Form seiner Lippen …

„Alles okay?", fragte er mich besorgt.

„Ist es", begann ich und sog schmerzverzerrt die Luft ein.

„Es ist vorbei. Es ist endlich vorbei", murmelte er und sein Gesicht war direkt über meinem. Ich sah in seine dunklen Augen, die nach wie vor unergründlich und geheimnisvoll waren und mich zu sich zogen.

„Geht es dir gut?", fragte er mit samtiger Stimme.

Ich lächelte sanft und unterdrückte die Tränen der Erleichterung. Der Untergang der Menschverbundenen war abgewendet worden. Die Tage seit meiner Erweckung … alles hatte einen Sinn gehabt, ich hatte den richtigen Weg eingeschlagen. Wir hatten es geschafft. Ben hatte es geschafft.

„Was du dir alles einfallen lässt, um mir nahezukommen", sagte ich mit leiser Stimme.

„Stimmt", erwiderte er herausfordernd. „Die Explosion muss mir erst mal einer nachmachen."

„Lieber nicht."

„Umfassende Planung", sagte er unbewegt. „Wahrhaft beeindruckend. Und alles nur, um auf dir zu landen. Aber erwarte das jetzt nicht jedes Mal."

„Zumindest gibst du es zu", entgegnete ich und schmunzelte.

„Was genau gebe ich zu?" Fragend hob er eine Augenbraue.

„Dass du es schon von Anfang an auf mich abgesehen hast", erklärte ich so ernst wie möglich und meine Schmerzen traten in den Hintergrund.

„Ich glaube, die Explosion hat dein Erinnerungsvermögen geschwächt", konterte er und sein Mundwinkel zuckte.

„Das glaube ich nicht. Gib es zu, du wirst dich danach besser fühlen", flüsterte ich lächelnd.

Ben ließ mich nicht aus den Augen. „Falls ich deinem Gedächtnis auf die Sprünge helfen darf: Im Sternensaal hast du dich auf mich geworfen. Und ich weiß zwar noch immer nicht, wie du es angestellt hast, aber die

Sache mit dem magischen Band war definitiv Absicht."

„Absicht?", wiederholte ich. „Du glaubst, dass ich es genossen habe, an dich gebunden zu sein?"

„Und wie."

„Ben, ich habe es definitiv nicht genossen. Eher das genaue Gegenteil."

„Das genaue Gegenteil?", fragte er und kam meinem Gesicht näher. Seine Haare fielen ihm zerzaust in die Stirn und seine dunklen Augen sahen mich an, als könnten sie bis in mein Innerstes blicken.

Mein Herz pulsierte und schlug so heftig gegen meine Brust, dass er es hören musste.

„Komm, lass uns", setzte er an und ich hing an seinen Lippen, „diesen düsteren Ort verlassen."

„Was genau meinst du mit düster? Dass von hier aus beinahe alle Menschverbundenen ausgerottet worden wären oder dass Ruwens Überreste an der Wand kleben?", fragte ich.

Ein amüsiertes Lächeln legte sich um Bens Mund. „Irgendwie finde ich beides nicht so ...", sagte er und stockte.

„So was?", hakte ich nach.

Bens Augen funkelten. „So romantisch", antwortete er mit fester Stimme.

Ich atmete tief ein. „Romantisch?", fragte ich und versuchte, mein Herz unter Kontrolle zu halten. „Du willst es romantisch haben?" Ich verhielt mich so gelassen wie möglich, obwohl in mir ein Gefühlsorkan tobte. „Jetzt sag bloß nicht, dass dich das bisschen Gehirnbrei stört", sagte ich und deutete auf die blutüberströmten Wände.

„Gefällt es dir etwa?", fragte er schmunzelnd. „Na dann müssen die letzten Tage ja besonders romantisch für dich gewesen sein. Vor allem unser kleiner Ausflug in die Höhle der Totaa." Mit einer fließenden Bewegung stützte er sich auf und kam auf die Beine. Er hielt mir die Hand hin.

Ich nahm sie und ließ mich von ihm hochziehen.

„Komm", sagte er, „lass uns jetzt einmal einen unromantischen Ort aufsuchen."

Die Luft auf der Plattform war frisch und rein. Es war eine Wohltat, sie einzuatmen. Ben und ich gingen ein paar Schritte nach vorn, bis wir direkt an der Brüstung standen. Ich machte einige tiefe Atemzüge, mit denen die Anspannung langsam von mir wich. Ben hielt noch immer meine Hand und seine Berührung fühlte sich gut und richtig an, alles hier fühlte sich gut und richtig an.

Die Schwarzweiße Stadt unter uns wirkte friedlich und unberührt, und die Festivitäten hatten sich dem Ende zugeneigt. Die Sinnträger dort unten wussten nichts davon, was hier passiert war, wussten nicht, dass ihre Welt beinahe aufgehört hätte, so zu existieren, wie sie sie kannten, wussten nicht, dass die Menschverbundenen beinahe dem Untergang geweiht worden waren.

Die Sonne ging langsam auf und der orangegefärbte Himmel tauchte alles um uns in eine warme, wohlige, zukunftsträchtige Atmosphäre. Leichte Euphorie befiel mich. Die acht Monde waren verschwunden und mit ihnen die Bedrohung der Totaa.

„Sieht so aus, als hätte Panica mit ihrem mordsteuren Mondlichtfest wieder alles zurechtgerückt", sagte Ben und sein Blick wanderte über die Schwarzweiße Stadt, deren verschiedenartige Türme und Häuser sich in die Höhe schraubten. „Zumindest wird dies der Tenor sein.

Jetzt, wo einer der Lichtsteine zerstört ist, werden die magischen Portale wieder funktionieren und der Mythos um das mutige Mondlichtfest lebt weiter."

„Auch wenn es der Auserwählte war", entgegnete ich und ein Gefühl der Dankbarkeit beschlich mich, „der unsere Welt gerettet hat."

„Das mit dem Auserwählten habe ich doch nur gesagt, um Ruwens Aufmerksamkeit von dir wegzulenken", murmelte er. „Gabriel hatte in dem Moment wie besprochen den Adler geschickt und ich musste Ruwen ein wenig aus dem Konzept bringen."

„Aber es war nicht der Adler, der unsere Welt gerettet hat", widersprach ich. „Verstehst du denn nicht? Es ergibt jetzt alles einen Sinn, Ben. Wäre dir deine magische Fähigkeit beim Duell nicht genommen worden, dann wärst du selbst explodiert, als du Ruwen den leuchtenden Lichtstein zugeworfen hast – die magische Energie wäre zu groß gewesen. Es sollte so sein. Es hatte einen Grund, warum du das Duell verloren hast."

Ben zuckte mit den Schultern. „Leuchtet definitiv mehr ein, als dass ich gegen Jesper verloren habe", murrte er und rieb sich den Nacken. „So ergibt es zumindest etwas Sinn."

Ich schüttelte den Kopf und wollte nicht an Jesper denken. „Du bist der Auserwählte, Ben", sagte ich entschieden und drehte mich zu ihm, um ihm tief in die Augen zu sehen. Die Worte lösten in mir eine Wahrheit aus, die ich schon länger gefühlt hatte. Deswegen hatte mich meine Prophezeiung an Ben gebunden; weil nur er den Plan der Totaa verhindern konnte.

Bens Mundwinkel zuckte. „Ich bevorzuge die Bezeichnung Held", entgegnete er kühl. Mit dem verwegenen Ausdruck im Gesicht und seiner zerrissenen

Gesichtszeichnung sah er einfach verboten gut aus.

Ich schluckte. „Held? Dein Ernst?"

„Du kannst mich auch gerne Retter der Welt nennen, wenn es dir lieber ist", erklärte er süffisant, „oder Triumphator."

„Triumphator?", wiederholte ich und zog eine Augenbraue hoch. „Ist das nicht etwas übertrieben? Schließlich wärst du ohne meine Hilfe nicht so weit gekommen."

Ben kratzte sich an seinem Dreitagebart. „Das macht dich doch zur Triumphatorin. Und gefällt dir das?" Er machte einen herausfordernden Schritt auf mich zu, sodass ich seinem anziehenden Geruch nicht entkommen konnte. Ich fühlte die Wärme seines Körpers und mein Herz wollte nur noch näher zu ihm. „Triumphatorin? Dann habe ich dir lieber doch nicht geholfen", erklärte ich und schmunzelte. „Aber ich bin froh, dass unsere unsägliche Reise endlich zu Ende ist."

Ben strich mir eine Haarsträhne aus dem Gesicht und seine Berührung ging mir durch die Haut.

„Lee, unsere Reise hat gerade erst begonnen", sagte er mit sanfter Stimme. Seine dunklen Augen sahen mich intensiv an und ein warmes Kribbeln durchfuhr meinen Körper. Ich nickte und führte seine Hand an meinen Mund, um sie zu küssen. „Ben, ich hatte solche Angst um dich", flüsterte ich, als die Erinnerungen wieder aufflackerten.

„Ich weiß", entgegnete er und lächelte schwach. „Das war ganz schön knapp." Er machte eine kurze Pause. „Du musst mir eines versprechen, Lee."

Ich kräuselte die Stirn. „Was soll ich dir versprechen?"

„Versprich es mir einfach."

„Wie kann ich dir etwas versprechen, wenn ich gar

nicht weiß, worum es geht?"

„Vertrau mir einfach", sagte er und ich wusste in jeder Faser meines Körpers, dass ich es tun konnte. „Auch wenn es deinem Wachsamkeitssinn widerspricht."

„Was soll das heißen?"

„Vertrau mir einfach", wiederholte er und ich nickte.

„Ich verspreche es dir", sagte ich schließlich.

„Du darfst dich nie wieder in solche Gefahr bringen, Lee."

„Aber –", setzte ich an, doch er schüttelte den Kopf. „Ich weiß, dass es deinem Naturell widerspricht, aber du darfst mir das nicht noch einmal antun. Die letzten Stunden waren schlimmer als die weiße, blaue, gelbe, rote und grüne Hölle zusammen – und mit der Unendlichkeit multipliziert."

Er meinte es ernst und ich mochte nicht daran denken, wie oft wir schon um Haaresbreite dem Tod entronnen waren. In seinen Augen sah ich die Sorge, die er um mich gehabt haben musste. „Ich passe auf, versprochen", sagte ich und drückte seine Hand an mich.

Ben schüttelte den Kopf. „Du sollst nicht nur aufpassen, du sollst dich in Zukunft raushalten."

Ich wandte das Gesicht ab und band mir die Haare zu einem lockeren Knoten zusammen. Dann atmete ich tief durch. „Das kann ich nicht", sagte ich und sah zu Boden, da ich kein Versprechen geben wollte, dass ich nicht hundertprozentig halten konnte. „Ich bin, wer ich bin."

Ben sah mich eindringlich an. „Ich weiß", sagte er. „Du bist widerborstig, unbelehrbar und starrköpfig." Er atmete tief ein. „Und das möchte ich auch nicht ändern. Obwohl …" Er grinste frech und machte eine unangebrachte Pause. „Nein, du bist gut so, wie du bist.

Aber du musst mir versprechen, dass du dich niemals wieder so in Gefahr begibst, zumindest nicht ohne mich. Ich werde dich nicht mehr aus den Augen lassen, hast du verstanden?" Er lächelte sanft. „Schließlich bin ich der Triumphator und ich werde dich beschützen."

Ein Lächeln huschte über mein Gesicht. „Du wirst mich beschützen? Ist das eine Drohung oder ein Versprechen?"

„Beides", sagte er eisig und ein kühler Schauer rann durch meinen Körper. Seine Gesichtszüge wurden hart und sein Körper spannte sich an. „Ich habe seit unserer Gefangenschaft bei den Totaa das erste Mal einen Sinn stärker als meinen eigenen empfunden", sagte er und seine Stimme wurde todernst. „Ein Sinn hat mich überrollt und das nicht, weil dieser elendige Ilkus Experimente an mir durchgeführt hat, nicht, weil ich um mein Leben fürchtete, nicht, weil ich Sorge um diese Welt und die Zukunft der Menschverbundenen hatte. Nein, dieser Sinn hat mich übermannt, weil ich Angst hatte, so enorm tiefe, ins Innerste schneidende Angst, die mir das Herz aus der Brust gerissen, den Atem abgeschnürt und mich in den Wahnsinn getrieben hat. Angst, diese unbeschreiblich große, dunkle Angst, das Bedeutsamste in meinem Leben für immer zu verlieren – dich zu verlieren."

Er presste die Lippen zusammen und sein Herz schlug schnell, so schnell, wie ich es noch nie gehört hatte. „Lee, ich möchte in keiner Welt leben, in der du nicht existierst." Er strich mir sanft über die Wange und meine Welt blieb stehen. „Denn du bist alles, was ich brauche, um glücklich zu sein. Du bist alles für mich. Nach dem ganzen schnell und stürmisch, wie wäre es jetzt mal mit vorsichtig und langsam, Wächterin?", fragte er und der

Sonnenaufgang hinter ihm war nicht mehr zu sehen. Nichts um uns herum war noch zu sehen, ich sah nur ihn, sah seine dunklen Augen, die mich in ihren Bann zogen, und sehnte mich nach seiner Berührung.

„Das klingt gut", sagte ich leise, „sogar sehr gut."

Ben sah mich an, als hätte er noch nie etwas Schöneres gesehen, und mein Herz hämmerte gegen meine Brust, sodass ich beinahe das Atmen vergaß. Die Zeit schien stillzustehen und alles um uns herum verlor an Bedeutung. Bens Blick rutschte hinunter zu meinen Lippen und ich atmete tief ein, als ich seinen kräftigen Herzschlag vernahm, der immer schneller wurde. Mit seinen starken Armen zog er mich zu sich und ich ließ es geschehen. Ich wollte nur noch bei ihm sein, wollte ihm ganz nah sein und ihn nie wieder loslassen. Eine unglaubliche Hitze ging von ihm aus, die meinen ganzen Körper durchfuhr, und mir stockte der Atem, als ich das unglaubliche Verlangen in seinen Augen sah.

Er beugte sich zu mir hinunter und ich schlang meine Arme um seinen Hals, spürte seine Hände an meinen Hüften, spürte den Halt, den er mir gab, und immer gegeben hatte. Sein Gesicht näherte sich meinem und ich seufzte leise, als unsere Lippen miteinander verschmolzen. Nach all der Zeit fanden sie endlich zueinander und ein neues Gefühl durchfloss mich, dass ich noch nie in dieser Intensität empfunden hatte. Es war, als wäre ich endlich angekommen, es fühlte sich unbeschreiblich gut an, vertraut und aufregend, sinnlich und stark, einfach richtig. Endlich konnte ich loslassen. Ich konnte die Kontrolle abgeben, konnte einmal meinen Sinn ausschalten, fühlte die Freiheit in mir, vertraute Ben restlos und war mit ihm verbunden, unendlich und tief. Die Berührung seiner Lippen raubte mir Sinn und Verstand und ich hoffte, dass unser Kuss nie zu Ende gehen würde.

„Es sieht so aus, als kämen wir ungelegen", drang eine männliche Stimme an mein Ohr. Nur widerwillig lösten Ben und ich uns voneinander.

Quirin und Sinja samt ihren elfenhaften Bodyguards hatten sich lautlos zu uns gesellt und standen drei Meter entfernt auf der weißen Plattform. Sie trugen alle noch ihre Mondlichtumhänge und ich hoffte, dass sie uns nicht zu lange beobachtet hatten.

„Ich gebe zu, du hast mich überrascht", erklärte Quirin nüchtern und kam gemessenen Schrittes auf mich zu. Sein gelber Umhang wehte beim Gehen und die bekannte Strenge lag in seinem Gesicht. Er hielt etwas Schimmerndes in der Hand und ich blinzelte überrascht, als er mir meinen Wächterstab aushändigte.

„Wie es aussieht, hat mich mein erster Eindruck von dir doch nicht getäuscht. Ich wusste, dass Großes in dir steckt. Als dein Mentor war mir von Anfang an klar, dass du zu etwas Besonderem berufen bist, Wächterin. Deine Suspendierung ist somit aufgehoben", erklärte er mit autoritärer Stimme.

Ich nahm den Stab an mich und runzelte die Stirn. Es tat gut, meinen Wächterstab wieder bei mir zu wissen, aber Quirins selbstgefällige Art war einfach nur zum Kotzen. Sollte ich ihn an unsere letzte Begegnung in der Pyramide erinnern? Sollte ich ihn daran erinnern, wie er mich in dem Raum hatte schmoren lassen, um mich dann zu suspendieren?

„Natürlich wusstet Ihr es", ätzte Ben und seine schwarzen, zerrissenen Linien flammten kurz auf.

„Du bist also der Reisende", sagte Quirin und musterte

Ben. „Gestalterin Sinja hat mir schon viel von dir erzählt. Den alten Legenden nach könnte es sich bei dir um einen Auserwählten handeln. Obwohl ich nicht daran glaube, ist unsere Welt euch beiden zu Dank verpflichtet." Er nickte uns kurz zu. „Ich könnte mir gut vorstellen, dass dich Arkadius nun deine Reisendenprüfung wiederholen lässt."

Ich sah ein kurzes Lächeln in Bens Gesicht und freute mich, dass er endlich seiner Berufung würde folgen können.

„Während ihr die Totaa ausgeschaltet und die Katastrophe abgewendet habt, habe ich Gestalter Quirin ins Vertrauen gezogen", erklärte Sinja und blickte über die Schwarzweiße Stadt. „Wir konnten das unheilvolle Puzzlestück lange nicht zusammensetzen, Ruwen musste den Blick der Gestalter mit der Kunst der Sandmalerei vernebelt haben, eine sehr alte Magie. Ansonsten wäre er niemals so weit gekommen. Niemals", wiederholte sie eisig. Ihre glatten blonden Haare glänzten im Schein der aufgehenden Sonne wie Gold. Unter ihrem roten Umhang trug sie ein aus Weißalgen geflochtenes Kleid, das ihrer umwerfenden Figur schmeichelte.

Ich versuchte, nicht in die Richtung ihrer bezaubernden Bodyguards zu sehen, um nicht wieder in den Bann ihres Blendzaubers zu geraten. Ein kurzer Seitenblick zu Ben verriet mir, dass auch er ihnen keine Aufmerksamkeit schenkte. Innerlich lächelte ich.

„Woher wusstet Ihr, dass es Ruwen war?", fragte ich und war noch immer von der Macht überrascht, die Sinjas Sekretär entwickelt hatte.

Sinjas eiskalte Augen durchbohrten mich. „Ich ließ heute während der mickrigen Mondlichtzeremonie seine Unterkunft durchsuchen – es war nicht mehr als ein

Verdacht. In einer Geheimkammer entdeckten meine elfenhaften Beschützer einige dunkle Zauber, die sehr groß und mächtig waren und nicht zu dem Bild passten, das ich mir von meinem Sekretär gemacht hatte."

„Parallel informierte Wächter Gabriel die Wächter Morris und Marcus darüber, was geschehen war", ergänzte Quirin, „die wiederum ihrer Pflicht nachkamen, mir schnellstmöglich Bericht zu erstatten." Er warf mir einen missbilligenden Blick zu. „Gestalterin Sinja hat mir nahegelegt, dass deine … Unternehmungen auf deine Totaa-Nachforschungen zurückzuführen waren und du den Pflichten der Wächterschaft redlich nachgekommen bist. Ich kann nicht sagen, dass ich es gutheiße und ich erwarte, dass du mich in Zukunft direkt informierst, aber unter den vorhandenen Umständen drücke ich ein Auge zu", sagte er und sein kahler Kopf glänzte im orangefarbenen Licht, während er mich fixierte. „Aber ich drücke nicht gerne ein Auge zu, Wächterin."

Ich nickte, weil ich keine Lust verspürte, mit ihm zu diskutieren.

„Ich denke, es ist selbstverständlich, dass ihr die Vorkommnisse für euch behalten werdet", sagte Quirin und verschränkte die Hände hinter seinem Rücken. „Die Wächter werden mit ihren Ermittlungen beginnen und sämtliche Mitglieder der Totaa ausfindig machen. Seid gewiss, dass die Totaa ihre Strafe erhalten werden."

Ein kurzer Ausdruck der Befriedigung huschte über Bens Gesicht.

„Was ich nicht verstehe … Wie konnte Ruwen nur so mächtig werden?", fragte ich.

Sinjas Augen verengten sich. „Er muss sein Ziel sehr lange verfolgt haben, und sein Hass auf die Menschverbundenen hat ihn offensichtlich angetrieben.

Hass ist ein Quell unerschöpflicher Energie, deren Zerstörungskraft keine Grenzen kennt – und Ruwen konnte mit den Sinnen Hass, Angst und Missgunst unzählige Anhänger rekrutieren, die ihn willenlos unterstützt haben. Wir wissen nicht, wie weit seine dunklen Machenschaften reichten, aber wir werden es herausfinden." Sie lächelte sanft und ihre eiskalten Augen fixierten uns. „Belastet euch nicht damit. Ihr beide habt schon genug getan."

Kapitel 18

Nachdem wir den Wächtern alles über die Geschehnisse und unsere Verstrickungen mit den Totaa berichtet hatten, waren wir am Abend endlich wieder allein. Wir hatten uns in das kleine offene Lokal begeben, das sich in der Mitte des Marktplatzes der Schwarzweißen Stadt befand. Es war wie beim letzten Mal gut besucht und erlaubte uns eine hervorragende Sicht auf die verschiedenen Stände, an denen die unterschiedlichsten Sinnträger ihre Ware feilboten. Es war dunkel geworden und Lichtsteine in allen Sinnesfarben erleuchteten den Platz.

„Das Verhör hat ewig gedauert", murrte Ben müde und ließ sich auf die Bank fallen.

Ich setzte mich neben ihn und er strich mir sanft über meinen Hals. „Die Wächter sind eben gründlich", sagte ich und war froh, endlich etwas zu Essen zu bekommen.

„Dieser Marcus war besonders gründlich", ätzte Ben.

„Eifersüchtig?"

Er schüttelte den Kopf und seine Haare fielen ihm ins Gesicht. „Ich habe keinen Grund, eifersüchtig zu sein, Wächterin. Ich bin das Beste, was du bekommen kannst."

„Das Beste, das ich bekommen kann? Willst du mich etwa beleidigen?", konterte ich amüsiert, und anstatt mir zu antworten, zog mich Ben zu sich heran und küsste mich. Sofort waren die Anstrengung, der Hunger und alles um uns vergessen und es gab nur noch uns beide.

Bis jemand vertrauensvoll seinen Arm um uns legte.

„Na, endlich", seufzte Simeon. „Ich dachte schon, das wird nie was mit euch."

Ben und ich beendeten widerwillig unseren Kuss.

„Du störst", sagte Ben kalt.

Simeons grüne Augen funkelten schelmisch und er klopfte uns auf die Schultern. Dann ließ er sich uns gegenüber nieder. „Mann, habe ich einen Hunger", sagte er und klatschte mit einer Hand auf die gläserne Tischplatte, die in leuchtenden Lettern eine Auflistung der verfügbaren Getränke und Speisen bot.

„Du störst noch immer, Simeon", sagte Ben trocken und ich hatte ein Déjà-vu. Damals war Simeon auch in der Schwarzweißen Stadt aufgetaucht und hatte uns erst in alles hineingeritten, hatte uns in die Sackgasse gelockt, um dann seinen Tod vorzutäuschen.

„Ach, es tut so gut, wieder ich selbst zu sein", sagte Simeon und ignorierte Bens Bemerkung. „Keine blauen Pillen mehr – das passt jetzt auch, nachdem ich die letzten anscheinend irgendwo verloren habe. Jetzt kann ich mein schönes Antlitz endlich wieder zeigen. Was für ein Gewinn für die Welt." Simeon strich sich über sein Gesicht, als würde er ein kostbares Schmuckstück berühren.

„Genau", murrte Ben, „was für ein Gewinn."

„Was bin ich froh", fuhr Simeon fort, der Bens Kommentar wieder geflissentlich überging, „dass wir die Verschwörung der Totaa aufdecken und das Ende der Welt verhindern konnten."

„Wir?", fragte Ben ungläubig.

„Ja, vielleicht bin ich doch der Auserwählte?", entgegnete Simeon und blickte vertrauensvoll in den Abendhimmel, in dem der rote Mond leuchtete.

„Ja, vielleicht. Vielleicht bist du der Triumphator",

sagte ich belustigt.

„Triumphator? Das klingt ganz nach mir", strahlte Simeon und straffte die Schultern.

Ben hob eine Augenbraue. „Als Triumphator solltest du dich jetzt in die nächste Schlacht werfen. Willst du den Wächtern nicht bei ihren Nachforschungen helfen?"

Simeon schüttelte den Kopf. „Ne, ich denke, ich habe genug getan", wiegelte er ab und inspizierte die Speisekarte. Dann sah er uns an. „Drei Mal Burger mit Mondsaft wie beim letzten Mal?", fragte er und grinste breit.

„Ich nehme lieber was Vegetarisches", sagte ich.

Simeon fuhr sich durch die strohblonden Haare. „Die Burger sind doch ohne Fleisch, die schmecken nur so ...", erklärte er. „Noch ein Vorteil unserer magischen Welt.

Ich nickte. „Das weiß ich. Dennoch nehme ich lieber einen Gemüseteller."

„Da schließe ich mich an", sagte Ben und nahm meine Hand. Seine Berührung löste ein sanftes Prickeln in mir aus.

„Immer dieser Massendruck. Okay, ich bestelle das auch. Und heute geht es mal auf mich", sagte Simeon und winkte der Wutkellnerin zu, die uns auch damals bedient hatte. Die kurzhaarige dickliche Trägerin stapfte missmutig an unseren Tisch. Ihre rot gekreuzten Gesichtslinien glommen leicht. „Eure Bestellung", fuhr sie uns harsch an.

„Drei Mal ... Moment, vielleicht nehme ich doch", begann Simeon und starrte auf die Speisekarte.

„Wir nehmen drei Mal den Gemüseteller und drei Mondsäfte, danke", sagte ich schnell, bevor die Wutkellnerin uns noch anblaffen konnte.

Sie murrte etwas und stampfte dann davon.

„Massendruck, sage ich ja", motzte Simeon. „Vielleicht hätte ich doch lieber einen Burger bestellt."

„Ein Gemüseteller wird auch dir guttun", erklärte ich und Simeon strich sich über den Bauch. „Ist es dir aufgefallen? Habe ich ein wenig zugenommen?"

„Ein wenig? Du siehst aus, als wärst du schwanger", erklärte Ben trocken.

„Wirklich?", fuhr Simeon herum und sprang entsetzt auf.

„Er macht sich nur lustig über dich", sagte ich und Simeon setzte sich langsam wieder hin.

„Das ist nicht lustig", murrte er beleidigt und sein Blick blieb an dem goldenen Medaillon an meinem Hals hängen.

„Lee, also, wegen meines Medaillons, es wäre schön –",

„Vergiss es", schaltete sich Ben ein und betrachtete ihn eindringlich. „Das Medaillon gehört Lee."

Simeon hob beschwichtigend die Hände. „Ja, ja, schon gut. Ich wollte sagen, dass es schön wäre, wenn sie es behalten würde."

„Natürlich behält sie es, schließlich ist es ihres", sagte Ben schroff. „Und es war nicht leicht, es wiederzubekommen."

Ich kräuselte die Stirn und drehte mich zu Ben. „Was musstest du dafür tun? Musstest du der Tränenleserin etwa ein Küsschen geben?", fragte ich.

„Eifersüchtig?", fragte Ben zurück und hob eine Augenbraue. Seine dunklen Augen funkelten amüsiert.

„Nein", ich schüttelte den Kopf, „ich bin schließlich das Beste, das du bekommen kannst."

Ben nickte und wartete einen Moment. „Ja, das bist du."

Ein warmes Gefühl breitete sich in mir aus, doch im nächsten Augenblick fühlte ich ein Zerren in meiner Brust, das mich aus dem Hier und Jetzt hinaus in die Kälte riss.

Als ich meine Lider öffnete, starrten mich die blutroten Augen eines schwarzen, zotteligen Wesens an. Ich konnte mich kaum bewegen, mein ganzer Körper schmerzte und mein Kopf dröhnte. Ich lag mit dem Rücken auf einem eiskalten Boden. Neben mir fletschte der blutäugige schwarze Wolf seine spitzen Zähne, als könne er mich sehen und wartete nur darauf, mich zu zerfleischen.

Konnte er mich denn sehen? Ich versuchte, meinen Herzschlag zu beruhigen, versuchte, mich zu konzentrieren – ich durfte jetzt nicht in Panik geraten, dachte ich und blickte mich in dem Raum um, so gut ich konnte. Ein Zittern durchlief meinen Körper und ich schluckte trocken. Ich wusste, wo ich war.

Wieder befand ich mich in der kreisrunden, mit alten Schriftzeichen versehenen Kammer, an deren Decke eine runde Öffnung den Blick auf den Nachthimmel freigab. Es war jene Kammer, in der ich in einer meiner Visionen die Sandmalerei gesehen hatte.

Der rote Mond erleuchtete den Raum spärlich und ich sammelte all meine Kraft, um mich schwerfällig aufzurichten. Der heiße Atem des Wolfes schlug mir ins Gesicht und er knurrte mich an. Ich sah, dass er zum Sprung ansetzte, und vergaß für einen Moment zu atmen. In meiner Vorstellung sah ich schon, wie sich das Tier auf mich stürzen und auseinanderreißen würde, dann sprang der Wolf und löste sich direkt vor mir in Luft auf. War es ein Wutwolf gewesen?

Mühsam drehte ich den Kopf und erkannte eine Gestalt

unter einem weißen Umhang, die an einem Tisch aus poliertem Schwarzholz saß. Vor ihr stand wie beim letzten Mal eine goldene Schale mit Sand und daneben lag ein pinkfarbenes Buch, das von Schminktipps in der anderen Welt handelte. Mein Atem ging flach, denn das Gesicht der Person lag diesmal nicht im Schatten und ihre goldblonden Haare leuchteten im Mondlicht. Ich spürte, wie sich das Gefühl einer erschreckenden Erkenntnis in mir ausbreitete und ich aus meiner Vision gerissen wurde.

„Lee, geht es dir gut?", fragte Ben, der mich im Arm hielt. Langsam öffnete ich die Augen.

„Ich hatte schon wieder ...", flüsterte ich schmerzverzerrt.

„Eine Vision?", fragte Ben und ich nickte schwach. Mein Körper fühlte sich an, als wären hundert Totaa darüber hinweggetrampelt.

„Vision? Du hast Visionen?", kreischte Simeon vergnügt, als hätte man ihm erzählt, dass der Weihnachtsmann tatsächlich existierte.

„Sei still", zischte Ben und bedachte Simeon mit einem Blick, der ihn sofort verstummen ließ.

„Alles okay?", fragte er mich.

Ich schüttelte den Kopf. *Was reimt sich auf Rot?*, schoss es durch meine Gedanken und ich schluckte. „Ben, es ist noch nicht vorbei", wisperte ich und Simeon kam um die Bank herum zu uns. „Sinja. Sie ist die Sandmalerin. Sie muss hinter allem stecken und die Fäden gezogen haben. Und sie hat das Buch. Das Buch aus dem magischen Laden", stöhnte ich, „das Otto dir geschenkt hat."

„Mein Buch? Das über die Schminktipps?", fragte Simeon verblüfft, versuchte jedoch, nicht zu laut zu sprechen. „Was will Sinja denn damit ... es sei denn ..."

„Es ist eines der Bücher der Macht", sagte Ben nüchtern. Ich nickte. Ben sprach meine schlimmste Befürchtung aus. „Damit sie einen Plan B hat, falls Plan A nicht funktioniert", ergänzte er.

„Aber warum sollte Sinja, warum sollte sie die Menschverbundenen auslöschen wollen?", fragte Simeon. Ich zuckte mit den Schultern, bereute die kleine Bewegung jedoch sofort. „Wir können niemandem trauen", flüsterte ich und fühlte, wie die Angst in Simeon zurückkehrte.

„Aber ich dachte, ich dachte, es ist zu Ende", keuchte er verzweifelt.

„Vielleicht hat es gerade erst angefangen", erwiderte Ben ruhig.

Sinjas glasblaue Augen blitzten vor mir auf, vermischten sich mit meiner Erinnerung an die weit aufgerissenen blauen Augen eines Mannes und ließen mein Herz kurz aussetzen. Hatte mein altes Leben als Mensch etwas mit Sinjas Plänen zu tun? War das der Grund, warum es mir so schwerfiel loszulassen? Ich richtete mich langsam auf. „Wir können zum jetzigen Zeitpunkt niemandem vertrauen außer uns selbst. Und wir können auch keine Anschuldigungen gegen eine Gestalterin geltend machen – ohne Beweise. Wir müssen Beweise finden. Wer weiß, was sie vorhat." Ich sah Ben in die Augen und das Gefühl der Schuld stieg in mir hoch. „Es tut mir leid, dass ich mit meinen Visionen schon wieder …"

Ben legte mir den Finger auf die Lippen. „Es muss dir nicht leidtun. Denk an das, was ich dir versprochen habe. Ich werde nicht von deiner Seite weichen. Komme, was wolle."

Simeon räusperte sich. „Ich glaube, ich störe euch",

erklärte er rasch und stand auf. „Ich sollte lieber gehen."

Ben schüttelte den Kopf. „Setz dich", befahl er. „Du bleibst, wo du bist. Diesmal wirst du dich nicht so schnell aus dem Staub machen, Magiebegabter. Du bist schließlich der Auserwählte, oder?"

Simeon zuckte mit den Schultern. „Da bin ich mir nicht ganz so sicher …"

„Du bleibst."

„Okay, okay", murrte Simeon. „Ich lasse euch nicht im Stich." Er räusperte sich. „Ich versuche es zumindest."

„Du wirst es nicht nur versuchen. Wir werden einen Magiebegabten gut brauchen können. Sinja ist jetzt geschwächt, aber sie wird schon an ihrem neuen Plan feilen", sagte Ben und ich sah in seinem Gesicht eine Entschlossenheit, die mir Sicherheit gab.

„Drei Mal Gemüseteller und drei Mondsäfte", donnerte die Kellnerin und stellte die Teller mit einem kräftigen Rums auf dem Tisch ab. „Wer bezahlt?", fauchte sie. Wortlos reichte ihr Simeon ein paar Blätter.

„Hat es dir die Sprache verschlagen?", fragte die Wutkellnerin bissig.

„Der Rest ist für dich", murmelte Simeon apathisch und ich glaubte, sogar ein kleines Lächeln im Gesicht der Kellnerin zu erkennen, bevor sie zum nächsten Tisch stapfte, an dem sich neue Gäste niedergelassen hatten.

Ben nahm sein Glas und hielt es in die Höhe. „Was wäre das Leben ohne Abenteuer", sagte er zynisch und wir prosteten einander zu.

Simeon lächelte schwach und auch bei mir kehrten langsam die Lebensgeister wieder zurück. „Hättet ihr das gedacht, als wir damals hier saßen? Dass wir irgendwann wieder hier sitzen würden und den Kampf gegen eine mächtige böse Gestalterin aufnehmen würden?", fragte

Simeon und trank schon wieder mit deutlich mehr Selbstbewusstsein von seinem Mondsaft. „Ich meine damals, als ihr mit diesem magischen Band verbunden wart, das waren noch lustige Zeiten."

Ich zog die Augenbraue hoch und überlegte, Simeon daran zu erinnern, dass er uns damals in die Sackgasse gelockt hatte und Stein des Anstoßes gewesen war.

„Das mit dem magischen Band, das war Absicht", erklärte Ben und deutete auf mich. „Das hat sie mit purer Absicht gemacht."

Einerseits war ich dankbar, dass uns das Geplänkel ein bisschen ablenkte, andererseits war es eine Frechheit zu behaupten, dass ich ihn an mich gebunden haben sollte. „Das bildest du dir höchstens ein", sagte ich mit fester Stimme. „Ich habe dich nicht mit einem magischen Band an mich gebunden."

Ben lehnte sich zu mir zurück. Seine dunklen Augen funkelten und er betrachtete mich liebevoll, während seine Gesichtszeichnung seltsam rötlich glitzerte.

„Aber jetzt hast du mich mit einem magischen Band an dich gebunden, Wächterin", raunte er mir ins Ohr, „einem magischen Band, das sich nicht mehr lösen lässt."

Tagebucheintrag 187

Ich empfinde ein tiefes Gefühl der Demut, wenn ich über die bunten Rücken der Bücher der Macht streiche. Aber aus Demut wird Furcht, die über meinen Körper regnet – Furcht, diese mächtigen Schöpfungen mit meiner minderen Existenz zu entweihen, Furcht, sie für meine eigenen Zwecke zu missbrauchen. Aber ich werde mein Versprechen halten.

Mein Leben habe ich dem Schutz der Bücher der Macht gewidmet, ich werde sie hüten und verteidigen, auch wenn es mich mein eigenes Dasein kosten mag.

An den dunklen Tagen übermannt mich mein Sinn, an den hellen Tagen fühle ich mich bereit, meinem Schicksal entgegenzutreten. Die Bücher spiegeln die Festigkeit meines Charakters, sie spiegeln meine Gegenwart und Zukunft und verändern ihr Äußeres nach ihrem Belieben, sie machen mir Angst. Es ist nicht die Kraft meines Sinnes, die in mir bebt, es ist die Macht der Bücher, die alles in mir verändert. Ich verändere mich und ich weiß, dass sie dafür verantwortlich sind. So wie die Einbände der Bücher bin auch ich ihrem Willen unterworfen. Ich spüre die Wandlung meines Charakters, der sich Stück für Stück entfremdet, spüre, wie sie mit mir spielen, wie sie mit meinem Sinn spielen. Früher wusste ich, dass lediglich das Rote Buch die Kraft hat, den roten Sinn zu verbreiten, doch nun spüre ich, dass es nicht so ist. Oder bilde ich es mir nur ein? Die Bücher kosten ihre Macht aus, lassen mich unter ihren Schicksalsfäden tanzen und machen mich zum Spiegelbild ihrer Wankelmütigkeit.

Ich gebe auf. Ich zittere vor Angst, lache vor Freude, weine um mich, kann mein Spiegelbild nicht mehr ertragen, strotze vor Selbstvertrauen, koche vor Wut, werde wachsam und bin überrascht über meine eigene Entscheidung. Die vereinte Kraft der Bücher ist nicht mehr länger zu ertragen. Auch wenn es mich zerreißt, weiß ich, dass ich die Bücher trennen muss, noch heute.

Letzte Aufzeichnungen des Dritten Hüters Perxes

Liebe Leserin und lieber Leser,

endlich haben es Lee und Ben geschafft,
zueinander zu finden! Aber ihre Reise ist
noch lange nicht zu Ende. Denn es gilt,
Sinjas Machenschaften aufzudecken
und dem Geheimnis der Vergangenheit
auf die Spur zu kommen.

Wie es weiter geht, erfährst Du in:

„Acht Sinne - Band 4 der Gefühle"

Wenn Du informiert werden möchtest,
sobald ein neues Buch von uns erscheint, melde
Dich gerne für unseren Newsletter an:
www.rosesnow.de/newsletter

Wir freuen uns auf Deine Nachricht und
wünschen Dir bis dahin eine gefühlvolle Zeit!
Deine Rose Snow

Personenverzeichnis

Menschverbundene:

Lee, Wachsamkeit (gelb), Wächterin
Ben, Ekel (schwarz), Reisender
Jesper, Wut (rot), Beschützer
Simeon, Erstaunen (grün), Magiebegabter
Mariola, Freude (orange), Templerin
Otto, Freude (orange), Magiebegabter
Schnelle Bertha, Erstaunen (grün), Reisende
Ken, Trauer (blau), Künstler
Rufus, Freude (orange), Naturverbundener
Damien, Angst (violett), Wächter
Marcus, Trauer (blau), Wächter
Mel, Wachsamkeit (gelb), Wächter
Conrad, Wachsamkeit (gelb), Wächter
Phil, Wut (rot), Reisender
Jakob, Vertrauen (weiß), Reisender
Skobi, Angst (violett), Reisender
Leonora, Vertrauen (weiß), Naturverbundene
Yolander, Vertrauen (weiß), Magiebegabter
Modeberater, Freude (orange), Künstler

Tierverbundene:

Casimir, Ekel (schwarz), Templer
Thaya, Trauer (blau), Naturverbundene
Jaron, Freude (orange), Künstler
Edomir, Angst (violett), Templer
Caprice, Vertrauen (weiß), Heilerin
Schmotz, Angst (violett), Reisender
Morris, Vertrauen (weiß), Wächter
Alfonsus, Angst (violett), Reisender
Ruwen, Erstaunen (grün), Magiebegabter
Sirina und Serena, Wut (rot), Beschützer
Delara, Vertrauen (weiß), Heilerin
Tränenleserin Cleo, Trauer (blau), Magiebegabte
Gabriel, Vertrauen (weiß), Wächter
Charleen, Trauer (blau), Naturverbundene
Nasela und Casela, Wachsamkeit (gelb), Künstler
Lydia, Wut (rot), Wächterin
Nihan, Freude (orange), Heilerin
Ilkus, Freude (orange), Magiebegabter

Die Macht der Acht:

Panica, Angst (violett), Tierverbundene

Philomena, Freude (orange), Menschverbundene

Arkadius, Ekel (schwarz), Tierverbundener

Gemma, Trauer (blau), Menschverbundene

Sinja, Wut (rot), Tierverbundene

Coel, Erstaunen (grün), Menschverbundener

Quirin, Wachsamkeit (gelb), Tierverbundener

Joost, Vertrauen (weiß), Menschverbundener

Über die Autorinnen

Hinter dem Pseudonym Rose Snow stecken wir, Carmen und Ulli. Zusammen sind wir 73 Jahre alt, haben 2 Männer, 6 Kinder und einen Hund. Wir können ewig reden, lieben Pizza und Schokolade und lachen unheimlich gerne, vor allem über uns selbst.

Seit dem Sommer 2014 schreiben wir als Rose Snow Romantasy, darunter die vierteilige Bestsellerreihe „17 – Die Bücher der Erinnerung". Im Herbst 2016 ist mit „Für dich soll's tausend Tode regnen" unter Anna Pfeffer unser erster Jugendroman bei cbj erschienen. Seitdem veröffentlichen wir regelmäßig neue Jugendbücher und Romantasy-Reihen.

Kühn nachgerechnet sind wir schon seit unfassbaren 22 Jahren befreundet. Wir kennen uns aus unserer Schulzeit und schreiben trotz der Distanz Wien – Hamburg miteinander. Bedeutet: Unzählige Stunden via Skype, schallendes Gelächter und das Teilen tiefster Geheimnisse, auch wenn sie noch so peinlich sind.

Wenn ihr informiert werden möchtet, sobald ein neues Buch von uns erscheint, dann meldet euch gerne bei unserem Newsletter an:
www.rosesnow.de/newsletter

Und wenn ihr einfach mal quatschen oder Hallo sagen wollt, besucht uns doch auf unserer Autorenseite, auf Instagram oder auf Facebook. Wir freuen uns immer sehr über das Feedback und den direkten Austausch mit unseren Lesern.
www.rosesnow.de
www.instagram.com/rosesnow_annapfeffer
www.facebook.com/rose.snow.was.sich.liebt
www.facebook.com/groups/RoseSnow

Übrigens: Eine extra Portion Romantik gibt es auch jeden Dienstag und Freitag bei unserem kostenlosen Blogroman von Eric & Esther, den menschlichen Ichs von Ben & Lee aus den Acht Sinnen: www.rosesnow.de/blogroman

Weitere Romantasy-Reihen von uns:

17 - Die Bücher der Erinnerung
Was würdest du tun, wenn du plötzlich in fremde Erinnerungen sehen könntest?
17 - Das erste Buch der Erinnerung
17 - Das zweite Buch der Erinnerung
17 - Das dritte Buch der Erinnerung
17 - Das vierte Buch der Erinnerung

Die 11 Gezeichneten - Die Bücher der Sterne
Ohne Dunkelheit könntest du keine Sterne sehen ...
Die 11 Gezeichneten - Das erste Buch der Sterne
Die 11 Gezeichneten - Das zweite Buch der Sterne
Die 11 Gezeichneten - Das dritte Buch der Sterne

3 Lilien - Die Bücher des Blutadels
Ihn zu küssen hatte sich so richtig angefühlt, obwohl es so falsch gewesen war ...
3 Lilien - Das erste Buch des Blutadels
3 Lilien - Das zweite Buch des Blutadels
3 Lilien - Das dritte Buch des Blutadels

PS: Wir werden immer wieder darauf angesprochen, dass wir in unseren Büchern Anspielungen auf andere Reihen machen und die Welten auf diese Weise miteinander vernetzen. In „17" finden sich beispielsweise Verbindungen zu unserer Acht Sinne-Saga und den „11 Gezeichneten", die auch mit den „3 Lilien" und unserem Blogroman „Groupie wider Willen" verknüpft sind. Dennoch kann jede Reihe unabhängig voneinander gelesen werden! Viel Spaß beim Knobeln! :)

Seit Jo denken kann, zieht sie mit ihrem Vater von Ort zu Ort, fast, als wären sie auf der Flucht. Als er ihr eröffnet, dass sie nun ausgerechnet im nasskalten Hamburg sesshaft werden sollen, hält sich ihre Begeisterung in Grenzen.

Bis sie in ihrer neuen Schule zwei gut aussehenden Jungs begegnet, die unterschiedlicher nicht sein könnten: Adrian, der Jo bewusst auf Distanz hält, und Louis, der sich offensichtlich für sie interessiert. Die zwei Jungs verbindet eine geheimnisvolle Rivalität, die Jo nicht zu deuten weiß - aber noch weniger versteht sie, was gerade mit ihr selbst los ist. Was für Bilder tauchen plötzlich in ihrem Kopf auf? Hat sie Halluzinationen? Oder sind das tatsächlich fremde Erinnerungen, in die sie kurz vor ihrem 17. Geburtstag auf einmal blicken kann?

„Die 11 Gezeichneten - Die Bücher der Sterne"

Seit jeher lieb Stella die Sterne – ohne zu ahnen, wie tief ihre Verbindung zu ihnen tatsächlich ist. Das erkennt sie erst, als sie mit ihrem Zwillingsbruder Cas an eine geheimnisvolle Universität gelangt, auf die schon ihre Eltern gegangen sind. Kurz nach der Ankunft begegnet Stella dort dem selbstbewussten Cedric, der nicht nur der heißeste Typ der Uni ist, sondern Stella auch viel zu schnell viel zu nahe kommt ...

„3 Lilien - Die Bücher des Blutadels"

Seit Monaten wartet die 17-jährige Lorelai darauf, dass die alte Gabe des Blutadels bei ihr erwacht – wobei sie nicht mal ihrer besten Freundin von ihrer magischen Abstammung erzählen darf. Denn die Gesetze des Blutadels sehen vor, das geheime Wissen unter keinen Umständen mit Außenstehenden zu teilen. Doch das erweist sich als äußerst schwierig, als Lorelai den verwegenen Vitus kennenlernt. Zwischen ihnen knistert es gewaltig - und während Lorelai noch mit ihren Gefühlen kämpft, haben die Probleme gerade erst angefangen ...